C

Der mittellose Student Stanislaw Demba befindet sich auf der Flucht vor der Polizei, weil er versucht hat, einen aus der Bibliothek entwendeten Prachtband zu Geld zu machen. Sein Problem: Er ist entkommen, nachdem man ihm bereits Handschellen angelegt hatte. Im Laufe eines Tages – zwischen neun und neun – begegnet er auf seiner Odyssee durch das Wien der k. u. k. Monarchie behäbigen Kleinbürgern, versponnenen Gelehrten, kleinen Angestellten, gerissenen Händlern und Hehlern, Spielern und verlorenen Existenzen, die in Bars und Kaffeehäusern ihr Dasein fristen. Stunde um Stunde wird ihm die Welt, in der er sich bewegt, zusehends zu einem Labyrinth des Schreckens, zu einer unheimlichen und zugleich grotesk-komischen Alptraumlandschaft.

Leo Perutz wurde am 2. November 1882 in Prag geboren und siedelte 1899 mit der Familie nach Wien über. 1938 emigrierte er nach Tel Aviv. Perutz starb am 25. August 1957 in Bad Ischl. Sein Werk umfaßt zahlreiche Romane und Erzählungen und wurde in viele Sprachen übersetzt. Alle seine Hauptwerke sind bei dtv lieferbar.

Leo Perutz

Zwischen neun und neun

Roman

Mit einem Nachwort
herausgegeben von
Hans-Harald Müller

Deutscher Taschenbuch Verlag

Von Leo Perutz
sind im Deutschen Taschenbuch Verlag erschienen:
Nachts unter der steinernen Brücke (13025)
Der Meister des Jüngsten Tages (13112 und 19119)
Der schwedische Reiter (13160)
Der Judas des Leonardo (13304)
Wohin rollst du, Äpfelchen ... (13349)
St. Petri-Schnee (13405)
Der Marques de Bolibar (13492)
Turlupin (13519)
Mainacht in Wien (13544)
Die dritte Kugel (13579)

**Ausführliche Informationen über
unsere Autoren und Bücher
finden Sie auf unserer Website
www.dtv.de**

Vollständige Ausgabe 2004
4. Auflage 2011
Deutscher Taschenbuch Verlag GmbH & Co. KG,
München
© 1993 Paul Zsolnay Verlag Gesellschaft m. b. H., Wien
Umschlagkonzept: Balk & Brumshagen
Umschlaggestaltung: Stephanie Weischer unter Verwendung
des Gemäldes ›La planète affolée‹ (1942) von Max Ernst
(VG Bild-Kunst, Bonn 2011)
Gesetzt aus der Bembo 10/12,25·
Gesamtherstellung: Druckerei C. H. Beck, Nördlingen
Gedruckt auf säurefreiem, chlorfrei gebleichtem Papier
Printed in Germany · ISBN 978-3-423-13229-9

I

Die Greislerin in der Wiesergasse, Frau Johanna Püchl, trat an diesem Morgen gegen halb acht Uhr aus dem Laden auf die Straße. Es war kein schöner Tag. Die Luft war feucht und kühl, der Himmel bewölkt. Das richtige Wetter, um sich einen kleinen Schnaps zu vergönnen. Aber Frau Püchls Slibowitzflasche, die im Kasten stand, war beinahe geleert, und die Greislerin beschloß, den kleinen Rest, der kaum ein »Stamperl« zu füllen vermochte, für die »Zehnerjausen« aufzusparen. Vorsichtshalber versperrte sie die Flasche in den Küchenschrank, denn ihr Ehegatte, der im Lichthof den zerbrochenen Greislerkarren reparierte, stimmte mit ihr in der Wertschätzung eines guten Schnapses völlig überein.

Vor acht Uhr kamen nur ein paar Stammkunden: Der Friseurgehilfe, dem sie allmorgendlich sein Frühstück, ein Butterbrot mit Schnittlauch und ein Büschel Radieschen, zurechtmachte. Zwei Schulkinder, die um zwölf Heller »saure Zuckerln« kauften. Die Köchin der Frau Inspektor aus dem ersten Stock des Elferhauses, die ein Häuptel Salat und zwei Kilo Erdäpfel bekam, und der Herr aus dem Arbeitsministerium, der seit Jahren täglich einen »feinen Aufschnitt« für sein zweites Frühstück im Geschäft der Frau Püchl erstand.

Lebhaft wurde das Geschäft erst nach acht Uhr, und gegen halb neun hatte Frau Püchl alle Hände voll zu tun. Kurz nach neun Uhr erschien die alte Frau Schimek, der die Ecktrafik in der Karl-Denk-Gasse gehörte, zu einem längeren Plausch. Das Gespräch drehte sich um das Mißgeschick, das der Frau Püchl mit einer aus Ungarn bezogenen Sendung Brimsenkäs zugestoßen war. Und in diesem Gespräch wurden sie durch das Erscheinen Stanislaus Dembas unterbrochen, eben jenes Herrn Stanislaus Demba, dessen merkwürdiges Verhalten den beiden Frauen noch wochenlang reichlichen Gesprächsstoff bot.

Demba war dreimal an der Tür vorbeigegangen, ehe er sich entschloß, einzutreten, und hatte jedesmal einen scheuen Blick in das Ladeninnere geworfen. Es sah aus, als suche er jemanden. Auch die Art, wie er eintrat, war auffallend: Er drückte die Klinke nicht mit der Hand, sondern mit dem linken Ellbogen nieder, und bemühte sich sodann, mit dem rechten Knie die Tür aufzustoßen, was ihm nach einigen Versuchen auch gelang.

Dann schob er sich in den Laden. Er war ein großer, breitschultriger Mensch mit einem kurzen, rötlichen Schnurrbart in einem sonst glattrasierten Gesicht. Er trug seinen hellbraunen Überzieher zu einer Art Wulst gewickelt, in welchem seine Hände staken, wie in einem Muff. Er schien einen langen Weg hinter sich zu haben, seine Stiefel waren schmutzig, seine Hosen bis zu den Knien hinauf mit Straßenkot bespritzt.

»Ein Butterbrot, bitte!« verlangte er.

Frau Püchl langte nach dem Messer, ließ sich aber vorerst in ihrem Gespräch mit der Trafikantin nicht stören.

»Also, schon das hat mir net g'fall'n: Wie das Kistl ankommt, wiegt's vierasiebz'g Kilo, und i hab' doch von dem Brimsen fünfasiebz'g Kilo b'stellt. Na, und wie i erst den Deckel aufmach' – na, also i sag' Ihna, der Brimsen hat ausg'schaut, daß ma 'n hätt' glei auf a Sommerfrisch'n schicken können zur Erholung. Alles wach, alles zerlaufen. Was bekommt der Herr?«

Stanislaus Demba hatte in seiner Ungeduld mit dem Fuß mehrere Male heftig gegen den Ladentisch gestoßen. »Ein Butterbrot, bitte, aber rasch. Ich habe Eile.«

Die Greislerin ließ sich jedoch nicht ohne weiteres von dem wichtigen Gesprächsthema abdrängen. »Entschuldigen, die Frau is vor Ihnen kommen«, sagte sie zu Herrn Demba. »Muß ich sie auch z'erscht bedienen.« Das »z'erscht bedienen« bestand vorerst lediglich darin, daß sie die Fortsetzung der Brimsengeschichte ungekürzt zum besten gab.

»Also, i hab' natürli glei reklamiert, und was glauben S' antwort't mir der Mensch! Er hat« – sie holte einen fettbefleckten, zerknitterten Brief aus der Schürzentasche hervor und begann die Stelle zu suchen. – »Aha, da seh'n S', da steht's: ›... den Käse ordnungsgemäß verpackt, und habe ich für den geringfügigen Gewichtsverlust, den die Ware während des Transportes erlitten, nicht aufzukommen.‹ Für den ›geringfügigen Gewichtsverlust‹! I hab' glaubt, mi trifft der Schlag, wie i das les'.«

»Das ist halt so die gewöhnliche Redensart bei die Leut'«, meinte die Trafikantin.

»Ah, da hat er aber bei mir an die unrechte Tür g'läut't. Glaub'n S', i lass' mir das g'fall'n? Da wär i ja der Trottel umasunst!«

»Die Leut' haben halt ka Bildung net g'lernt!«

»Das kann ja nur a Verbrecher sein, der si so äußern tut!« rief Frau Püchl im höchsten Zorn.

Hier wurde sie zum drittenmal von Herrn Stanislaus Demba unterbrochen, der nicht gewillt schien, noch länger auf sein Butterbrot zu warten.

»Also vielleicht«, sagte er mit einer Mischung von Nervosität, Hohn und mühsam unterdrückter Wut, »wenn sich Ihr gerechter Zorn ein bißchen gelegt haben wird, vielleicht bekomm' ich dann doch endlich mein Butterbrot.«

»Bin eh scho dabei«, sagte die Greislerin. »Nur a bisserl Geduld. Der Herr hat's aber eilig!«

»Jawohl«, sagte Stanislaus Demba kurz.

»Bleiben S' net noch, Frau Schimek?« rief Frau Püchl der fortgehenden Trafikantin nach.

»I muß hinüberschau'n in mein G'schäft, i komm' nachher eh wieder auf an Sprung.«

»Der Herr ist wahrscheinlich wo fix ang'stellt; in einem Büro oder in einer Kanzlei?« fragte die Greislerin ihren neuen Kunden. »I mein' nur, weil's der Herr so eilig hat.«

»Jedenfalls hab' ich meine Zeit nicht gestohlen«, antwortete Demba grob.

»Bin eh scho fertig.« Frau Püchl schob ihm über den Ladentisch das Butterbrot zu. »Vierundzwanzig Heller.«

Herr Demba machte eine hastige Bewegung nach dem Butterbrot. Aber er nahm es nicht. Er fuhr sich mit der Zunge ein paarmal langsam über die Lippen, runzelte die Stirn und sah aus, als seien ihm plötzlich ernste Bedenken gegen den Genuß von Butterbrot aufgestiegen.

»Soll ich's vielleicht zerschneiden?« fragte die Greislerin.

»Ja, natürlich, zerschneiden Sie's. Selbstverständlich. Oder glauben Sie, daß ich das Brot auf einmal in den Mund stecken werde?«

Die Frau schnitt das Brot in schmale Stücke und legte es vor den Kunden hin.

Demba ließ das Brot liegen. Er trommelte mit der Fußspitze gegen den Boden und schnalzte mit der Zunge, wie jemand, der ungeduldig auf ein Ereignis wartet, das sich nicht einstellen will. Seine Augen blickten unter dem horngefaßten Zwicker wie hilfesuchend im Laden umher.

»Bekommt der Herr sonst noch was?« fragte Frau Püchl.

»Wie? Ja. Haben Sie vielleicht Krakauer?«

»Krakauer net. A Extrawurst wär' da, a Preßwurst, dürre Wurst, Salami.«

»Also Extrawurst.«

»Wieviel?«

»Acht Deka. Oder zehn Deka.«

»Zehn Deka. So bitte.« Die Frau schlug die Wurst in ein Papier und legte das Päckchen neben das Butterbrot. »Macht vierundsechzig Heller, beides zusammen.«

Demba nahm weder das eine noch das andere. Er hatte plötzlich außerordentlich viel Zeit und zeigte ein überraschendes Interesse für die kleinen Besonderheiten der Inneneinrichtung eines Greislerladens. Er suchte die Etikette einer Essigflasche zu entziffern und wandte sich sodann dem Studium mehrerer Blechplakate zu, die an den Wänden und über dem Ladentisch hingen. »Verkaufsstelle des beliebten Hasenmayerschen Roggenbrots.« – »Chwojkas Seifensand hält rein die Hand«, las er mit großer Aufmerksamkeit, wobei sich seine Lippen lautlos mitbewegten.

»Das ist doch das beliebte Hasenmayersche Roggenbrot?« fragte er dann und bückte sich prüfend über das Butterbrot, auf das sich inzwischen zwei Fliegen niedergelassen hatten.

»Nein, das ist Brot aus den Heureka-Werken.«

»So. Eigentlich habe ich Hasenmayersches Roggenbrot haben wollen.«

»Schmeckt eh eins wie 's andere und billiger is a net«, gab die Greislerin zur Antwort.

»Dann ist's gut.« Dembas Verhalten wurde immer rätselhafter. Jetzt blickte er mit verzerrtem Gesicht zur Ladendecke hinauf und biß sich wütend in die Lippen.

»Könnten Sie mir die Sachen da nicht nach Haus schicken?« fragte er plötzlich, während ihm ein kleiner Schweißtropfen die Stirne herunterlief. »Mein Name ist Stanislaus Demba.«

»Die Sachen nach Haus schicken? Welche Sachen?«

»Die Sachen da.« Herr Demba wies mit den Augen auf das Butterbrot und das Wurstpäckchen.

»Die Extrawurst?« Die Greislerin starrte Herrn Demba verwundert an. Solch ein Ansinnen hatte ihr noch niemand gestellt.

»Geht das nicht? Ich dachte nur, weil ich noch einige Wege habe, bevor ich nach Hause gehe, und das Zeug nicht herumschleppen will. Man sollte glauben, in einem so großen Betriebe – Geht's nicht? Gut. Das macht nichts.«

Er pfiff leise vor sich hin, sah ein paar Augenblicke den Fliegen zu, die sich auf dem Butterbrot tummelten, und musterte dann mit prüfenden Blicken ein Holzkistchen, das getrocknete Zwetschen enthielt.

»Wie wird denn heuer die Kirschenernte ausfallen?« fragte er dann.

»No, halt in der einen Gegend gut, in der anderen wieder schlechter, wie halt die Witterung war«, meinte Frau Püchl und griff nach ihrem Strickstrumpf.

Demba rührte sich noch immer nicht fort.

»Werden Sie billiger sein als im vorigen Jahr?«

»I glaub' net.«

Das Gespräch geriet wieder ins Stocken. Die Greislerin strickte an ihrem Strumpf, während Dembas Aufmerksamkeit von einer Büchse Ölsardinen völlig in Anspruch genommen war.

Zwei neue Kunden kamen. Ein kleines Mäderl, das Salzgurken verlangte, und ein Droschkenkutscher, der eine Knackwurst kaufte. Als die beiden den Laden verlassen hatten, stand Demba noch immer da.

»Kann ich vielleicht ein Glas Milch bekommen?« fragte er jetzt.

»A Milli führ' i net.«

»Also einen Schnaps?«

»Schnaps führ' i net. Is dem Herrn leicht net wohl?«

Stanislaus Demba blickte auf. »Wie meinen Sie? Ja. Gewiß. Mir ist nicht wohl. Ich habe Magenschmerzen, schon die ganze Zeit hindurch. Haben Sie das nicht gleich gesehen?«

»A Lackerl Slibowitz hätt' i no drüben in meiner Wohnung. Vielleicht, daß Ihna davon besser wird«, sagte die Greislerin.

Herrn Dembas Gesicht erhellte sich mit einem Male. »Ja, ich bitte Sie darum. Liebe Frau, bringen Sie mir den Slibowitz! Das soll das Beste sein, was es gegen Zahnschmerzen gibt.«

Die Katherl, Frau Püchls Älteste, spielte im Wohnzimmer mit ihrer Springschnur. Sie war ein dickes, unbeholfenes Kind, und es gelang ihr nur selten, den Vers, nach dessen Takt sie über die Schnur hüpfte, fehlerlos zu Ende zu bringen. Eben hatte sie von neuem begonnen:

»Herr von Bär
schickt mich her,
ob der Kaffee fertig wär' —«

»Kathi«, sagte die Greislerin, »geh eina, daß wer drin is im Laden. Weißt vielleicht, wo i die Schlüsseln hin'tan hab'?«

»Liegen eh in der Lad'«, sagte die Katherl und begann weiter zu springen.

»Morgen um acht
wird er gemacht,
morgen um neun
schaust herein —«

Frau Püchl öffnete den Küchenschrank. Aber während sie das Schnapsglas füllte, kam ihr plötzlich ein Gedanke, der sie mit Besorgnis erfüllte. Der Mensch hatte sich so merkwürdig benommen. Zuerst hatte er solche Eile gehabt, und dann war er nicht aus dem Laden herauszubringen gewesen. Hatte herumstudiert und herumspioniert wie nicht recht gescheit, und am Ende hatte er es auf das Geldladl abgesehen. Vierzehn Kronen waren drin und die Korallenkette, dann zwei Ringe mit Türkisen, das Sparkassabüchl von der Katherl und zwei Heiligenbilder aus Maria-Zell!

Mit dem Stamperl Slibowitz in der Hand stürzte Frau Püchl schreckensbleich in den Laden.

Natürlich! Der Laden war leer! Der feine Herr hatte sich aus dem Staube gemacht. Da haben wir's! Vierzehn Kronen! Das schöne Geld! Frau Püchl ließ sich schwer atmend in einen Stuhl fallen und riß wütend die Geldlade auf.

Aber es war alles in schönster Ordnung! Da stand die Schale mit dem Silbergeld, daneben lagen die beiden Ringe, die Korallenkette, das Postsparkassabüchl und die beiden Heiligenbilder.

Gott sei Dank! Da fehlte nichts. Nur mit dem Butterbrot und der Wurst war er durchgebrannt. Dafür hatte sie andererseits den Slibowitz für ihre »Zehnerjausen« gerettet. Diese Tatsache versetzte sie in eine versöhnliche Stimmung. Der arme Teufel! Natürlich hatte er kein Geld gehabt, das Brot und die Wurst zu bezahlen. Nun, sie hätte es ihm auch geschenkt, wenn er sie darum gebeten hätte. Man ist ja schließlich doch auch ein Mensch und hat ein Herz im Leib.

Frau Püchl trank nach dem ausgestandenen Schrecken eilig das Slibowitzglas leer. Dann trat sie auf die Straße, um nach dem Flüchtling Ausschau zu halten.

Aber Stanislaus Demba war nicht mehr zu sehen.

Erst als sie zurückkam, fiel ihr Blick auf ein paar Nickel- und Kupfermünzen, die auf dem Ladentisch lagen. Drei Zwanzighellerstücke und zwei Kreuzer. Vierundsechzig Heller.

Stanislaus Demba hatte das Geld gewissenhaft auf den Tisch gezählt und sich dann mit dem Butterbrot davongeschlichen, als ob er es gestohlen hätte.

2

Hofrat Klementi machte mit seinem Freunde, dem Professor Ritter von Truxa, und seinem Hunde »Cyrus« den täglichen Morgenspaziergang in den Liechtensteinpark. Hofrat Klementi, der Direktor der Altorientalischen Spezialsammlung des Kunsthistorischen Museums, derzeit vorübergehend auch mit der Oberleitung der ethnographisch-anthropologischen Abteilung betraut, muß den Lesern wohl nicht erst vorgestellt werden. Mit seinem grundlegenden, von der Akademie der Wissenschaften subventionierten Werke über die »Bildung altassyrischer Eigennamen« hat er sich in der Gelehrtenwelt eine angesehene Stellung gesichert, während seine scharfsinnigen Untersuchungen über »indische Kachelmotive und ihren Einfluß auf die persische Teppichornamentik« seinen Namen auch in weitere Kreise der Künstler, Kunstfreunde und Sammler getragen haben.

Professor Ritter von Truxa, wirkliches Mitglied der Akademie der Wissenschaften (philosophisch-historische Klasse) und Lehrer an der Konsular Akademie, ist weniger bekannt.

Von seinen zahlreichen sprachwissenschaftlichen Arbeiten ist sein vorzügliches kalmückisch-deutsches Wörterbuch an erster Stelle zu nennen. Andere Werke, so zum Beispiel seine Studie über die Häufung der Halbvokale r und l in den kymrischen Dialekten und sein umfangreiches Werk: »Zur Ethnographie und Sprache der Somalistämme« haben auch den Weg ins Ausland und in der dortigen Fachwelt Anerkennung gefunden.

Die wissenschaftliche Tätigkeit dieser beiden Herren

spielt jedoch in dieser Erzählung keine bedeutende Rolle, und so sei nur noch rasch angemerkt, daß Professor Ritter von Truxa erst vor kurzem von einer mehrmonatlichen Studienreise aus dem nördlichen Haurangebiet zurückgekehrt und derzeit damit beschäftigt war, die wissenschaftliche Ausbeute dieser Reise, eine Anzahl mehr oder weniger gut erhaltener chettischer und phönizischer Sprachdenkmäler, gemeinsam mit Hofrat Klementi zu bearbeiten und zu veröffentlichen.

Was des Hofrats Hund Cyrus betrifft, so läßt sich seine Rasse mit absoluter Zuverlässigkeit nicht feststellen. Man wird sich jedoch nicht allzuweit von der Wahrheit entfernen, wenn man ihn als – im großen und ganzen – zu der Familie der Spitze gehörig bezeichnet. Er konnte apportieren, Pfotl geben und »bitten« und besaß ein weißes, braungeflecktes Fell und ein verwegenes Temperament.

Hofrat Klementi ging langsam und hatte zudem die Gewohnheit, im Gespräche öfters, am liebsten in besonders belebten Straßen, stehenzubleiben; er schien sich nur als Verkehrshindernis wirklich wohl und behaglich zu fühlen. Selbst der durch heftiges An-der-Leine-Zerren zum Ausdruck gebrachte Unmut seines Hundes Cyrus, der den alten Herrn sonst grausam tyrannisierte und ihm in allem und jedem seinen Willen aufzwang, konnte gegen diese Schwäche des Gelehrten nichts ausrichten, und Professor Truxa hatte seine liebe Not, den Freund beim Überqueren der Porzellangasse glücklich aus dem Gefahrenbereich der elektrischen Tramway zu bringen.

Der Liechtensteinpark war um diese Zeit – es mochte gegen halb zehn Uhr vormittag sein – bereits ziemlich stark besucht. Kleine Mäderln und Buben liefen mit Reifen und Gummibällen über den Kiesweg, Kinderfräuleins und Ammen schoben plaudernd ihre Wägen vor sich her, Gymnasiasten sagten einander mit wichtigen Mienen ihre Lektionen vor. Die beiden Gelehrten strebten einer abgelegenen Stelle des Parkes zu, an der sie eine von alten Akazienbäumen beschattete und durch dichtes Gebüsch den Blicken der übrigen Parkbesucher entzogene Bank erwartete. Auf diesem Plätzchen pflegten sie allmorgendlich, unbeachtet und von dem lärmenden Treiben ringsumher nur wenig gestört, ein oder zwei Stunden der Durchsicht ihrer Manuskript- und Korrekturbögen zu widmen.

Vorerst waren die Herren jedoch in ein Gespräch über das Verbreitungsgebiet des Haschischgenusses vertieft. Professor Truxa vertrat die Ansicht, daß der Gebrauch dieses Berauschungsmittels immer auf den Orient beschränkt geblieben sei, eine Behauptung, die den Hofrat zu lebhaftem Widerspruch herausforderte.

»Sicher ist es Ihnen bekannt«, sagte er, »daß in den prähistorischen Gräbern Südfrankreichs kleine Tonpfeifchen gefunden worden sind, welche Reste der *Canabis sativa L.* enthielten. Unsere Vorfahren haben zweifellos Hanf geraucht, und auch den alten Griechen war er bekannt. Erinnern Sie sich doch der Stelle in der Odyssee, in der der Trank Nepenthes erwähnt wird, der ›Kummer tilgt und das Gedächtnis jeglichen Leides‹. Und das ›*Gelotophyllis*‹, das ›Kraut der Gelächter‹ der alten Skythen, von dem Plinius spricht!«

»Ich möchte doch lieber auf gesichertem wissenschaftlichem Boden bleiben«, warf Professor Truxa ein. »Wirth in München geht ja noch viel weiter als Sie, ohne übrigens auch nur den Schatten eines ernstzunehmenden Beweises für seine Theorien zu erbringen. Nach seiner Behauptung wären die großen Massenpsychosen der Vergangenheit, der Flagellantismus ebenso wie die merkwürdigen Tanzepidemien, als Folgen des übermäßigen Genusses des Haschischs oder eines Narkotikons von ähnlicher Wirkung anzusehen.«

»Ich kann mich natürlich diesen Seitensprüngen Professor Wirths, der in seinem eigenen Wissensgebiet übrigens

Tüchtiges geleistet hat, nicht anschließen. Ich habe ja nur behauptet, daß vereinzelt Fälle von Haschischgenuß auch in Europa zu allen Zeiten einwandfrei beobachtet worden sind und wahrscheinlich auch heute noch auftreten. Wohlgemerkt: Vereinzelte Fälle! Ich erinnere mich beispielsweise eines neapolitanischen Hafenarbeiters – welche Symptome könnten Sie übrigens feststellen, Professor?«

»Ich erkenne Haschischraucher sofort an ihren blitzartig wechselnden Neigungen und Stimmungen und ihrer aufs äußerste gesteigerten Einbildungskraft. Ein Limonadenverkäufer in Aleppo, den ich im Rauschzustande beobachten konnte, hielt sich für den Erzengel Gabriel. Ein arabischer Briefträger in Maran gab sich für eine Heuschrecke aus und machte so lange Flugversuche von der Stadtmauer herab, bis er das Bein brach. Manchmal treten ganz unerwartet brutale Roheitsakte bei sonst sehr ruhigen und friedliebenden Temperamenten auf. Ich habe gesehen, wie ein Nachtwächter in Damaskus einem harmlosen Spaziergänger ohne jeden Anlaß einen solchen Tritt in den Magen versetzte, daß der arme Teufel vom Fleck weg ins Spital gebracht werden mußte.«

»Die Rauschwirkung wird sich aber wahrscheinlich bei den einzelnen Rassen doch auf verschiedene Art äußern, nicht wahr?« fragte der Hofrat.

»Ich möchte da sogar noch weitergehen. Wenn ich von einzelnen, unbedingt sich immer wieder zeigenden Symptomen absehe, dürfte jedes einzelne Individuum in besonderer Art auf den Haschischgenuß reagieren.«

Die Herren waren im Eifer der Debatte stehengeblieben. Es wäre aber unrichtig, zu glauben, sie wären durch das Gesprächsthema so weit absorbiert worden, daß sie den Blick für all das, was in dem menschenerfüllten Park rings um sie vorging, verloren hätten. Das Gegenteil ist richtig. Ein Gummiball, den ein kleiner Bub seinem Kameraden aus der Hand geschlagen hatte, war knapp vor die Füße des Hofrates gerollt. Der Gelehrte hob ihn auf, betrachtete ihn nachdenklich und versuchte ihn sodann in seiner Rocktasche unterzubringen, offenbar im Glauben, daß ihm selbst der Ball eben aus den Händen gefallen sei. Professor Truxa lächelte nachsichtig und nahm dann behutsam seinem Freunde das Spielzeug aus den Händen, sehr darauf bedacht, den Hofrat in seinem Gedankengang nicht zu stören. Gleich darauf vergaß er jedoch selbst, wie er in den Besitz des Balles gekommen war, hielt ihn ratlos in den Händen und wußte nicht, was mit ihm beginnen. Der unglückliche Eigentümer des Spielzeugs war bis auf einige Schritte herangekommen und beobachtete mißtrauisch und stets fluchtbereit die weitere Entwicklung der Dinge.

»Haben Sie die Wirkung des Haschischs auch am eigenen Leib erprobt?« fragte der Hofrat.

»Ja. Aber nur einmal. Ich sah einige Arabesken sinnlicher Natur und bekam Magenbeschwerden.« Professor Truxa war hinsichtlich des Gummiballs zu einem Entschluß gelangt. Er säuberte ihn mit seinem Rockärmel sorgsam von Lehm- und Sandspuren, blies einige Staubkörnchen weg und legte ihn dann behutsam auf den Kiesweg zurück. Der kleine Junge stürzte sich sofort auf sein Eigentum und machte sich mit einem Triumphgeheul aus dem Staube.

Die beiden Gelehrten setzten ihren Weg fort. Sie waren jetzt in dem weniger belebten Teil des Parkes angelangt. Der Kiesweg, durch dichtes Buschwerk zu beiden Seiten in einen Fußweg verengt, führte sie zu ihrem Lieblingsplätzchen, der hinter einer sandsteinernen Gruppe – Kinder, die mit einem Rehkitz spielten – und Gesträuch verborgenen und von zwei Akazien beschatteten Bank.

Auf der Bank saß Stanislaus Demba.

Er war beim Frühstück. Er saß vornübergebeugt, den Kopf in die Hände gestützt, und kaute. Der Rest des Butterbrots und eine Anzahl Wurstscheibchen lagen neben ihm auf der Bank. Sein hellbrauner Überzieher schien ihm jetzt als eine Art Serviette zu dienen. Er hing ihm vom Hals herunter, wie ein Theatervorhang, und verbarg Brust, Hände, Arme und Beine hinter seinem Faltenfluß. Die langen, leeren Ärmel flatterten im Wind.

Der Hofrat und der Professor trafen ihre Vorbereitungen. Die Bank war feucht und nicht sehr sauber. Professor Truxa suchte in seinen Taschen nach einer Unterlage und entschied sich, als er nicht gleich etwas Passendes fand, mit der raschen Entschlossenheit, die diesen Gelehrten in großen, wie in kleinen Dingen kennzeichnet, dafür, dieser Verwendung die Korrektur- und Manuskriptbögen zuzuführen, zu deren Durchsicht der heutige Vormittag bestimmt war. Nur der Geistesgegenwart des Hofrates, der noch im letzten Augenblick die kostbaren Papiere dem Freunde entriß, war es zu danken, wenn ein nicht wieder gutzumachender Schaden verhütet wurde.

Cyrus wurde mit der Leine an die Banklehne gebunden und dafür vom Maulkorb befreit. Dann nahmen die Herren Platz.

Stanislaus Demba schien die Ankunft der beiden Gelehrten als lästige Störung zu betrachten. Er hörte zu essen auf, hob den Kopf und biß sich verdrießlich in die Lippen. Er schien enttäuscht, als er sah, daß Vorbereitungen zu längerem Aufenthalt getroffen wurden, stand auf und wandte sich zum Gehen. Da fiel sein Auge auf das Butterbrot. Er zögerte, blieb eine Weile unentschlossen stehen und ließ sich dann resigniert wieder auf die Bank nieder.

Hofrat Klementi und Professor Truxa hatten ihre Manuskriptbögen geordnet und zurechtgelegt, machten sich Notizen und tauschten halblaute Bemerkungen. Ein paar Minuten vergingen, dann wurden sie in ihrer Arbeit gestört.

»Würden Sie vielleicht die Güte haben, Ihren Hund zu

sich zu rufen?« fragte Demba mit einem unangenehmen Lächeln zum Professor, der ihm zunächst saß.

Professor Truxa hob den Kopf. Cyrus verspeiste eben zwei Stücke von Dembas Extrawurst.

»Er ist mir lästig. Ich kann Hunde nicht vertragen.« Dembas Stimme zitterte vor Wut.

»Herr Hofrat, sehen Sie doch, was Ihr Hund angestellt hat!« rief der Professor verlegen.

»Ich bitte tausendmal um Entschuldigung!« klagte der Hofrat, dem das Benehmen seines Hundes sehr peinlich war. »Ich muß Sie wirklich um Verzeihung bitten. Cyrus! Daher zu mir!«

Es ist nicht bekannt, in welcher Sprache Hofrat Klementi sich für gewöhnlich mit seinem Hunde verständigte. Vielleicht hatte sich Cyrus in langjährigem Zusammenleben mit seinem Herrn einige Kenntnisse im Aramäischen oder Vulgärarabischen erworben. Deutsch schien er auf keinen Fall zu verstehen. Er wiederholte seinen Angriff auf die Wurst, und der Versuch des Hofrats, ihn an den Ohren zurückzuziehen, hatte nur die Wirkung, daß Cyrus böse wurde, knurrte und nach seines Herrn Hand schnappte.

Demba folgte mit ängstlicher Spannung jeder Bewegung des Hundes, rührte jedoch keine Hand, um ihn zu verjagen oder seine Wurst zu schützen.

»Könnten Sie vielleicht Ihre Eßwaren auf die andere Seite der Bank legen? Dorthin kommt der Hund gewiß nicht«, bat der Hofrat.

»Auf die andere Seite?« Demba sah keinen Anlaß, die Sachen auf die andere Seite zu legen. Er wäre dazu nicht verpflichtet. Und überhaupt, dort sei Sonne und die Wurst würde zweifellos in der Sonne verderben, das werde der Herr wohl einsehen.

Der Hofrat sah das natürlich ein, obwohl der Himmel bewölkt und keine Spur von der Sonne zu sehen war.

»Übrigens«, fuhr Demba fort, »ist die Wurst eigentlich schon jetzt nicht mehr zu genießen. Sie ist nicht mehr frisch, man kann sie ruhig dem Hund geben. Brot frißt er wahrscheinlich nicht? Auf das Brot habe ich nämlich selbst Appetit. Es ist das beliebte Hasenmayersche Kornbrot und feinste dänische Butter.«

»Wollen Sie es nicht doch von hier fortnehmen?« bat der Hofrat. Cyrus war mit der Wurst fertig und fiel rücksichtslos über das Butterbrot her. Stanislaus Demba schluckte ein paarmal, verschlang das Butterbrot gierig mit den Augen, aber er tat nichts, um es in Sicherheit zu bringen.

»Na!« zischte er wütend. »Ihr Hund scheint ja geradezu ausgehungert zu sein. Nicht ein Stückerl läßt er übrig, nicht das allerkleinste Stückerl.«

»Ja, warum haben Sie es denn nicht fortgenommen?« fragte Professor Truxa.

»Das Brot ist altbacken, wissen Sie, und vor Butter habe ich bei warmem Wetter geradezu einen Ekel. Ich hätte es ohnedies nicht berührt.«

Die beiden Gelehrten wandten sich wieder ihrer Arbeit zu. Aber für Demba schien die Angelegenheit noch nicht beendet zu sein. Ob es den Herren etwa nicht recht sei, fragte er herausfordernd, daß er ihren Hund mit seinem Butterbrot füttere. Es sei merkwürdig, daß manche Leute ihrem Hunde sein bißchen Fressen mißgönnten, selbst wenn es sie nicht einen Heller kostete.

Professor Truxa fragte seinen Freund, ob er es nicht für rätlich halte, sich nach einer anderen Bank umzusehen. Der junge Mensch wollte einen Streit vom Zaun brechen. – Um von Demba nicht verstanden zu werden, bediente Professor Truxa sich des Idioms der nördlichen Tuaregvölker, und zwar – der größeren Sicherheit halber – des Dialekts eines bereits seit längerer Zeit ausgestorbenen Stammes.

Stanislaus Demba schien es wirklich darauf abgesehen zu

haben, die Gelehrten an der Weiterarbeit zu verhindern. – Ob der Herr vielleicht etwas Besonderes daran finde, wenn es ihm einfiele, einem fremden Hund sein Frühstück zu schenken – fuhr er in gereiztem Ton den Professor an. Was denn weiter dabei sei? Bißchen Wurst und Brot. Um vierundsechzig Heller in jedem Greislerladen zu haben. Oder ob der Herr etwa glaube, daß man besondere Tricks oder Schliche oder Winkelzüge anwenden müsse, um in den Besitz von Wurst und Brot zu gelangen.

»Nein. Natürlich nicht«, sagte der erstaunte Professor höflich. Und der Herr sei augenscheinlich ein großer Tierfreund, setzte er hinzu.

»Aber du bist ja ein liebes Hunderl!« rief Stanislaus Demba in plötzlich erwachter Begeisterung. »Du bist ein reizendes Hunderl.« Ob die Herren den Hund vielleicht abgeben wollten. »Nicht? Schade!« – Der Hund würde es bei ihm gut haben. Stanislaus Demba – wenn er sich den Herrn vorstellen dürfe. Demba, cand. phil. ... Nach so einem Hund sei er schon lange auf der Suche. »Und von wem hat denn der Hund das schöne rote Mascherl bekommen? Du bist aber ein herziger Hund! Na, so komm doch her zu mir! Willst du Zucker haben?!«

»Geh hin, Cyrus!« sagte der Hofrat. »Gib dem Herrn schön das Pratzerl.«

Cyrus ging arglos ganz nah an Stanislaus Demba heran und hob die Vorderpfote.

Darauf schien der Student jedoch gewartet zu haben. Der unglückliche Hund erhielt statt des Zuckers einen gewaltigen Fußtritt und fiel heulend auf den Rücken.

Und nun sprang Stanislaus Demba auf und stürmte ohne Gruß davon. Das untere Ende seines Mantels, den er über den Armen hängen hatte, geriet ihm unter die Füße und brachte ihn zum Stolpern. Ein leises, metallisches Klirren war plötzlich zu hören, ähnlich dem Rasseln eines Schlüsselbundes. Aber Demba bewahrte sein Gleichgewicht, raffte den Mantel zusammen und verschwand hinter der Biegung des Fußpfads.

Professor Truxa erholte sich nur langsam von seinem Entsetzen. »So ein roher Mensch!« rief er entrüstet dem Hofrat zu.

Der Hofrat war merkwürdig ruhig geblieben. »Professor!« sagte er leise, ohne sich um den jammernden Cyrus zu kümmern. »Haben Sie das gesehen?«

»Natürlich! So ein roher Mensch!«

»Ist Ihnen sonst nichts an dem Menschen aufgefallen?« flüsterte Hofrat Klementi geheimnisvoll. »Ich habe ihn die ganze Zeit hindurch beobachtet. Denken Sie doch: Dieser jähe Umschwung der Stimmungen! Dieser anfängliche Heißhunger, der sich plötzlich in Ekel vor allem Eßbaren verwandelte. Dieser Roheitsausbruch, diese Brutalität gegen ein harmloses Tier, das er kurz vorher geradezu liebevoll gefüttert hat. Professor! Merken Sie nichts?«

»Sie meinen –?« fragte Professor Truxa.

»Haschisch!« schrie der Hofrat. »Ein Haschischraucher hier bei uns! In Europa!«

Professor Truxa erhob sich langsam und starrte dem Hofrat ins Gesicht.

»Sie könnten recht haben, Herr Hofrat«, sagte er. »Wie merkwürdig! Ein Haschischtrunkener! Er wäre der erste, dem ich in Europa begegne!«

»Natürlich hab' ich recht!« frohlockte der Hofrat.

»Mir ist die Art, wie er seinen Mantel trug, aufgefallen«, meinte der Professor nachdenklich. »Als ob er etwas Kostbares unter dem Überzieher vor den Augen der Menge zu verbergen hätte. Sie wissen, der Haschischraucher bildet sich immer ein, irgendeinen geheimnisvollen Schatz bei sich zu tragen.«

»Kommen Sie, Professor!« rief der Hofrat. »Rasch! Wir

holen ihn noch ein, wir dürfen ihn nicht aus den Augen lassen!«

Sie eilten dem Studenten in solcher Aufregung nach, daß sie den Hund Cyrus ganz vergaßen, der, mit der Leine an die Bank gebunden, vergeblich seinen Herrn durch Bellen und Winseln an seine Existenz zu erinnern suchte.

Als die beiden Gelehrten atemlos den unteren Teil des Parkes erreichten, war der Haschischtrunkene schon lange im Gewühle der spielenden Kinder verschwunden.

3

Das »Fräulein« wußte genau, wie gut ihr ihre neue Voilebluse mit den beiden sich kreuzenden roten Libertyspangen zu Gesicht stand. Wenn sie im Park auf der Bank saß und in ihrem Buch las, während der kleine Bub und das Mäderl, die sie spazierenzuführen hatte, mit ihrem Miniaturspritzwagen spielten oder Sand in allerlei kleine Gefäße und Formen füllten, so kam es nur selten vor, daß sie lange allein blieb. Ein oder zwei junge Herren setzten sich bald neben sie (zwei waren ihr gewöhnlich lieber, denn es war so lustig zuzusehen, wie dann einer dem andern im Weg war), taten anfangs überaus gleichgültig, so als ob sie sich aus reinem Zufall oder weil gerade der Platz so hübsch schattig war, für diese Bank entschieden hätten, bezeigten ein forciertes Interesse für alles mögliche: für die Spatzen und Tauben, für die Leute, die vorübergingen, oder für ihre eigenen Stiefelspitzen – bis sie schließlich doch ein Gespräch anknüpften: »Fräulein lesen da sicher etwas sehr Interessantes!« oder: »Zwei reizende Kinder, Ihre beiden kleinen Zöglinge, wie heißt du denn, Mäderl?« Oder die Keckeren unter ihnen: »Sie werden sich Ihre schönen blauen Augen verderben, Fräulein, wenn Sie fortwährend lesen.«

Ernstere Bekanntschaften ergaben sich für das Fräulein aus solchen Anfängen fast niemals, denn die jungen Herren kamen meist schon bei der zweiten Zusammenkunft mit Vorschlägen, Wünschen und Anliegen, die weit über das hinausgingen, worüber ein junges Mädchen aus gutem Hause – bitte, »Fräuleins« Vater war Oberoffizial bei der Post gewesen und der Onkel ihrer Mutter war noch heute Sektionsrat im Handelsministerium –, worüber ein junges Mädchen aus gutem Hause also vielleicht nach längerer Bekanntschaft, eventuell, unter Umständen mit sich reden lassen darf. Bei manchen Herren mußte man überhaupt schon nach zwei Minuten das Gespräch abbrechen, solche Reden führten sie, man mußte aufspringen: »Willi! Gretl! Es ist Zeit, daß wir nach Hause gehen!«, und den unverschämten Menschen einfach sitzenlassen. Das kam öfters vor, obwohl das Fräulein durchaus nicht prüde war, sondern im Gegenteil ein gewisses Vergnügen an vorsichtig-andeutenden Gesprächen über schlüpfrig-pikante Themen hatte.

Am liebsten sah sie es, wenn solch eine zwecklose Bekanntschaft in einen Ansichtskartenverkehr überging. Ansichtskarten ließ sich das Fräulein für ihr Leben gern schicken. Die Post, die morgens kam, bedeutete für sie den Höhepunkt des Tages. Oft, ja zumeist waren es Karten mit der Unterschrift eines ihr völlig gleichgültig Gewordenen oder gar Vergessenen, das letzte Echo einer nichtigen, verplauderten halben Stunde. Aber es war so lustig, wenn die Gnädige ärgerlich ins Zimmer kam und auf die Frage ihres Mannes, ob der Briefträger schon dagewesen sei, verdrossen zur Antwort gab: »Ja, aber für uns war nichts, nur für das Fräulein zwei Karten.«

Heute saß kein junger Mann neben dem Fräulein, sondern Frau Buresch, eine ältere Dame, die mit ihren beiden Kindern Tag für Tag den Park besuchte. Man kannte einander. Die Kinder spielten, alle vier zusammen; Frau Buresch und das Fräulein tauschten Bemerkungen über das Wetter aus.

»Hat es sich doch aufgeheitert«, sagte das Fräulein. »Mir ist lieber, es regnet, als man weiß nicht, wie man dran ist«, meinte Frau Buresch pessimistisch und holte ihre Häkelarbeit hervor.

»Wie ich heut früh aus dem Fenster geschaut hab', hätt'

ich geschworen darauf, daß es den ganzen Tag regnen wird, so hat's ausgesehen. Jetzt ist's doch wieder ganz schön geworden, merkwürdig.«

Das Wetterthema war erledigt. Das Fräulein blätterte in ihrem Buch. Frau Buresch häkelte.

»Im Votivpark sollen dieses Jahr Sessel aufgestellt werden statt der Bänke«, erzählte das Fräulein. »Vier Heller pro Person.«

»Alles wird täglich teurer. Ich sag' Ihnen, Fräulein, grau in grau ist das Leben. Was, glauben Sie, kostet heuer ein Kilo ganz gewöhnliches, ausgelassenes —«

Sie verschluckte das ganze Kilo ganz gewöhnlich ausgelassenen Schweinefetts, das sie auf der Zunge hatte, und verstummte. Ein junger Mann hatte sich zwischen sie und das Fräulein gesetzt. Und wenn sich ein junger Mann neben das Fräulein setzte, dann wollte Frau Buresch um Gottes willen nicht stören. Dann schob sie sich rücksichtsvoll bis an das äußerste Ende der Bank und vertiefte sich in ihre Häkelarbeit.

Stanislaus Demba trug seinen hellbraunen Havelock um die Schultern geworfen und vorne flüchtig zugeknöpft. Die leeren Ärmel hingen schlaff hinunter. Er hatte sich erschöpft auf die Bank niedergelassen, wie einer, der einen weiten Weg hinter sich hat und froh ist, daß er ein paar Minuten lang ausruhen kann.

Erst nach einer Weile schien er zu bemerken, daß seine Nachbarin ein ausnehmend hübsches Mädchen war. Er setzte sich zurecht und schaute ihr aufmerksam ins Gesicht. Er schien zufrieden.

Dann fiel sein Auge auf das Buch, das sie in der Hand hielt.

Dem Fräulein entging der Eindruck, den sie auf ihren Nachbar machte, nicht. Verstohlen hatte auch sie ihn gemustert, ohne dabei von ihrem Buche aufzublicken. Er mißfiel ihr nicht. Freilich, elegant konnte man ihn beim besten Willen nicht nennen, und die gut angezogenen jungen Leute waren ihr eigentlich lieber. Aber dieser junge Mann schien ihr von andrer Art zu sein als die Leute, mit denen sie sonst verkehrte. Vielleicht gehörte er zur Boheme – dachte sie. – So sieht er aus. Er hat lebhafte Augen und macht den Eindruck eines energischen und klugen Menschen. Wenn man es recht überlegte, so konnte man sich diesen schweren und ungefügen Körper gar nicht in einen feinen, gutgemachten Anzug hineindenken. Er kleidete sich eben, wie es seiner Natur entsprach – stellte das Fräulein fest. Freilich, die Hosen, die über und über mit Kot bespritzt waren, hätte er sich wohl abbürsten können, bevor er sich neben sie setzte. Aber trotzdem! Das Fräulein fand, daß irgend etwas an dem jungen Menschen sie anzog. Sie beschloß, sich seinen Annäherungsversuchen gegenüber, die ja nicht ausbleiben würden, das wußte sie genau, entgegenkommend zu verhalten.

Stanislaus Demba begann das Gespräch in nicht gerade origineller Weise, indem er das Fräulein nach dem Gegenstand ihrer Lektüre fragte. »Das ist ein Ibsen, nicht wahr?«

Das Fräulein war sehr geübt darin, zusammenzufahren, wenn sie angesprochen wurde, und dem Fragenden ein erschrockenes, verwirrtes und ein wenig indigniertes Gesicht zuzukehren.

Stanislaus Demba wurde sofort verlegen. »Hab' ich Sie gestört?« fragte er. »Ich wollte Sie nicht stören.«

»Aber nein«, sagte das Fräulein, senkte die Augen und tat, als ob sie weiterlese.

»Ich wollte nur fragen, ob das Buch da nicht ein Ibsenstück ist.«

»Ja. Die ›Hedda Gabler‹.«

Stanislaus Demba nickte mit dem Kopf und wußte weiter nichts zu sagen.

Pause. Das Fräulein blickte in ihr Buch, ohne jedoch zu lesen. Sie wartete. Aber Stanislaus Demba schwieg.

Ein bißchen schwerfällig ist er – dachte das Fräulein. Sie kam ihm zu Hilfe. »Sie kennen das Stück?« fragte sie. Jetzt ließ sie das Buch sinken zum Zeichen, daß ihr nicht sonderlich viel am Weiterlesen gelegen sei.

»Ja. Natürlich kenn ich's«, sagte Demba. – Weiter nichts.

Dem Fräulein blieb nichts anderes übrig, als umzublättern und die Lektüre fortzusetzen. War er so ungeschickt? Wußte er nichts weiter zu sagen? Oder bedauerte er am Ende, sie angesprochen zu haben? Mißfielen ihm etwa die beiden kleinen Pockennarben auf ihrer linken Wange? Kaum. Alle Leute fanden gerade diesen kleinen Schönheitsfehler reizend und apart. Nein. Es war nur Unbeholfenheit. Und das Fräulein entschloß sich, ihm eine letzte Chance zu geben. Sie ließ ihren Regenschirm fallen.

Jeder junge Mann, auch der dümmste und ungeschickteste, wird in einem solchen Fall blitzschnell nach dem Schirm greifen und ihn der Dame mit einer eleganten Verbeugung und ein paar liebenswürdigen Redensarten überreichen. Und die Dame bedankt sich vielmals, und ehe man's merkt, ist das Gespräch im Gange.

Aber diesmal geschah etwas Unerhörtes. Etwas, was sich in der Geschichte aller Parkanlagen der Welt niemals vorher ereignet hatte: Stanislaus Demba ließ den Schirm liegen. Er sprang nicht auf, er haschte nicht nach ihm. Nein. Er rührte sich nicht und ließ es zu, daß sich das Fräulein selbst nach dem Schirm bückte.

Aber das Fräulein war seltsamerweise nicht beleidigt. Nein. Gerade das imponierte ihr an Stanislaus Demba, daß er so anders als die anderen vorging. Er verschmähte die abgebrauchten Mittel, mit denen Dutzendmenschen auf Frauen Eindruck zu machen suchten. Er wollte nicht galant erscheinen, er verachtete die hohle Geste billiger Ritterlichkeit. Des Fräuleins Interesse an Demba wuchs. Und vielleicht hätte jetzt sogar sie ihn angesprochen – Frau Buresch häkelte und sah nicht hin –, wenn nicht Demba selbst mit einem Male zu reden begonnen hätte.

»Wenn ich Ihr Vater wäre, Fräulein«, sagte er, »würde ich Ihnen verbieten, Ibsen zu lesen.«

»Wirklich? Aber warum denn? Paßt er denn nicht für junge Mädchen?«

»Weder für Erwachsene noch für junge Mädchen«, erklärte Demba. »Er gibt Ihnen ein falsches Weltbild. Er ist die Marlitt des Nordens.«

»Aber das müssen Sie doch wohl begründen.« Das Fräulein kannte die Art der jungen Leute, denen es nicht darauf ankam, ein paar Größen zu stürzen, wenn sie durch kühne literarische Behauptungen Interesse für sich erwekken konnten.

»Es würde Sie langweilen. Mich langweilt es auch«, sagte Demba. »Ich müßte Ihnen vor allem erklären, wie wenig und wie Gewöhnliches hinter seinen Symbolen verborgen liegt. Wie alle seine Menschen sich am leeren Klang ihrer Worte berauschen. – Aber lassen wir das, mich langweilen literarische Gespräche. Nur etwas noch: Haben Sie es noch nicht bemerkt? Seine Menschen sind alle geschlechtslos.«

»So? Geschlechtslos?« – Das Fräulein hatte nicht viel von Ibsen gelesen. Mein Gott, man kommt so selten zu einer ruhigen Stunde und zu einem guten Buch. Außer »Hedda Gabler« kannte sie nur noch »Gespenster«. Aber sie verstand es, hauszuhalten mit ihrem Wissen und den Eindruck großer Belesenheit und einer lückenlosen Kenntnis der neueren Literatur hervorzurufen.

»Und der Oswald?« fragte sie. »Finden Sie den etwa auch geschlechtslos?«

»Oswald? Ein verkappter Kandidat der Theologie. Glauben Sie ihm doch den Kuß im Nebenzimmer nicht!« –

Stanislaus Demba raffte sich zu einem Witz auf. »Das ist ein Schwindel: Ein Theaterarbeiter ist es, der im Nebenzimmer die Regina küßt, ein Kulissenschieber, der Inspizient vielleicht, aber nicht der Oswald.«

Das Fräulein lachte.

»Übrigens«, fuhr Demba fort und rückte näher an das Fräulein heran, »ist der Kuß ein Betrug an der Natur. Ein Ausweg, von Frauen ersonnen, um den Mann um sein Recht zu prellen.«

»Sie sind aber unbescheiden. Sie gehen wohl gleich aufs Ganze, nicht?« meinte das Fräulein.

»Küssen, Streicheln, Körper an Körper schmiegen«, predigte Stanislaus Demba, »sind nur dazu da, um uns abzulenken von dem einen, das wir der Natur schulden.«

Das Fräulein überlegte, ob es nicht besser sei, aufzustehen und die Unterhaltung zu beenden, die ein wenig schwül zu werden drohte. Aber ihr Nachbar sprach ja vorerst ganz akademisch, reine Theorie alles, und der Gegenstand des Gesprächs behagte ihr im Grund genommen. Sie schielte nach Frau Buresch: die saß und häkelte und hatte sicher kein Wort verstanden, und die Kinder spielten in beruhigender Entfernung.

Aber Demba gab jetzt selbst dem Gespräch eine andere Wendung.

»Ich habe Hunger«, sagte er.

»Wirklich?«

»Ja. Denken Sie. Seit gestern mittag habe ich nichts gegessen.«

»So rufen Sie doch dort das Brezelweib und kaufen Sie sich ein Stück Kuchen.«

»Das sagt sich sehr leicht, aber es ist nicht so einfach«, sagte Demba nachdenklich. »Wieviel Uhr ist es eigentlich?«

»Halb zehn vorüber ist es auf meiner Uhr. Gleich dreiviertel«, sagte das Fräulein.

»Herrgott, da muß ich ja gehen!« Demba sprang auf.

»Wirklich? Das ist schade. Es ist so langweilig, hier allein zu sitzen.«

»Ich habe mich verplaudert«, sagte Demba. »Ich habe viel zu tun. Ich hätte mich eigentlich gar nicht setzen dürfen. Aber ich war todmüde und die Füße schmerzten mich. Und außerdem« – Demba schwang sich zur höchsten Liebenswürdigkeit auf, deren er fähig war –, »ich konnte ja gar nicht an Ihnen vorbeigehen. Ich mußte Sie kennenlernen.«

»Es ist eigentlich schade, daß wir nicht weiterplaudern können.« Das Fräulein wippte leicht mit der Fußspitze und ließ einen zarten Knöchel und den Ansatz eines schlanken, schöngeformten Beines sehen.

Stanislaus Demba starrte wehrlos auf ihren Fuß und blieb sitzen.

»Ich möchte Sie gerne wiedersehen«, sagte er.

»Ich gehe häufig um diese Zeit mit den Kindern spazieren. Freilich, in diesem Park bin ich nicht immer.«

»Und wo sind Sie gewöhnlich?«

»Das ist verschieden. Es hängt von meiner Gnädigen ab. Ich bin Erzieherin.«

»Dann werde ich wieder mal hierher schauen.«

»Wenn Sie es dem Zufall überlassen wollen – aber Sie können mir ja schreiben«, sagte das Fräulein.

»Gut. Dann werde ich Ihnen schreiben.«

»Also, notieren Sie sich meine Adresse: Alice Leitner, bei Herrn Kaiserlichen Rat Adalbert Füchsel, neunter Bezirk, Maria Theresien-Straße 18. – Warum notieren Sie es nicht?«

»Das merke ich mir auch so.«

»Das ist unmöglich. So eine lange Adresse kann man sich nicht merken. Wiederholen Sie sie doch einmal.«

Stanislaus Demba wußte nur noch Alice und Kaiserlicher Rat Füchsel. Alles andere hatte er vergessen.

»Also schreiben Sie sich's auf!« befahl das Fräulein.

»Ich habe weder Bleistift noch Papier«, sagte Demba und verzog ärgerlich das Gesicht.

Das Fräulein holte einen Bleistift aus ihrer Handtasche und riß ein Blatt Papier aus ihrem Notizbuch. »So. Notieren Sie sich's.«

»Ich kann nicht«, versicherte Stanislaus Demba.

»Sie können nicht?« fragte das Fräulein erstaunt.

»Nein. Ich bin leider Analphabet. Ich kann nicht schreiben.«

»Machen Sie doch keine Scherze!«

»Das ist kein Scherz. Es ist eine bekannte statistische Tatsache, daß 0,001 Promille der Wiener Bevölkerung aus Analphabeten besteht. Dieses eine Null Ganze, Null, Null eins pro Mille bin ich.«

»Das soll ich Ihnen glauben?«

»Gewiß, Fräulein! Sie haben heute die Ehre —«

Stanislaus Demba verstummte. Ein Windstoß hatte ihm den Hut vom Kopf gerissen und über den Kiesweg auf den Rasen getrieben. Stanislaus Demba sprang auf und machte einige Schritte hinter dem Hut her. Plötzlich blieb er stehen, kehrte sich langsam um und ging auf seinen Platz zurück.

»Dort liegt er«, murmelte er, »und ich kann ihn nicht holen.«

»Sie sind komisch«, lachte das Fräulein. »Haben Sie vielleicht Angst vor dem Parkwächter?«

»Wenn Sie mir nicht helfen, bleibt er dort liegen.«

»Ja, aber warum denn?«

Stanislaus Demba holte tief Atem.

»Weil ich ein Krüppel bin«, sagte er mit tonloser Stimme. »Es muß heraus. Ich habe keine Arme.«

Das Fräulein sah ihn entsetzt an und brachte kein Wort aus der Kehle.

»Ja«, sagte Stanislaus Demba. »Ich habe beide Arme verloren.«

Das Fräulein ging wortlos in den Rasen und holte den Hut.

»Bitte, setzen Sie mir ihn auf. – Ich bin leider auf fremde Hilfe angewiesen. – So, danke.«

»Ich war Ingenieur«, sagte Demba und ließ sich wieder auf die Bank nieder. »Demba, Ingenieur in den Heureka-Werken. Ich war so ungezogen, mich nicht gleich vorzustellen. Kennen Sie die Heureka-Werke? Nein! Broterzeugung. Hasenmeyers beliebtes Kornbrot. Haben Sie nie davon gehört?«

»Nein«, flüsterte das Fräulein und schloß die Augen. Jetzt verstand sie manches an ihres Nachbars Benehmen. Sie begriff, warum er ihr vorhin den Schirm nicht aufgehoben hatte, der Arme. Und warum er sich geweigert hatte, ihre Adresse aufzuschreiben.

»In der Dampfmühle ist es mir geschehen. Ich geriet mit beiden Armen in die Mahlmaschine. An einem – nein, es war gar nicht einmal an einem Freitag. An einem ganz gewöhnlichen Donnerstag war's; am zwölften Oktober.«

Mit einem Male bekam das Fräulein eine rasende Angst, daß er auf den Einfall kommen könnte, ihr seine verstümmelten Arme zu zeigen. Zwei kurze, blutunterlaufene Stümpfe – Nein! Sie konnte nicht daran denken. Ein kalter Schauer lief ihr über den Rücken.

»Ich muß leider jetzt gehen«, sagte sie leise und schuldbewußt. »Willi! Gretl! Es ist Zeit, daß wir nach Hause gehen.«

Sie warf einen scheuen Blick auf ihren Nachbar. Wie schauerlich die leeren Ärmel herunterhingen. Und sein abgetragener Anzug. Dieser alte Mantel aus billigem Stoff! Alles, was ihr vorher als stolz zur Schau getragene Originalität, als die gewollte Uneleganz des Bohemiens erschienen war, erkannte sie jetzt als das, was es wirklich war: Als mühsam verborgenes Elend.

Und hatte er nicht selbst gestanden, daß er Hunger litt?

»Sind Sie noch in der Fabrik?« fragte sie.

»Wo? In der Fabrik? – Ach so. In den Heureka-Werken. – Nein. Wer kann denn einen Krüppel brauchen«, sagte Demba.

Ja. Es war so, wie sie vermutet hatte. Es ging ihm schlecht. – Viel Geld hatte das Fräulein nicht bei sich. Eine Krone fand sich in ihrem Handtäschchen und ein Zehnhellerstück. Die legte sie heimlich neben Stanislaus Demba auf die Bank.

Dann stand sie auf. – Einen Augenblick lang zuckte es in ihr, dem unglücklichen Menschen die Hand zu reichen. Rechtzeitig kam ihr die ganze Absurdität dieses Vorhabens zum Bewußtsein.

Sie nickte Stanislaus Demba zu und verabschiedete sich von Frau Buresch. Dann nahm sie das kleinere der Kinder an die Hand und ging.

Als sie beim Parkausgang stand, fiel ihr ein, daß der arme Mensch das Geld ja gar nicht zu sich nehmen konnte. Aber sie dachte sich, daß ihm irgend jemand schon helfen werde. Vielleicht ein Vorübergehender; oder Frau Buresch.

Frau Buresch, der kein Wort des Gespräches entgangen war, obwohl sie sich den Anschein gegeben hatte, als sei sie nur mit ihrer Häkelarbeit beschäftigt, war Zeugin, wie Stanislaus Demba das Geld entdeckte. Sie beobachtete, wie sein Gesicht sich in eine Grimasse der Bestürzung, des Ekels und der Enttäuschung entstellte, und sie sah mit Staunen, wie aus seinem Mantel zwei Fingerspitzen hervorkamen, die das Geld mit wütender Gebärde auf den Boden warfen.

4

Im Bureau der Firma Oskar Klebinder, Modewestenstoffe en gros, herrschte heute keineswegs rege Tätigkeit. Der Chef war zwar wie alle Tage am Morgen hier gewesen, hatte ein bißchen mit dem Personal gebrummt und speziell dem Kontoristen Neuhäusl, der sich um eine volle halbe Stunde verspätet hatte, für den nächsten Ersten die Kündigung in Aussicht gestellt. Hatte dann in seinem Privatkontor eine heftige Auseinandersetzung mit dem Reisenden Zerkowitz gehabt – »In Wien spazierengehen, dafür zahl' ich Sie nicht! Fällt mir nicht ein!« hatte man ihn schreien gehört. – Schließlich hatte er dem Fräulein Postelberg unter fortwährendem Husten und Räuspern zwei Briefe diktiert und hatte dazwischen über den Kohlenstaub in den Stadtbahnzügen geschimpft. Dann aber war er mit der Bemerkung fortgegangen, daß er in einer Stunde wahrscheinlich wieder da sein werde; aber die Drohung machte auf keinen seiner Angestellten Eindruck. Man wußte, daß er mit dem Zehnuhrzug nach Kottingbrunn fahren wollte, wo nachmittags das Rennen stattfand.

An solchen Tagen pflegten die Bureaustunden im Hause Oskar Klebinder, Modewestenstoffe en gros, gemütlich und angenehm zu verlaufen. Denn der Buchhalter Braun, der den abwesenden Chef zu vertreten hatte – Mister Brown wurde er von den drei Bureaufräuleins genannt, obwohl er nach Mährisch-Trübau zuständig war und kein Wort Englisch verstand –, Mister Brown war kein Spielverderber. Er selbst arbeitete zwar gewissenhaft an seinem Stehpult weiter, addierte unverdrossen Ziffernkolonnen, schloß Konti ab und eröffnete neue, aber was rings um ihn geschah, interessierte ihn nicht. Seine Kollegen und Kolleginnen durften sich die neunstündige Bureauzeit vertreiben, wie es ihnen beliebte. Nur wenn die Unterhaltung zu laut wurde, schüttelte er mißbilligend den Kopf.

Laut war die Unterhaltung diesmal nicht. Eine einzige Schreibmaschine klapperte. Das war Fräulein Hartmann, die morgen auf Urlaub ging und ihren Rückstand aufarbeiten mußte. Fräulein Springer las aus dem Tagblatt den Sportbericht vor. Fräulein Postelberg hatte zwei Spiegel auf ihren Schreibtisch gestellt und legte die letzte Hand an ihre neue Frisur. Herr Neuhäusl beschäftigte sich mit der Malträtierung seiner Taschenuhr, der er die Schuld an seiner Verspätung beilegte. Der Praktikant Josef malte traumverloren auf einen Bogen Kanzleipapier mit blauem Bleistift seine Unterschrift, die so schwungvoll war, daß er ohne weiteres zum Gouverneur der Österreichisch-Ungarischen Bank hätte ernannt werden können. Aus dem Lagerraum war die fettige Stimme des Reisenden Zerkowitz zu vernehmen, der irgend jemandem Vorwürfe machte, weil eine Musterkollektion noch immer nicht zusammengestellt war.

»Ethel, wie steht sie mir?« fragte jetzt Fräulein Postelberg, die eben mit ihrer Frisur fertig geworden war.

»Laß dich anschauen! Wirklich großartig, Claire«, sagte Fräulein Springer.

»Claire« und »Ethel« sind für Angestellte einer Manufakturfirma am Franz-Josefs-Kai nicht gerade alltägliche Namen. Keine der beiden Damen hätte ihr Recht auf den schönklingenden Rufnamen aus ihren Tauf-, Geburts- oder sonstigen Dokumenten schwarz auf weiß nachweisen können. Aber dem Fräulein Postelberg konnte man die Berechtigung, sich »Claire« rufen zu lassen, nicht bestreiten. Obwohl sie ein widriges Geschick als schlichte Klara Postelberg in Wien II hatte das Licht der Welt erblicken lassen, so stand sie doch bei dem männlichen Personal aller Häuser, mit denen die Firma Oskar Klebinder in Geschäftsverbindung stand, in dem Ruf, etwas »Französisches«, etwas »echt Pariserisches« oder, wie der Reisende Zerkowitz, ein gewiegter Frauenkenner, es noch deutlicher ausdrückte, »ein gewisses Etwas« an sich zu haben. Sie bezog den »Chic parisien« im Subabonnement, pflegte auf dem Weg ins und aus dem Bureau in französischen Romanen zu lesen und hatte im Vorjahr durch den Vortrag eines französischen Chansons bei einem Vereinsabend einen außerordentlichen Erfolg erzielt. Fräulein Springer, die ungarische Korrespondentin, hingegen gab sich, seit sie in einem Wettschwimmen im Dianabad den zweiten Preis erzielt hatte, ganz als *sporting girl*. Sie verbreitete Angst und Schrecken durch die robuste Art ihres Händedrucks, mit dem sie ihre Freunde und Bekannten aufs äußerste zu mißhandeln pflegte, und hatte es durch Terrorismus im Bureau durchgesetzt, daß ihr Vorname Etelka in das klangvollere Ethel abgekürzt wurde. Sie führte mit Vorliebe Gespräche über amerikanische Mädchenerziehung und über die Stellung der Frau »drüben«, »jenseits des großen Wassers«, und wußte den leichten ungarischen Akzent in ihrer Sprache durch gelegentlich eingestreute *»all right«* und *»never mind«* zu verbergen.

Sonja Hartmann hieß wirklich Sonja. Sie stand jetzt auf, stülpte den Deckel über ihre Schreibmaschine und schloß sie ab.

»So. Fertig«, sagte sie. »Zwölf Tage lang rühr' ich jetzt keine Feder an. Außer wenn ich euch Ansichtskarten aus Venedig schick'.«

Sonja Hartmanns bevorstehende Urlaubsreise stand seit zwei Tagen im Mittelpunkt der Erörterungen. Das Ergebnis ihres gestrigen Bittgangs zum Chef – zwölf Tage hatte er bewilligt – war mit Spannung erwartet und eingehend besprochen worden. An der Zusammenstellung der Reiseroute hatte das ganze Bureau mit Eifer und Hingebung mitgearbeitet, für die notwendigen Einkäufe und sonstigen Vorbereitungen hatte der welterfahrene Herr Zerkowitz, der Reisende, seinen sachkundigen Rat geliehen. In kaum vierundzwanzig Stunden ging der Zug ab, der Sonja Hartmann aus dem Südbahnperron in märchenhafte Fernen entführen sollte. Und vor drei Tagen hatte noch niemand auch nur die leiseste Ahnung gehabt von dem Glück, das ihr bevorstand. Aber vorgestern hatte Georg Weiner, ihr Freund, von seinem Vater ganz unerwartet dreihundert Kronen als Belohnung für ein bestandenes Kolloquium bekommen. Neunzig Kronen hatte sie selbst in der Sparkasse gehabt, die konnte sie zur gemeinsamen Reisekasse beisteuern. Und für beinahe vierhundert Kronen ließ sich schon ein ganz hübsches Stückchen Welt besehen. Freilich, das Rundreisebillett zweiter Klasse, Wien–Triest–Venedig–Wien – schon gestern war es im Bureau von Hand zu Hand gegangen und gebührend angestaunt worden – war dünn genug und enthielt nicht imponierend viel Blätter. Aber ebenso wie in den amtlichen Kommuniqués über Monarchenzusammenkünfte oder Ministerbegegnungen die bedeutungsvollen Ergebnisse nicht im Text, sondern zwischen Zeilen verborgen liegen, so sollten die eigentlichen Genüsse der Reise nicht auf den perforierten Blättern des Rundreiseheftes, sondern zwischen ihnen gefunden werden. Schon am Semmering wollte man die Fahrt für einige Stunden unterbrechen und eine Besteigung des Sonnwendsteines unternehmen. Für die Besichtigung Laistbachs – Graz kannte Sonja Hartmann schon – und für den Besuch der Adelsberger Grotte war je ein halber Tag vorgesehen. Von Triest aus sollten größere und kleinere Ausflüge nach Pirano, Capo d'Istria und Grado unternommen und der mehrtägige Aufenthalt in Venedig durch einen Abstecher nach Padua unterbrochen werden. Denn Padua – hatte

Georg Weiner erklärt –, war doch nicht solch ein Allerweltsreiseziel wie Venedig, sondern lag abseits vom Strome der Globetrotter und schon eher im Herzen Italiens. Wer in Venedig war, der kennt nur die Fransen Italiens, wer aber in Padua war, kennt auch das Innere – hatte auch Herr Zerkowitz bestätigt. Padua stand also gleichfalls auf dem Reiseplan, obwohl Sonja eigentlich einen längeren Aufenthalt auf dem Lido vorgezogen hätte. Von Padua aus sollte dann jenes Telegramm an Sonjas Chef, Herrn Klebinder abgehen, über dessen Abfassung es gestern beinahe zu einem Streit zwischen Sonja und Georg Weiner gekommen wäre. Sonja war unbedingt für einen draufgängerischen Text gewesen, für eine Tonart, die den Gedanken an einen Widerspruch von vornherein nicht aufkommen lassen sollte. Georg Weiner hatte einen diplomatischen Entwurf in Vorschlag gebracht, und schließlich hatte man sich auf die Stilisierung: »Durch Unwohlsein Rückfahrt verzögert, ankomme Freitag« geeinigt. Freitag, das ergab zwei volle Tage Urlaubsverlängerung, und die sollten, wenn das Geld langte, auf der Heimreise zu einer Fußwanderung durch das romantische Ennstal verwendet werden.

Sonja zündete sich eine Zigarette an und lehnte sich in ihren Stuhl zurück, als säße sie schon im Eisenbahnwagen und ratterte an Mürzzuschlag, St. Peter oder Opčina vorbei.

»Werdet ihr mir alle nach Venedig schreiben?« fragte sie und ließ eine Rauchwolke zur Decke schweben. »Venezia, posta grande. Sie auch, Mister Brown?«

»Was soll ich Ihnen denn schreiben?« fragte Mister Brown, ohne von seinem Buch aufzublicken.

»Was es Neues gibt im Bureau.«

»Was wird es denn Neues geben?« meinte der Buchhalter und begrub den Kopf zwischen zwei Kontoblättern: »Daß Koloman Steiner in Groß-Kikinda sechs Prozent anbietet, wird Sie wahrscheinlich wenig interessieren. Seien Sie froh, wenn Sie mal paar Tage nichts von uns hören.«

»Die Postelberg wird schon für Abwechslung sorgen«, mischte sich Herr Neuhäusl in die Unterhaltung. »Diesen Monat trägt sie das Haar kirschrot, nach dem Ersten soll Grasgrün drankommen, hab' ich aus verläßlicher Quelle erfahren.«

»Sie werden es wahrscheinlich sowieso nicht bei uns erleben, Herr Neuhäusl«, wehrte sich die Angegriffene mit unzarter Anspielung auf die Drohung des Chefs. »Also kann es Ihnen ganz egal sein. Überhaupt heiß' ich für Sie: Fräulein Postelberg, merken Sie sich das.«

»Kinder, streitet euch nicht fortwährend!« mahnte Etelka Springer. »Sag mir lieber, Sonja, was wird Stanie dazu sagen, wenn er hört, daß du mit dem Georg davon bist?«

»Der?« – Sonja zuckte geringschätzig die Achseln. »Der soll sagen, was er will. Wir sind endgültig fertig miteinander.«

»Bei dir ist alles Egoismus und Berechnung«, sagte Fräulein Postelberg.

»Wie kannst du das sagen?« fuhr Sonja auf. »Bitte, misch dich nicht immer in meine Angelegenheiten ein.«

Sie holte die Photographie ihres Freundes aus ihrer Handtasche hervor und hielt sie dem Buchhalter vors Gesicht.

»Das ist Georg Weiner. Ist er nicht schön, Mister Brown? Ist er nicht schön?«

»Mister Brown« war gerade mitten im Addieren und hatte keine Zeit, von seinem Buche aufzublicken. »Wie ein Angorakatzerl«, sagte er aber auf jeden Fall. »Siebzehn – sechsundzwanzig – zweiunddreißig. Wie ein Seidenschwanz.« Er hatte von seiner langjährigen Tätigkeit in der Seidenbranche her eine unklare Vorstellung, daß ein Seidenschwanz ein besonders farbenschillerndes Lebewesen sein müsse.

»Im Ernst, Mister Brown«, drängte Sonja. »Sagen Sie, ist er nicht wirklich schön?«

»Einundfünfzig – neunundfünfzig – vierundsechzig. Wie ein Karpatenhirsch.«

Sonja kehrte ihm gekränkt den Rücken zu und legte die Photographie auf ihr Schreibpult.

»Mir tut der Stanie leid«, sagte Fräulein Postelberg. »Ich weiß nicht, fort muß ich an den Menschen denken. Wenn du mir folgst, läßt du Venedig Venedig sein und den Weiner Weiner und fährst zu deiner Tante nach Budweis wie voriges Jahr.«

Sonja verzog den Mund und hielt es nicht der Mühe wert, eine Antwort zu geben.

»Wie ein Paradiesvogel«, ließ sich von seinem Schreibpult her Mister Brown vernehmen, der während des Addierens mechanisch nach dem richtigen Ausdruck für Georg Weiners männliche Schönheit weitersuchte.

»Du hast's bequem. Natürlich«, fuhr Klara Postelberg fort. »Du bist morgen schon wer weiß wo, wenn er heraufkommt und uns eine Szene macht. Wir können uns dann seine Vorwürfe anhören. So wie vorige Woche, wie du mit dem Weiner ins Theater gefahren bist. Ganz außer Rand und Band war er, wie du nicht mehr da warst. Wie ein Wilder hat er sich aufgeführt, schade, daß du nicht dabei warst, gebrüllt hat er mit uns wie —«

»Wie ein Bär in Sibirien«, ergänzte Mister Brown, der sich noch immer in zoologischen Vorstellungen bewegte und nicht genau wußte, wovon im Augenblick die Rede war.

»Er hat gar keine Ursache, sich aufzuregen«, sagte Sonja gelassen. »Ich hab' es ihm schon wiederholt gesagt, daß es zwischen mir und ihm ein für allemal aus ist. Übrigens könnt ihr ihm ja wirklich sagen, daß ich nach Budweis zu meiner Tante gefahren bin.«

Herr Neuhäusl legte das Taschenmesser, mit dessen Hilfe er eine wichtige Verbesserung an dem Räderwerk seiner Taschenuhr erzielt hatte, aus der Hand.

»Wenn Sie sich vielleicht einbilden«, sagte er zu Sonja, »daß Ihr Verflossener nicht ganz genau weiß, was Sie vorhaben —«

»So mag er's wissen«, sagte Sonja. »Um so besser. Ich habe keine Ursache, vor ihm Verstecken zu spielen. Wo haben Sie ihn getroffen?«

»Gestern abend hat er sich im Café Sistiana zu mir gesetzt«, sagte Herr Neuhäusl, ließ den Deckel seiner Uhr zuschnappen und steckte sie in die Westentasche. »Ich hab' ruhig meine Zeitung lesen wollen, konnt' aber nicht dazu kommen. Bis neun Uhr hab' ich mir ununterbrochen seinen Liebesgram anhören müssen und ab neun Uhr seine Rachepläne. Hat mich *sehr* interessiert«, schloß Herr Neuhäusl ironisch.

»Wie war er? War er sehr aufgeregt?« fragte Fräulein Postelberg neugierig.

»Anfangs war er sehr aufgeregt, zum Schluß ist ihm dann eine Idee gekommen, da hat er sich beruhigt. Von sechshundert Kronen hat er etwas gesagt, die er sich verschaffen will, und damit wird er mit dem Fräulein Hartmann nach Paris fahren, hat er gesagt, oder an die Riviera.«

Auf Sonja Hartmann machte diese Eröffnung keinen Eindruck, Fräulein Postelberg hingegen geriet durch die bloße Erwähnung von »Paris« in Ekstase.

»Sonja!« rief sie verzückt, lehnte den Kopf zurück und blickte schwärmerisch zur Decke empor. »Paris! Die Boulevards! Der Père Lachaise! Der Montmartre!«

»Eau de Cologne«, äffte ihr Herr Neuhäusl nach mit einer Grimasse, »*Chapeau claque! Voilà tout!*«

Dann stand er auf und begann im Flüsterton eifrig auf den Buchhalter einzusprechen.

»Mister Brown« schien ihm nicht zuzuhören, schrieb und rechnete unermüdlich weiter. Erst nach ein paar Minuten legte er die Feder hin, warf einen Blick auf die Wanduhr und schlug sich mit der Hand vor die Stirne.

»Dreiviertel zehn ist schon? Ist das möglich?« fragte er. »Wieviel Uhr haben Sie, Herr Neuhäusl? Wirklich schon dreiviertel zehn? Dann hab' ich den Prokuristen von Gebrüder Goldstein schon eine Viertelstunde lang auf mich warten lassen. – Eine geschäftliche Besprechung, Herr Neuhäusl, Sie können mitgehen, damit Sie lernen, wie man mit der Kundschaft umgeht. Wenn der Chef zufällig kommen sollte, so rufen Sie mich im Café Sistiana an, Fräulein Springer, der Kellner dort kennt mich. 17 836 ist die Nummer.«

»*All right,* Mister Brown«, sagte Etelka Springer.

»Ist Ihnen vielleicht etwas nicht recht, Fräulein Postelberg?« stellte »Mister Brown« die Kontoristin zur Rede, die mit dem Praktikanten Josef stumme Blicke eines vergnügten Einverständnisses gewechselt hatte.

»Aber wo denken Sie hin?« verteidigte sich Klara Postelberg. »Ich weiß doch: *Les affaires sont les affaires.*«

»Ich möchte wetten«, sagte sie, als »Mister Brown« mit Herrn Neuhäusl das Bureau verlassen hatte, »daß er jetzt mit dem Neuhäusl Karambol spielen geht. Immer, wenn der Chef beim Rennen ist, hat er geschäftliche Besprechungen im Café Sistiana, und ausgerechnet den Neuhäusl nimmt er jedesmal mit.«

»Recht hat er«, sagte Etelka Springer.

Klara Postelberg setzte sich zu Sonja.

»Was hast du denn gegen den Stanie?«

»Nichts«, sagte Sonja. »Gar nichts. Ich hab' ihn nur nicht mehr gern.«

»Warum eigentlich? Und seit wann?«

»Seit wann? – Wirklich gern hab' ich ihn eigentlich nie

gehabt. Oder nur an dem einen Tag, an dem ich ihn kennengelernt hab'. Später hab' ich immer nur Furcht vor ihm gehabt; er ist wild und unberechenbar, wenn ich mit ihm unter Leuten war, hab' ich immer davor zittern müssen, daß er mit irgend jemandem Streit beginnt.«

»Aber er ist sehr gescheit«, sagte Klara Postelberg. »Und er versteht einfach alles. In allem kennt er sich aus. Unlängst hat er mir erklärt, warum die Obstweiber gerade am Bauernmarkt stehen, alle, und die Blumenweiber in der verlängerten Kärntnerstraße. Ich hab' es wieder vergessen, aber es war interessant. Außerdem ist er doch groß und ein hübscher Mensch, nicht wie der Georg Weiner, der –«

Sie unterbrach sich. Das Telephon hatte geläutet. Sie sprang auf und lief ins Zimmer des Chefs, auf dessen Pult der Telephonapparat seinen Platz hatte. Nach ein paar Augenblicken kam sie zurück.

»Sonja, du wirst verlangt.«

»Georg –?«

»Ich glaube. Ja.«

Sonja ging zum Telephon. Klara Postelberg nahm die Zeitung. Sie begann mit der letzten Seite und las die Annoncen. Zuerst die flatterhaften, die »jenes entzückende Fräulein« in Weiß, Rosa oder Blau mit stammelnden Liebesrufen zu betören suchten, sodann die ehrbaren Vorschläge gesetzterer Herren mit etwas, mit entsprechendem oder gar mit ansehnlichem Vermögen. Der Praktikant Josef spielte mit Hilfe zweier Kupferkreuzer ein aufregendes Hasardspiel eigener Erfindung. Etelka Springer schrieb eine Ansichtskarte. Nur das Knistern der Zeitung und das Tikken der Wanduhr unterbrach die Stille.

Plötzlich warf Klara Postelberg die Zeitung weg. »Ethel, horch einmal! Ich glaube, der Chef ist zurückgekommen.«

Die Holztreppe, die aus dem Lagerraum in das Bureau führte, knarrte unter schweren Schritten.

Zwei Schreibmaschinen begannen wütend zu klappern. Zwei Köpfe beugten sich über die eingespannten Briefbögen. Die Nase des Praktikanten fuhr unruhig zwischen den Seiten eines hastig aufgeschlagen Kopierbuches umher.

Aber es war nicht Herr Klebinder, der Chef, der die Treppe heraufkam, sondern Stanislaus Demba.

In der Türöffnung blieb er stehen und suchte mit blinzelnden Augen das Zimmer ab. Lose über die Schultern gehängt trug er einen hellbraunen Havelock. Vorn an der Brust hielt er ihn mit den Händen zusammen.

»Ist Sonja nicht hier?« fragte er. Er sah übernächtigt aus und schien vom raschen Gehen und vom Treppensteigen ermüdet zu sein.

»Sie sind's, Herr Demba? Grüß Sie Gott!« rief Klara Postelberg. »Sonja ist drüben im Chefzimmer. Gleich wird sie da sein.« Sie verschwieg vorsichtig, daß Sonja eben mit Georg Weiner ein Telephongespräch führte.

»Ich werde warten«, sagte Demba.

»Dann nehmen Sie aber, bitte, gefälligst den Hut ab, Stanie. Bei uns im Zimmer nimmt man den Hut ab«, sagte Etelka Springer.

Stanislaus Demba stand mit dem Hut auf dem Kopf breit und schwerfällig da und blickte unruhig auf Etelka Springer. Ein Schweißtropfen glitt ihm von der Stirne. Er wischte ihn nicht ab, sondern zuckte nur nervös mit den Gesichtsmuskeln, als ob er ein lästiges Insekt verscheuchen wollte. Den Hut behielt er auf dem Kopf.

»Siehst du, Claire, so macht man das«, sagte Etelka Springer und nahm ihm mit einem raschen Griff den Hut vom Kopf. Demba zuckte zusammen, aber er ließ es geschehen. Etelka Springer schob ihm einen Sessel zu. »So, jetzt dürfen Sie sich setzen. Sonja wird gleich kommen.«

Stanislaus Demba starrte haßerfüllt auf Etelka Springer und dann, mit einem Ausdruck völliger Ratlosigkeit, auf seinen breitrandigen Hut, den Etelka auf den Kleiderhaken an der Wand gehängt hatte. Schließlich zuckte er die Achseln und ließ sich auf den Stuhl nieder.

»Mir können Sie aber doch die Hand geben. Ich hab' Ihnen doch nichts getan?« fragte Klara Postelberg.

Demba schien erst jetzt die ihm entgegengestreckte Hand zu bemerken und wurde mit einemmal gesprächig.

»Was für reizende kleine Hände Sie haben, Fräulein Klara. Nie im Leben hab' ich so aristokratisch-edle Hände gesehen. Was gäb' ich für einen einzigen Kuß auf diese Hand!«

»Aber bitte!« ermutigte ihn Fräulein Postelberg und hielt ihm auch die andere Hand hin.

»Leider haben Sie Tintenflecke auf den Fingern. Das nimmt einem alle Illusionen«, sagte Demba.

»Sie sind unausstehlich heute, Herr Demba.« Klara Postelberg trat tiefgekränkt an den Waschtisch, der zwischen dem Fenster und der Kopierpresse stand, und begann ihre Finger mit Kleefalz zu reiben.

Demba blickte nachdenklich auf ihre Hände.

»Chwojkas Seifensand!« sagte er plötzlich. »Hält rein die Hand.«

»Sie sind wirklich unausstehlich heute.«

»Heute? Immer ist er unausstehlich«, erklärte Etelka Springer. »Nicht wahr, Stanie? Deswegen können Sie aber einer alten Freundin doch die Hand geben. Ich hab' keine Tintenflecke auf den Fingern.«

Etelka Springer und Stanislaus Demba waren alte Bekannte. Er hatte ihrem jüngeren Bruder gegen freien Mittagstisch Nachhilfestunden gegeben und ihn durch die vier Klassen des Untergymnasiums gebracht. Durch Etelka Springer hatte er Sonja kennengelernt. Aber trotzdem wurde Etelka Springer der Ehre eines Händedruckes nicht für würdig erachtet.

»Ihnen?« fragte Demba und verzog die Lippen. »Sie renken den Leuten die Arme aus.«

»Sie sind ein Flegel!« sagte Etelka Springer. »Sonja hat ganz recht, wenn sie —« Sie brach ab.

»Was ist's mit Sonja?«

»Nichts.«

»Was ist's mit Sonja?« schrie Stanislaus Demba. Er fuhr aus seinem Sessel in die Höhe und war kreidebleich. »Was ist's mit Sonja?«

»Schreien Sie nicht so! Nichts«, sagte Etelka Springer.

»Ich will wissen, was Sie von Sonja sagen wollten!« brüllte Demba ganz außer sich.

»Nichts hab' ich sagen wollen. Mich lassen Sie gefälligst aus dem Spiel.« Etelka kehrte ihm den Rücken.

Krachend fielen Stanislaus Dembas Fäuste auf die Tischplatte nieder. Irgend etwas klirrte, als sei eine große Spiegelscheibe in Trümmer gegangen. Der Praktikant, der in einem Winkel eingenickt war, sprang auf und rieb sich die Augen. Klara Postelberg und Etelka Springer drehten sich um und sahen Demba schwer atmend an den Schreibtisch gelehnt stehen. Er war offenbar selbst erschrocken über seinen plötzlichen Ausbruch. Seine Hände waren wieder unter dem hellbraunen Havelock verschwunden.

»Sind Sie verrückt, Stanie?« rief Etelka Springer. »Sie haben mein Tintenfaß zerschlagen.«

Doch das Tintenfaß stand unbeschädigt auf dem Schreibtisch. Nur ein wenig Tinte war verspritzt und bildete zwei kleine Inseln auf der metallenen Schreibtischplatte.

»Aber Sie müssen doch etwas zerbrochen haben. Ein Glas oder so was. Ich hab' es doch deutlich klirren gehört!« Etelka Springer suchte vergeblich auf dem Boden nach Glassplittern.

»Was ist's mit Sonja?« fragte Stanislaus Demba jetzt sehr ruhig.

»Da ist sie. Fragen Sie sie selbst«, sagte Etelka Springer und wies auf Sonja Hartmann, die, durch den Lärm herbeigerufen, eben ins Zimmer trat.

Stanislaus Dembas Besuch kam Sonja nicht unerwartet. Da Demba nun einmal von ihrer beabsichtigten Reise erfahren hatte – weiß Gott, wer ihm davon erzählt haben mochte –, so war mit Sicherheit zu erwarten gewesen, daß er kommen und den Versuch machen werde, Sonja zurückzuhalten. Diese Auseinandersetzung, die ihr jetzt bevorstand, war unausbleiblich gewesen. Sie war eine von den kleinen Widerwärtigkeiten, die überwunden werden mußten, bevor Sonja die Reise antrat. Sie gehörte zu dieser Reise, genauso wie das umständliche Packen der Koffer, wie der peinliche Bittgang zum Chef, wie die Abwehr der zudringlichen Fragen ihrer neugierigen Wirtsleute. Sonja wohnte bei fremden Leuten, die sich das dürftig möblierte Zimmer und die mehr als bescheidenen Mahlzeiten teuer genug bezahlen ließen und sich zudem noch für berechtigt hielten, eine Art Aufsicht über das Tun und Lassen der Kontoristin auszuüben.

Alle diese Unannehmlichkeiten waren nun glücklich überstanden, und so hieß es nun, auch diese letzte Unterredung mit Stanislaus Demba über sich ergehen zu lassen.

Sonja war bereit.

»Du bist's?« fragte sie und zwang ihr Gesicht zu einem Ausdruck ängstlicher Verlegenheit. »Ich hab' dich doch gebeten, mich nicht mehr im Bureau zu besuchen. Du weißt, der Chef –«

Der ärgerliche Ton in ihrer Stimme tat seine Wirkung. Stanislaus Demba wurde verwirrt und geriet schon zu Beginn der Auseinandersetzung in die Stellung des sich Verteidigenden.

»Bitte verzeih, wenn ich dich hier störe«, sagte er. »Aber ich habe mit dir zu sprechen.«

»Muß das unbedingt jetzt sein?« fragte sie mit der allergleichgültigsten Miene, die sie zustande brachte.

»Ja.«

»Wenn es unbedingt sein muß, dann bitte, nimm Platz.«

Demba setzte sich.

»Nun? Laß hören«, sagte Sonja.

Demba schwieg eine Weile. – »Vielleicht wird es doch besser sein, wenn die Unterredung unter vier Augen –«

»Komm, Claire«, sagte Etelka Springer. »Wir wollen nicht stören.«

»Nein, nein! Bleibt nur. Ich bitt' euch, bleibt doch. Was Herr Demba und ich miteinander zu sprechen haben, kann jeder hören«, sagte Sonja rasch. Sie hatte sich darauf gefreut, ihre beiden Bureaukolleginnen Zeugen der Niederlage Dembas werden zu lassen. Aber Etelka Springer wollte nicht bleiben.

»Nein!« sagte sie. »Es ist besser, wir lassen euch allein. Komm, Claire!«

»*Enfin seul*«, konnte sich Klara Postelberg zu bemerken nicht enthalten, als sie hinter Etelka Springer das Zimmer verließ. Der Praktikant blieb in seinem Winkel bei der Kopierpresse. Er verstand nur wenige Worte Deutsch – erst vor drei Wochen war er aus seinem böhmischen Nest nach Wien gekommen –, und so war eine Indiskretion von seiner Seite nicht zu erwarten. Außerdem war er eingeschlafen.

»Nun?« sagte Sonja, als sie allein waren.

Demba stand auf. »Wo bist du heute nacht gewesen?«

»Was geht das dich an?« fuhr Sonja ihn zornig an. »Übrigens war ich bei meiner Tante, die ist krank und wollte nicht die Nacht über allein bleiben.«

»Wo wohnt deine Tante? In der Liechtensteinstraße vielleicht?«

Sonja errötete. – »Nein. In Mariahilf. Wie kommst du auf die Liechtensteinstraße?«

»Sie fiel mir zufällig ein. Übrigens, sehr schwer krank scheint deine Tante nicht zu sein, sonst würdest du wohl kaum mit dem Weiner auf Reisen gehen.«

»Weht der Wind daher?«

»Jawohl. Daher.«

»Bitte, entschuldige, daß ich vergessen habe, dich um Erlaubnis zu fragen«, sagte Sonja spöttisch.

»Du wirst nicht fahren!« rief Demba.

»Doch. Morgen früh um neun.«

»Ich will es nicht!« schrie Demba wütend.

»Aber ich will es«, sagte Sonja immer gleich ruhig.

»Ich brauche dir wohl nicht erst zu sagen, daß es dann zwischen uns für immer zu Ende ist.«

»Und ich brauche dir wohl nicht erst zu sagen, daß es für mich schon seit einem Vierteljahr zu Ende ist.«

»So«, sagte Demba. »Gut. Dann sind wir also fertig. Nur das eine hab' ich dir noch zu sagen, daß du mir geschworen hast, niemals einen andern als mich zu lieben.«

Demba hatte sich von dieser Erinnerung viel versprochen. Aber Sonja begann zu lachen.

»Wirklich?« fragte sie.

»Ja«, sagte Demba. »Vorigen Herbst. In der Rohrerhütte. Wir gingen nach dem Nachtmahl in den Park und da –«

»Hab' ich dir nicht vielleicht auch geschworen, daß ich niemals mehr Hunger bekommen werde? Das hätt' ich ebensogut tun können. Ich hab' wirklich nicht geglaubt, daß du so kindisch bist, Stanie.«

»Willst du es vielleicht abstreiten?«

»Nein«, sagte Sonja. »Aber damals war ich ein halbes Kind, mit dem du machen konntest, was du wolltest. Und heute bin ich ein denkender Mensch. Das ist doch sehr einfach.« Sie zuckte die Achseln. »Jetzt ist eben alles anders.«

Demba, der geglaubt hatte, in der Erwähnung jenes Abends in der Rohrerhütte ein unfehlbares Mittel, Sonja umzustimmen, zu besitzen, wurde verwirrt. Auf ihren Einwand, daß »jetzt eben alles anders sei«, war er nicht vorbereitet. Er blickte voll Ärger auf die Uhr und stampfte mit dem Fuß.

»Ich hab' gedacht, daß ich dich in ein paar Minuten werde zur Vernunft bringen können. Wenn ich dir nur begreiflich machen könnte, wie kostbar heute jede Viertelstunde für mich ist. Ich hab' so viel zu tun und muß hier durch deine Halsstarrigkeit meine Zeit verlieren.«

»Ich find' auch, daß du hier ganz unnütz deine Zeit verlierst«, sagte Sonja.

»Da hilft aber nichts«, sagte Demba entschlossen. »Ich gehe nicht fort, ehe nicht die Sache zwischen uns ins reine gebracht ist. Und wenn es mein Verderben ist. Und ich glaube« – Demba warf nochmals einen Blick auf die Uhr und stöhnte ganz leise –, »es wird mein Verderben sein.«

Sonja wurde aufmerksam. Hatten diese Worte etwas zu bedeuten? Wollte ihr Demba Angst einjagen? Aber womit? Es fiel ihr auf, daß Demba irgend etwas unter dem Mantel zu verstecken schien. Welchen letzten Trumpf hatte er da in Vorbereitung?

»Du mußt nicht glauben«, sagte jetzt Demba, »daß ich dir die Reise mißgönne. Du wirst eben mit mir fahren. Heut nachmittag verschaffe ich mir das Geld und besorge alles Notwendige, und morgen früh können wir abreisen.«

»Wirklich?« spottete Sonja. »Zu lieb von dir, zu freundlich.«

»Dem Weiner wirst du abschreiben. Ich werde dir den Brief diktieren«, sagte Demba unbeirrt.

»Jetzt hör aber endlich auf, Unsinn zu reden. Ich hab' es satt. Das glaubst du doch selbst nicht, daß ich mir von dir Briefe an meine Freunde diktieren lasse. Es wird für deinen Geisteszustand am besten sein, wenn wir uns jetzt ein paar Wochen lang nicht sehen.«

Demba wurde es langsam klar, daß er gegen Sonjas kühle, überlegene Ruhe nicht aufzukommen vermochte. Seit einer halben Stunde mühte er sich und kam nicht von der Stelle. Er erkannte, wie hilflos er gegen Sonjas festen Entschluß war, wußte kein Mittel mehr, auf sie einzuwirken, und sah das Spiel verloren. Und er verlor den Kopf dazu.

Die Photographie Georg Weiners, die noch immer auf dem Schreibtisch lag, stach ihm ins Auge. Der Anblick des glücklichen Nebenbuhlers reizte ihn zur Wut, und er begann über Georg Weiner loszuziehen.

»Diese aufgeblasene Null! Dieser Ringstraßenaff! In so einen Hohlkopf hast du dich vergaffen können!« Sonja wurde zum erstenmal scharf.

»Wenn du anfängst, meine Freunde zu beleidigen, dann sind wir sofort fertig. Dein Benehmen ist mir nur wieder ein Beweis dafür, daß wir beide nicht zueinander passen.«

»Schön«, sagte Stanislaus Demba. Seine Sache bei Sonja war ohnehin verloren. Aber an seinem Gegner gedachte er sich zu rächen, wenn er ihn auch nur in *effigie* vernichten konnte.

Er wählte einen sonderbaren Umweg, um sich in den Besitz des Bildes zu setzen. Eine Fingerspitze kam zwischen den Säumen seines Mantels zum Vorschein, näherte sich der Photographie, zielte und schleuderte sie vom Tisch. In der Nähe des Ofens fiel sie zu Boden. Sofort war Demba hinter ihr her und bückte sich. Aber Sonja, die Georg Weiners Bild vor Mißhandlungen schützen wollte, war ebenso rasch wie Demba. Beide haschten nach der Photographie, und in diesem Augenblick geschah es, daß Sonja Stanislaus Dembas Hand berührte.

Sie stieß einen leichten Schrei aus und fuhr zwei Schritte zurück.

Sie hatte etwas Eiskaltes, Hartes gefühlt und den Bruchteil einer Sekunde lang einen Blick auf ein weißblinkendes, metallisch glitzerndes Instrument erhascht.

Sie begriff sofort. In der ersten Sekunde schon war es ihr klar: Stanislaus Demba hielt eine Waffe unter dem Mantel verborgen. Sie hatte nicht Zeit genug gehabt, um unterscheiden zu können, ob es ein Revolver war oder ein Messer oder ein Totschläger, sie wußte nur, daß sich ihr Leben in höchster Gefahr befand.

Blitzschnell überlegte sie. An Flucht war nicht zu denken. Demba stand zwischen ihr und der Tür. Von dem Praktikanten war keine Hilfe zu erwarten. Schlug sie Lärm, so erreichte sie nur, daß Demba seinen Mordplan sofort ausführte. Sie beschloß, sich zu stellen, als hätte sie nichts gemerkt. Und alles zu tun, was der Wahnsinnige von ihr verlangte. Alles zu unterlassen, was ihn reizen konnte. Nur so war Rettung möglich.

Sie hatte sich hinter einen der Schreibtische geflüchtet. Jetzt richtete sich Stanislaus Demba auf. Die Photographie lag zerrissen auf dem Boden. Er stieß sie mit dem Fuß in einen Winkel. Dann wendete er sich Sonja zu. Die Hände mit der Waffe waren wieder unter dem hellbraunen Havelock verborgen.

Er bemerkte nicht, daß Sonja am ganzen Körper zitterte und daß sie sich mit beiden Händen an dem Schreibtisch festhalten mußte, um nicht zu Boden zu sinken.

»So«, sagte er. »Und jetzt frag' ich dich zum letztenmal: Bleibst du dabei, morgen mit dem Weiner fortzufahren?«

Die Frage war rein rhetorisch gemeint, denn Stanislaus Demba erwartete keine Antwort, er hatte die Hoffnung, Sonja umzustimmen, aufgegeben.

Aber Sonja sagte leise:

»Ich weiß es noch nicht.«

Demba blickte erstaunt auf. Das klang ganz ernst und gar nicht spöttisch, wie alles, was Sonja zuvor zur Antwort gegeben hatte. Er nahm sich nicht die Mühe, nach einer Erklärung für diese Wandlung zu suchen.

»Du bist noch nicht entschlossen?« fragte er.

»Ich muß es mir erst überlegen.« Durch Sonjas Kopf raste ein einziger Gedanke: Zeit gewinnen! Nur Zeit gewinnen. Er hatte eine Waffe in den Händen, er war jähzornig, er stand kaum sechs Schritte weit von ihr –

»Was gibt es denn da lang zu überlegen, Sonja? Du wirst ihm den Laufpaß geben. Du wirst mit mir fahren. Sag ja, Sonja.«

»Vielleicht«, hauchte Sonja geängstigt. »Wenn...« Sie stockte. Was sollte sie nur sagen, um ihn hinzuhalten und nicht zu reizen.

»Wenn ich mir das Geld verschaffe, das wir brauchen. Nicht wahr?« Er trat näher heran. Sie wich erschrocken zurück, aber er bemerkte es nicht. Er war sehr zufrieden mit dem Umschwung in Sonjas Stimmung.

»Bis zum Abend habe ich mir das Geld verschafft«, sagte er. »Ich erwarte das Honorar für den Kolportageroman, den ich ins Polnische übersetzt habe. Außerdem kann ich in ein paar Häusern, in denen ich unterrichte, Vorschuß bekommen. Bis zum Abend hab' ich das Geld.«

Sie hörte nicht auf das, was er sagte. Sie sah ihn starr an und dachte nur an die Mordwaffe unter seinem Mantel. Vor zwei Minuten noch hätte sie sie nicht beschreiben können. Jetzt aber war sie überzeugt, den Revolver genau gesehen zu haben, den ihr die Furcht vor Augen malte: einen Browning, der wie ein großer Haustorschlüssel geformt war und sie aus einer dunklen Mündung mordlustig anglotzte.

»Bis zum Abend ist das Geld beisammen«, wiederholte Demba. Er warf einen Blick auf die Uhr. »Halb elf ist's!« rief er. »Der Teufel noch einmal. Ich hab' viel Zeit verloren. Ich werde mich beeilen müssen.«

Jetzt wird er gehen – dachte Sonja. – Wenn er doch nur schon endlich fort wäre! –

»Jetzt versprich mir also, daß du mit mir fährst, morgen«, drängte Demba.

»Ja«, hauchte Sonja. »Vorausgesetzt, daß –« Sie suchte nach irgendeinem Vorbehalt.

»Vorausgesetzt, daß ich das Geld habe. Natürlich«, unterbrach sie Demba. »Du sollst nicht um deine Reise kommen. Wenn ich dir am Abend das Geld nicht auf den Tisch lege, dann, meinetwegen, fahr mit dem Weiner.«

Er wandte sich zum Gehen, blieb aber nochmals stehen und nickte ihr zu:

»Ich wußte, daß wir uns bald einigen würden, wenn wir erst vernünftig über die Sache zu sprechen begonnen haben würden. Ich komm' am Abend nach dem Bureau zu dir. Und jetzt leb wohl. Ich muß gehen. Ich hab' keine Zeit zu verlieren.«

Er blickte im Zimmer umher, als suche er noch etwas. Er biß sich in die Lippen, zuckte die Achseln und ging zur Tür. Auf dem Weg stieß er in einem plötzlichen Zornanfall einen Sessel zur Seite, der ihm im Wege stand. Gleich darauf polterte er die Treppe hinunter.

Als Klara Postelberg und Etelka Springer ins Zimmer kamen, fanden sie Sonja schluchzend und das Gesicht in den Händen vergraben.

»Was ist geschehen?« rief Klara Postelberg.

»Er hat auf mich schießen wollen. Er hat aus einem Revolver auf mich schießen wollen.«

Etelka Springer schüttelte den Kopf.

»Unsinn!« sagte sie. »Dazu kenn' ich den Stanie zu gut. Der Revolver war sicher nicht geladen, und du hast dich ins Bockshorn jagen lassen.«

»Nein!« beteuerte Sonja. »Er hat ihn gar nicht gezeigt. Die ganze Zeit über hat er ihn unter dem Mantel versteckt gehalten. Durch einen Zufall hab' ich ihn zu sehen bekommen.« Sie begann von neuem zu schluchzen. »Warum habt ihr mich allein mit ihm gelassen? Ich hab' euch doch gebeten: Bleibt da! – Nie im Leben bin ich in solcher Gefahr gewesen.« – Sie zitterte noch immer an allen Gliedern.

Etelka Springer wurde nachdenklich.

»Er ist ein gewalttätiger Mensch, das ist richtig«, sagte sie. »Und sehr leicht erregbar. Aber –« Sie unterbrach sich. »Auf jeden Fall mußt du den Weiner benachrichtigen.«

»Er kommt erst am Abend nach Wien. Er hat mir eben telephoniert, daß er zu seinen Eltern nach Mödling fährt.«

»Den Revolver müssen wir dem Stanie abnehmen. Im Guten oder, wenn's nicht anders geht, mit Gewalt«, sagte Etelka Springer. »Wo ist er denn jetzt?«

»Ich weiß nicht. Er ist fortgegangen.«

»Aber nein. Dort hängt doch noch sein Hut.«

Wahrhaftig! Stanislaus Dembas breitkrempiger Filzhut hing noch immer am Kleiderhaken.

Ohne Hut war Demba davongerannt auf seine wütende Jagd nach Geld.

5

Oskar Miksch dehnte sich, gähnte, rieb sich die Augen und richtete sich halb in seinem Bette auf. Wieviel Uhr es sein mochte, wußte er nicht, sicher aber war es noch nicht spät. Er konnte nicht lange geschlafen haben. Er war nicht von selbst erwacht. Ein Geräusch, das wie das Klirren aufeinanderschlagender Teller, Messer und Gabeln klang, hatte ihn geweckt.

Er erinnerte sich, daß die Überbleibsel seines Frühstücks, eine halbgeleerte Teetasse und ein angebissenes Marmeladebrot, auf dem Tisch liegengeblieben waren, und begann innerlich, aber ziemlich intensiv auf seine Hausfrau, Frau Pomeisl, zu schimpfen, die wieder einmal die Frühstückstasse abräumte, während er noch schlief, und dazu noch unnötigen Lärm machte.

Als sich seine Augen an das Halbdunkel des Zimmers gewöhnt hatten – er pflegte, bevor er des Morgens zu Bett ging, die Fensterladen zu schließen, um nicht durch das Tageslicht gestört zu werden –, erkannte er, daß er der ehrwürdigen Matrone schweres Unrecht zugefügt hatte. Nicht sie war es, die Mikschs gestörten Schlummer auf dem Gewissen hatte, sondern sein sonst so stiller Zimmergenosse, Stanislaus Demba.

Demba stand über den Tisch gebeugt, und Miksch sah ihn undeutlich auf komische und gravitätische Art das Marmeladebrot verspeisen – er hob es mit beiden Händen in die Höhe und zum Mund, es sah aus, als ob er feierlich eine heilige Handlung zelebrierte. Und sooft er die Hände sinken ließ, klirrte der Teller aus irgendeinem rätselhaften Grund, und eben dieses Geräusch hatte Miksch geweckt.

Auf dem Sessel neben der Tür saß noch eine zweite Gestalt, die sich bei schärferem Hinschauen als Dembas hellbrauner, durch seinen eigenen Schatten vergrößerter Havelock erwies.

Miksch wunderte sich, Demba um diese Zeit zu sehen. Sie trafen einander sonst tagelang nicht. Miksch war Eisenbahner und kam zumeist erst gegen neun Uhr morgens vom Dienst nach Hause; um diese Zeit hatte Demba gewöhnlich schon die Wohnung verlassen; den Tag über ließ er sich nur selten blicken, und auch abends war er meist noch nicht zu Hause, wenn Miksch wieder in seinen Dienst ging. Sie bewohnten das Zimmer beinahe ein halbes Jahr lang und hatten während dieser Zeit kaum ein dutzendmal miteinander gesprochen. Dinge von Wichtigkeit pflegten sie einander auf zurückgelassenen Zetteln mitzuteilen. Mit Dembas Verhältnissen war Miksch ziemlich vertraut, er wußte es genau, wenn Demba in Geldnöten war, in Prüfungssorgen steckte, Zahnschmerzen hatte, in Liebesabenteuer verfangen war oder mit Garderobeschwierigkeiten kämpfte. Denn der Student hatte die Gewohnheit, seine Briefe, Bücher und Notizhefte herumliegen zu lassen, und Frau Pomeisls Neigung, dem einen vom andern zu erzählen, tat das übrige. Hie und da wandten sie sich mittels Zettelpost aneinander um Aushilfe und entliehen etwa eine alte Frackhose, einen frischen Hemdkragen oder einen Geldbetrag bis zur Höhe von fünf Kronen voneinander.

»Guten Morgen! Wünsch' guten Appetit!« rief Oskar Miksch den Studenten an.

Stanislaus Demba fuhr auf und starrte eine Sekunde lang auf das Bett. Er merkte offenbar erst jetzt, daß Miksch erwacht war. Der Teller begann wieder zu klirren, und gleich darauf verschwand Demba hinter dem Tisch, so plötzlich, als wäre er versunken.

»Was gibt's denn, Demba? Ist Ihnen etwas zu Boden gefallen? Was suchen Sie? Warten Sie, ich mache Licht.«

Miksch sprang aus dem Bett und trat ans Fenster, um die Fensterläden zu öffnen. Als ein schüchterner Sonnenstrahl ins Zimmer fiel, brüllte Demba, vom Licht wie von einem Messerstich getroffen, plötzlich auf:

»Zum Kuckuck, was fällt Ihnen ein? Lassen Sie doch die Läden geschlossen. Ich vertrage kein Licht, ich habe Augenschmerzen.«

»Augenschmerzen?« Miksch schloß augenblicklich die Fensterläden, und es war jetzt stockdunkel im Zimmer.

»Rasende Augenschmerzen! Ich muß doch endlich zu einem Spezialisten gehen.« Stanislaus Demba war wieder hinter dem Tisch emporgetaucht und schien mit einem Messer auf einen Brotlaib loszustechen, der auf dem Tische lag.

»Zum Teufel, es geht nicht!« fluchte er. »Schneiden Sie mir doch ein Stück Brot ab, Miksch.«

»So wird's freilich nicht gehen«, sagte Miksch. »Man nimmt das Brot in die eine und das Messer in die andere Hand.«

»Hol Sie der Teufel!« brüllte Demba in einem Anfall ganz unerklärlicher Wut. »Geben Sie mir keine Lehren, und schneiden Sie mir lieber ein Stück Brot ab.«

»Es ist nur Faulheit von Ihnen«, sagte Miksch gelassen und langte über den Tisch nach dem Brotlaib und dem Messer. »Sie lassen sich ganz gern ein bißchen bedienen, nicht? So, da haben Sie Ihr Brot. Streichen müssen Sie es sich selbst.«

Demba aß, und wieder benützte er beide Hände, um das Brot zum Mund zu führen – in dem dunklen Zimmer sah das aus, als hebe ein Schwerathlet mühsam mit beiden Händen ein Fünfzigkilogewicht.

Mit dem Schlafen war es aus. Miksch tastete im Dunklen

nach seiner Hose und seinen Hausschuhen und begann sich anzukleiden.

»Ich esse Ihnen da eigentlich Ihr Frühstück weg«, sagte Demba.

»Aber nein! Ich bin vollständig satt.«

»Ich habe Hunger. Ich war fast verzweifelt vor Hunger. Ich habe seit gestern mittag nichts gegessen, und heute morgens hat mir ein Hund mein Frühstück weggeschnappt.«

»Wer? Ein Hund?«

»Ja, ein häßlicher, braungefleckter Pinsch. Und ich mußte ruhig zusehen.«

»Warum mußten Sie das?«

»Ich hatte im Augenblick zufällig die Hände nicht frei. Was kümmert Sie das übrigens? Man kommt manchmal in Situationen, in denen man seine Hände nicht gebrauchen kann. Ich bringe Sie übrigens um Ihren Schlaf?«

»Ich bin nicht müde. Ich kann nachmittags noch ein paar Stunden schlafen. Wir sehen uns ohnehin so selten. – Wie kommt es, daß Sie heute zu Hause sind? Keine Vorlesungen? Keine Lektionen?«

»Ich bin hergekommen, um mir von der Frau Pomeisl einen Mantel auszuleihen. Meiner ist zerrissen. Sie hat die Zivilkleider von ihrem Sohn, der eingerückt ist, zu Hause.«

»Ihr Mantel ist zerrissen?«

»Ja. Er hat ein Loch. Der Hund, wissen Sie, hat nach ihm geschnappt.«

»Sie können meinen haben. Ich brauche ihn erst am Abend. Bis dahin hat Frau Pomeisl Ihren Mantel ausgebessert.«

»Nein. Danke. Ihrer ist mir viel zu kurz.«

»Aber wir haben ja die gleiche Größe.«

»Nein. Ich danke wirklich. Ich werde die Pelerine anziehen, die der Sohn der Frau Pomeisl zurückgelassen hat.«

»Wie Sie wollen. Was gibt's sonst Neues?«

»Neues? Nichts. Die Sonja will mit dem Georg Weiner nach Venedig fahren.«

»Georg Weiner? Wer ist das?«

»Ein Idiot. Ein Tennistrottel. Ein Mensch, der niemals von etwas anderem spricht als von irgendeinem neuen Gehrock, den er sich bestellt hat.«

»Geben Sie ihm Ihren Segen.«

»Reden Sie doch keinen Unsinn! Lassen Sie sich etwa bestehlen?« rief Demba zornig.

»Wer bestiehlt Sie denn?«

»Ist das etwa kein Diebstahl, wenn mir einer die Sonja wegnimmt?«

»Nein. Sie ist frei. Nicht an Sie gebunden. Sie kann tun, was sie will.«

»So. Sie haben einen Posten bei der Bahn. Und einen Protektor im Ministerium. Wenn nun irgendwer Sie bei dem Sektionsrat im Ministerium, der doch auch ›frei‹ ist und tun kann, was er will, verdrängen und Ihnen Ihren Posten wegnehmen würde – ließen Sie sich das gefallen? Ich soll zuschauen, wie mir ein anderer die Sonja wegnimmt? Wenn ein armer Teufel ein Stück Brot stiehlt, wird er eingesperrt, und gegen diese Buschklepper der Liebe gibt es kein Recht?«

»Wollten Sie denn das Mädel heiraten?«

»Nein.«

»Sehen Sie! In ein paar Wochen hätten Sie sie stehengelassen. Der Verlust ist also nicht so groß.«

»In ein paar Wochen. Vielleicht. Aber heut bin ich noch nicht zu Ende.«

»Was heißt das: noch nicht zu Ende? Die paar Tage oder Wochen können doch keine Rolle spielen.«

»Aber es ist eben noch nicht zu Ende, verstehen Sie das nicht? Wie soll ich Ihnen das begreiflich machen? – Hören

Sie: Sie essen ein Salzstangel. Oder eine Birne. Und Sie legen das letzte Stückchen aus der Hand, irgendwohin, und Sie suchen es und finden es nicht mehr. Dann werden Sie den ganzen Tag Hunger danach haben. Sie können andere Dinge essen, soviel Sie wollen, hundertmal bessere Dinge: Das kleine Stückchen Birne wird Ihnen immer fehlen. Den ganzen Tag hindurch werden Sie unbewußt ein Verlangen in Ihrem Gaumen und in Ihrer Zunge haben nach jener Birne, nur weil Sie das letzte Stückchen nicht gegessen haben.«

»Nun. Und?«

»So geht es mir mit Sonja Hartmann. Vielleicht hätt' ich sie in ein paar Wochen vergessen. Es sind andere da, die viel wertvollere Menschen sind als Sonja Hartmann. Aber da sie gestern mit mir gebrochen hat, kann ich heute ohne sie nicht leben. Der letzte Bissen – verstehen Sie das nicht? – Miksch, Sie müssen mir Geld verschaffen.«

»Sechs Kronen können Sie sofort haben.«

»Sechs Kronen? Ich brauche zweihundert.«

»Zweihundert Kronen? Du lieber Gott, die soll ich Ihnen verschaffen?« Miksch begann aus vollem Halse zu lachen. »Wozu brauchen Sie das Geld, Demba?«

»Ich will mit der Sonja nach Venedig fahren.«

»Ich dachte mir's. Glauben Sie, daß es mit dem Geld allein getan wär'? Wenn das Mädel den andern nun einmal lieber hat!«

»Wenn ich das Geld habe, fährt sie mit mir.«

»Glauben Sie das im Ernst?«

»Ich glaube nichts. Ich weiß es«, sagte Demba. »Ich war vor einer halben Stunde bei ihr, und sie hat es mir versprochen. Soweit hab' ich sie zur Vernunft gebracht. Mit ein bißchen Diplomatie und Menschenkenntnis geht alles. Sie hat seit jeher einen unbezähmbaren Drang, sich die Welt anzusehen. Sie *muß* diese Reise machen, und wer ihr dazu verhilft, das ist ihr nebensächlich. Wenn ich mir bis heute abend das Geld verschaffe, ist der Weiner erledigt.«

»Mit Ihrer Menschenkenntnis war es nie weit her, lieber Demba«, sagte Miksch skeptisch.

Stanislaus Demba hörte nicht auf ihn.

»Und heute morgen hätt' ich beinahe die zweihundert Kronen gehabt, die ich brauche. Wenn ich nur im rechten Moment zugegriffen hätte! Aber ich habe zu lang gewartet, und seither ist mir das Zugreifen erheblich erschwert worden. Ich könnte mich ohrfeigen, wenn —«

»Wenn?«

»Wenn ich es könnte. Auch das geht nicht mehr so leicht.« Demba lachte kurz auf. »Genug davon! Also, Sie haben kein Geld für mich. Dann muß ich schauen, daß ich mir's woanders beschaffe. Leben Sie wohl. – Ja, richtig: Die Pelerine! – Frau Pomeisl!«

Aus dem Nebenzimmer kamen schlurfende Schritte. Die Hauswirtin steckte den Kopf zur Tür herein.

»Haben Sie gerufen, Herr Miksch? Jessas, haben Sie's aber heut dunkel. Man sieht ja seine eigenen Händ' nicht.«

»Frau Pomeisl!« bat Demba. »Können Sie mir für heute die Pelerine leihen, die Ihr Sohn früher immer getragen hat? In meinen Mantel hab' ich mir ein Loch gerissen.«

»Die Pelerine von meinem Anton wollen Sie? Aber warum denn nicht. Die wird Ihnen nur zu schlecht sein, Herr Miksch, mein Anton hat in der letzten Zeit, bevor er zum Militär gegangen ist, gar nicht mehr auf die Gassen gehen wollen mit der Pelerine. Warten Sie, gleich such' ich sie Ihnen heraus.«

Frau Pomeisl verschwand im Nebenzimmer und kam nach ein paar Augenblicken mit der Pelerine zurück.

»So. Da ist sie schon, Herr Miksch. Ein bissel nach Naphtalin stinkt sie halt.«

»Das macht nichts. Geben Sie sie nur her«, sagte Demba.

»Ein praktisches Ding, so eine Pelerine. Man wirft sie einfach um und knöpft sie vorn zu und muß sich nicht erst damit plagen, die Arme in diese scheußlichen Futterale zu zwängen, die der Teufel erfunden hat —«

»In welche Futterale?« fragte Miksch.

»In die Ärmel. Ich vertrage Ärmel nicht. Machen Sie die Fensterläden auf, Miksch.«

»Haben Sie keine Schmerzen mehr?«

»Schmerzen? Was für Schmerzen?«

»Augenschmerzen.«

»Nein, zum Kuckuck. Halten Sie mich nicht auf mit Ihren Fragen und öffnen Sie die Fensterläden.«

Helles Tageslicht flutete in das Zimmer.

Demba trat vor den Spiegel, der die Tür des Kleiderkastens und das Prunkstück des dürftig möblierten Zimmers bildete. Er besah sein Spiegelbild und nickte mit dem Kopf. Die Pelerine schien seinen Beifall zu finden.

»Jesses, Sie sind's, Herr Demba!« rief Frau Pomeisl, die ihn erst jetzt erkannte. »Wenn ich gewußt hätt', daß Sie zu Hause sind. Ich hab' geglaubt, Sie sind fort. Den Moment hat Sie der Geldbriefträger gesucht.«

»Der Geldbriefträger? Ist er fort? Sie haben ihn doch nicht fortgehen lassen?« schrie Demba.

»Nein. Er ist hinauf in den vierten Stock gegangen. Er muß gleich herunterkommen. Er hat einen Geldbrief für Sie.«

»Das ist gut. Dann werd' ich hinausgehen und ihn abpassen.« Stanislaus Demba wandte sich zu Miksch und lachte. »Der Herr Weiner wäre erledigt. Es ist das Geld von dem Schundverleger, dem ich seinen Roman ins Polnische übersetzt habe. Einen Kolportageroman für Dienstmädchen in vierhundert Lieferungen à zwanzig Heller, in jeder Lieferung ein Raubmord oder eine Brandstiftung oder eine Hinrichtung oder eine Kindesunterschiebung – er bietet jedem Geschmack etwas. Ich sollte mich eigentlich schämen, aber Sie wissen, Miksch: *Non olet.* Und er läßt mich nicht mal lang auf mein Geld warten. Diese Wilden sind doch bessere Menschen.«

»Und nun kommt das Geld gerade heute. Sie haben wahrhaftig Glück, Demba!«

»Glück? – Verdammtes, elendes Pech habe ich!« schrie Demba. »Warum konnte das Geld nicht gestern kommen. Lieber Gott, wenn es gestern gekommen wäre!«

»Nun, und worin läge der Unterschied?«

»Daß ich vielleicht einen ruhigeren Tag vor mir hätte, heute – weiter nichts«, sagte Demba und starrte zu Boden. Dann gab er sich einen Ruck:

»Jetzt muß ich hinaus, sonst läuft mir der Geldbriefträger fort.«

Nach ein paar Minuten kam Demba zurück. Er öffnete, ohne ein Wort zu sprechen, den Kleiderkasten und vergrub sich zwischen alten Hosen, Röcken und Westen. Als er wieder hervorkam, hatte er einen hochbetagten, speckig glänzenden, an den Rändern zerfransten Schlapphut auf dem Kopf, einen monströsen Methusalem von Hut, den Miksch vor etlichen Jahren in den wohlverdienten Ruhestand geschickt hatte.

»Um Gottes willen! Mit diesem Hut wollen Sie doch nicht unter Menschen gehen?« rief Miksch.

»Ich hab' keinen andern.«

»Wo haben Sie denn den Ihren?«

»Den hab' ich irgendwo liegengelassen.«

»Wie kann man denn nur so zerstreut sein.«

»Ich war nicht zerstreut. Ich hab' ihn liegenlassen müssen.«

»Müssen? Ja, warum denn?«

Demba wurde ungeduldig.

»Fragen Sie nicht soviel. Sie können sich das nicht vorstellen? Sie werden mich mit Ihrer verdammten Phantasiearmut noch ärgerlich machen. Man muß Ihnen alles lang und breit erklären. Also: Es ist windig. Der Hut fliegt mir auf das Stadtbahngeleise. Ich lauf' ihm nach und will nach ihm greifen – da kommt der Stadtbahnzug. – Manchmal ist es besser, die Hand nicht auszustrecken, wenn man nicht unter die Räder geraten will, Miksch!«

»Sie müssen sich gleich einen neuen Hut kaufen, Demba. Jetzt haben Sie ja Geld.«

»Nein«, sagte Demba, »ich habe kein Geld.«

»Ist der Briefträger nicht gekommen?«

»O ja«, sagte Demba.

»Oder war das Geld am Ende gar nicht für Sie bestimmt?«

»Doch. Es gehörte mir. Aber –«

Ein Wutanfall kam über Stanislaus Demba. Er stieß wie irrsinnig nach Frau Pomeisls rotem Plüschfauteuil und starrte dann im Zimmer umher nach etwas, was er in Trümmer schlagen könnte. Frau Pomeisls seidengestickter Ofenschirm, auf dem die Legende der heiligen Genoveva dargestellt war, hatte das Unglück, Dembas Aufmerksamkeit auf sich zu ziehen. Er erhielt einen Fußtritt, stürzte ächzend zu Boden und starb den Märtyrertod. Das schien Herrn Demba soweit zu beruhigen, daß er in seinem Berichte fortfahren konnte.

»Er hat mir das Geld nicht geben wollen!« tobte er. »Nur gegen Unterschrift! Er hat mich zwingen wollen, seinen schmutzstarrenden Tintenstift in die Hand zu nehmen, sein klebriges Buch anzufassen und meinen Namen auf eine schmierige Stelle darin zu setzen. Sonst könne er mir das Geld nicht geben, hat er gesagt. Mein Geld, hören Sie, Miksch? Mein Geld!«

»Nun, und?«

»Ich lasse mir nichts erpressen«, sagte Demba. »Ich habe nicht unterschrieben.«

6

»Dreizehn vier sechsundfünfzig! – Nein, Fräulein, dreizehn vier sechsundfünfzig. Sechsundfünfzig, Fräulein! Sechsundfünfzig! Sieben mal acht. – Ja. – Wer dort, bitte? Ja? – Ich bitte, kann ich vielleicht mit Fräulein Prokop sprechen? Prokop. Pro-kop. Steffi Prokop. Ja. Ich werde warten.«

»Steffi? – Ja? – Endlich! Gott sei Dank! Eine Viertelstunde lang hab' ich keine Verbindung bekommen. Hier Stanislaus Demba. – Ja. – Grüß dich Gott. Steffi, hör zu: Ich habe mit dir zu sprechen. Womöglich gleich. Geht's nicht? Lieber Gott, erst mittag? Geht es nicht doch jetzt, vielleicht läßt dich dein Chef – nein? Herrgott, hat sich heut alles gegen mich verschworen? Also mittag, in Gottes Namen. Sind wir dann wenigstens allein? Ungestört? Gut. Ich werde kommen. – Das kann ich dir durchs Telephon nicht sagen. Ja, natürlich werd' ich dir's erzählen, deswegen komme ich ja zu dir. Nein, durchs Telephon geht's wirklich nicht. Es steht einer draußen und hört jedes Wort, und er ist schon sehr ungeduldig, weil er so lange warten muß. Ich läut' jetzt ab. Also um zwölf Uhr. – Nach zwölf. – Gut. – Gut. Grüß dich Gott, Steffi!«

Stanislaus Demba trat auf die Straße und ließ einen kleinen, dicken Herrn, der ihn wütend anblickte und unverständliche Beleidigungen murmelte, in die Telephonzelle. Als er ein paar Schritte gegangen war, wurde er von der andern Seite der Straße angerufen.

»Grüß Sie Gott, Demba! Wohin des Wegs? Warten Sie, ich komme ein Stück mit Ihnen.«

Demba wartete. Willy Eisner kam herüber.

Demba nickte ihm flüchtig zu.

»Was ist denn mit Ihnen? Sind Sie denn nicht mehr in Ihrer Bank, daß Sie vormittags spazierengehen können?« fragte er.

Willy Eisner machte einen Zug aus seiner Zigarette und blies den Rauch von sich.

»Doch«, sagte er. »Glauben Sie, die Bank ließe mich gehen? Aber ich komme eben von der Börse. Ich hatte dort zu tun.«

Willy Eisner flunkerte gern. Er war ein kleiner Beamter in der Zentralbank und in der Revisionsabteilung beschäftigt. Mit dem Börsengeschäft der Bank hatte er nichts zu tun. Er war vielmehr damit betraut gewesen, einen Kassenboten, der einen größeren Geldbetrag bei sich trug, auf seinem Gang zu begleiten, und hatte nach Erledigung dieses Auftrages der Versuchung, ein bißchen über die Ringstraße zu promenieren – die Glacéhandschuhe in der rechten, das Stöckchen in der linken Hand – nicht widerstehen können. Willy Eisner fühlte sich in seinem Bureau nicht an dem richtigen Platze. Er beneidete alle, die in einem freien Beruf tätig und nicht an bestimmte Bureaustunden gebunden waren. Advokaten, Künstler, Handelsagenten. Als sein Lebensideal schwebte ihm das Dasein eines Menschen vor, der morgens gemächlich seine Post durchsieht, dann ins Kaffeehaus geht und im bequemen Fauteuil zurückgelehnt, die Zigarette im Mund, ein Gläschen Likör vor sich auf dem Marmortisch, das Straßengetriebe betrachtet. Der mittags zur Korsozeit auf dem Graben flaniert, gerade so lange, als es ihn freut, Bekannte sieht und gesehen wird, zu Freunden mit gelangweilter Miene ein paar Bemerkungen über die eleganten Damen macht, dann ohne Hast zu Mittag speist und schließlich nachmittags an seinem Schreibtisch ein paar wichtige Geschäfte erledigt. – Willy Eisner jedoch war genötigt, von acht bis halb eins und von zwei bis halb sechs in einem Raum, den er mit acht Kollegen teilte, ununterbrochen Rechnungen und Ziffern zu vergleichen und richtig befundene Posten mit einem kleinen Bleistifthäkchen zu versehen.

Er sprach langsam und in gesuchten Wendungen, schaltete nach einzelnen Worten eine kleine Pause ein, um sie zu voller Wirkung zu bringen, und war überzeugt, daß ihm alle Welt mit Aufmerksamkeit zuhörte, wenn er es für gut fand, eine Äußerung zu machen.

»Ich habe meine Wohnung aufgeben müssen. Eine wirklich schöne Wohnung. Aber sie war mir ein bißchen zu eng geworden – ich brauchte einen Raum für meine Bibliothek –«

»Entschuldigen Sie«, sagte Stanislaus Demba. »Sie müssen ein bißchen schneller gehen, ich habe wenig Zeit.«

»Es tut mir leid um die Wohnung«, sagte Eisner und setzte sich in Trab. »Ich habe angenehme Stunden in ihr verbracht. So viele nette Mädchen haben mich dort besucht, wirklich nette Mädchen –«

»Ich gehe jetzt in die Kolingasse«, unterbrach ihn Stanislaus Demba. »Das ist wohl nicht Ihr Weg?«

»In die Kolingasse? Da kann ich leider nur ein kleines Stückchen mit Ihnen gehen. Ich habe zu viel zu tun in der Bank. Wirklich zu viel zu tun. Sie müssen wissen, ich disponiere, ich repräsentiere, ich verkehre, ich wickle Geschäfte ab – alles.«

»So«, sagte Stanislaus Demba zerstreut.

»Gestern fragte mich der Baron Reifflingen – kennen Sie den Reifflingen? Ich speise manchmal mit ihm im Imperial – gestern fragte er mich also: Was halten Sie eigentlich von der Gleisbacher Union, haben Sie Meinung für dieses Papier? Und ich sag' ihm, lieber Baron, Sie wissen: Geschäftsgeheimnis! Ich habe da leider gebundene Hände, aber –«

Stanislaus Demba blieb stehen, runzelte die Stirne und blickte seinen Begleiter an. »Was sagen Sie da? Gebundene Hände?«

»Ja. Weil nämlich —«

»So. Gebundene Hände haben Sie. Das muß unangenehm sein.«

»Wie meinen Sie das?«

»Es muß unangenehm sein«, sagte Demba mit einem hämischen Blick. »Gebundene Hände! Ich stelle mir vor, daß die Fingerspitzen anschwellen infolge der Blutstauung, daß man das Gefühl hat, als ob sie bersten wollten. Dann ein Schmerz, der sich bis zur Schulter hinaufzieht —«

»Was reden Sie da?«

»Ich male mir aus, wie es Ihnen zumute sein muß, wenn Sie mit gebundenen Händen herumlaufen.«

»Aber ich wollte nur sagen: Mit gebundenen Händen, insoferne ich nämlich das Interesse der Bank ...«

»Genug!« schrie Demba. »Warum reden Sie von Dingen, von denen Sie nichts wissen, bei denen Sie nichts denken und nichts fühlen. Die Worte, die Sie sprechen, kommen tot zur Welt und stinken, kaum daß sie aus Ihrem Mund sind, schon wie Aas.«

»Was fällt Ihnen ein, so einen Krawall zu machen! Mitten auf der Straße. Ich hab' ihm ja schließlich die Auskunft gegeben. Ich hab' ihm gesagt: Wissen Sie, Baron, ich will Ihnen ja nicht abraten, ich habe selbst gekauft, aber es war eben ein Sprung ins Ungewisse. Wenn ich —«

»Was sagen Sie? Ein Sprung ins Ungewisse? Sehr gut! Ausgezeichnet. Sicher sind Sie schon einmal gesprungen. Ins Ungewisse. Nicht?« Stanislaus Demba suchte mit Anstrengung einen seiner Wutanfälle zu unterdrücken und zwang sich, ganz ruhig zu sprechen. »Nicht wahr, man blickt hinunter und hat anfangs gar keine Angst, man denkt sich: Es muß sein. Angst bekommt man erst – furchtbare Angst! – in der Sekunde, in der man den Halt verliert und zu fallen beginnt. Erst dann, in dieser Sekunde. Man sieht alles, was rings um einen vorgeht, doppelt deutlich. Man spürt seine Schweißtropfen auf der Stirn. Und dann – nun, was geschieht dann? Nun?«

»Ich weiß nicht, was Sie von mir wollen«, sagte Willy Eisner verwundert.

»He?« schrie Stanislaus Demba. »Sie wissen nicht –? Wie können Sie sich dann unterstehen zu sagen: Sprung ins Ungewisse. Ich, wenn ich das sage, bekomme kalten Schweiß auf der Stirne, und die Knie zittern mir. Aber Sie, Sie sagen das sicher bei jeder Gelegenheit so leicht hin und fühlen nichts dabei.«

»Jeder Mensch ist eben anders, lieber Demba«, sagte Willy Eisner. »Es können nicht alle Ihre Phantasie haben. Ich wieder –«

»Sie haben gebundene Hände, ich weiß. Bei Ihnen verreckt alles, was einem andern einmal blutiges Erlebnis war, zu einer blechernen Redensart. Aber versuchen Sie doch einmal sich vorzustellen, wie das ist: gebundene Hände. Mir hat einmal geträumt, daß ich einen widerwärtigen Dummkopf mitten in seine glatte Visage hinein schlagen müsse, und es ging nicht! Ich hatte gebundene Hände, wirklich gebundene Hände, nicht durch ein Geschäftsgeheimnis gebunden, sondern mit Ketten an den Knöcheln, eine Hand an die andere gebunden –«

»Haben Sie immer so lebhafte Träume?« fragte Eisner, dem unbehaglich zumute wurde. »Ich muß mich jetzt verabschieden. Die Arbeit wartet. Grüß Sie der Himmel.«

»Was ist das?« sagte Demba und beugte sich über Willy Eisners ausgestreckte Hand.

»Ich wollte Ihnen die Hand geben, trotz Ihres, ich muß

schon sagen, eigentümlichen Benehmens, das Sie da mitten auf der Straße – Aber es scheint, daß Sie –« Er zuckte die Schultern und wandte sich zum Gehen.

»Sehr gut«, sagte Demba. »Sagen Sie mal, Verehrtester, wie kann man jemandem die Hand geben, wenn man gebundene Hände hat! Möchten Sie mir das nicht sagen?«

7

Zwischen halb zwölf und zwölf Uhr mittags, wenn die Essensstunde heranrückte, war es meist sehr still im Café Hibernia gegenüber der Börse. Das Heer der Handelsagenten, Firmenchefs und Börsenbesucher, die in den Vormittagsstunden das Lokal mit lärmendem Treiben erfüllten, die hier ihr Gabelfrühstück nahmen, ihre Geschäfte abwickelten, Konjunkturen erörterten, ihre Korrespondenz erledigten und dazwischen hindurch die Zeitungen studierten, durchblätterten oder wenigstens durch Herausreißen des Kurszettels entmannten, hatte sich nach allen Richtungen verlaufen. Das Nachmittagsgeschäft des Kaffeehauses, der Aufmarsch der Domino-, Billard-, Tarock- und Schachspieler begann erst nach ein Uhr. Der Kellner Franz, dem für diese Stunde auch das Ressort des Zahlmarkörs übertragen war – der »Ober« war beim Mittagessen –, lehnte an einem Billardtisch, blinzelte schläfrig mit den Augen und kiebitzte den beiden einzigen Gästen, zwei Geschäftsreisenden, die ihre Strohmannpartie noch nicht beendet hatten. Das Fräulein an der Kasse pickte die Brösel einer angeschnittenen Linzertorte vom Teller auf.

Stanislaus Demba trat ein. Er behielt den Hut auf dem Kopf, aber das fiel in dem mitten im Geschäftsviertel gelegenen Kaffeehaus, in das die Gäste oft nur auf ein paar Minuten eintraten und in dem jeder Eile hatte oder doch wenigstens merken lassen wollte, nicht weiter auf.

Demba blickte sich um, musterte das Gelände mit den Augen eines Feldherrn, verwarf einen Tisch in der Nähe der Kasse als für seine Zwecke ungeeignet, lehnte den Vorschlag des Kellners, der ihn mit einladender Handbewegung pantomimisch auf eine Reihe vorzüglicher Sitzgelegenheiten aufmerksam machte, wortlos ab und entschied sich schließlich für einen Tisch in einem Winkel des Lokals zwischen zwei Kleiderständern.

Der Kellner kam mit einem Bückling heran.

»Befehlen der Herr?«

»Ich möchte etwas essen«, sagte Stanislaus Demba. »Was haben Sie?«

»Portion Salami vielleicht. Schönes, kaltes Roastbeef wär' da!«

Stanislaus Demba schien zu überlegen.

»Ham and eggs, wenn etwas Warmes nehmen wollen«, empfahl Franz in der höflichen Art Wiener Kellner, die sich lieber die Zunge abbeißen würden, als daß sie es übers Herz brächten, den Gast wie irgendeinen gewöhnlichen Sterblichen mit »Sie« anzusprechen.

»Ham and eggs, Portion Salami, Portion Roastbeef, zwei Eier im Glas —«, rekapitulierte er nochmals.

»Bringen Sie mir«, entschied sich Demba nach längerem Nachdenken, »bringen Sie mir Lehmanns Wohnungsanzeiger.«

»Ersten, zweiten Band, bitte?« fragte der Kellner, der eine Bestellung von größerem Nährwert erwartet hatte, verblüfft.

»Beide Bände.«

Der Kellner holte die dicken Bände aus dem Bücherkasten, legte sie auf den Tisch und wartete auf den nächsten Auftrag.

Der ließ nicht lang auf sich warten.

»Haben Sie ein Lexikon?«

»Wie bitte?«

»Ein Konversationslexikon.«

»Jawohl. Den Kleinen Brockhaus.«

»Also bringen Sie mir den Kleinen Brockhaus.«

»Welchen Band belieben?«

»A bis K«, befahl Demba.

Der Kellner brachte drei Bände.

»Eigentlich brauche ich auch die Buchstaben: N, R und V. Bringen Sie mir die übrigen Bände auch«, sagte Demba.

Der Kellner schleppte die fünf Bände herbei, der ganze Kleine Brockhaus lag auf Dembas Tisch.

»Ist das das ganze? Fehlt kein Buchstabe?« fragte Demba.

»Nein. Nur noch ein Supplementband ist im Kasten.«

»Warum bringen Sie mir ihn nicht?« rief Demba ungeduldig. »Ich benötige die Ergebnisse der neuesten wissenschaftlichen Forschung zu meinen Untersuchungen.«

Der Kellner brachte den Supplementband und zog sich dann ehrfurchtsvoll zurück. Er trat an den Tisch zu den beiden Kartenspielern, legte die Hand an den Mund und flüsterte geheimnisvoll:

»Ein Herr von der Zeitung! Schreibt hier seinen Artikel.«

»Kellner!« rief in diesem Augenblick Stanislaus Demba.

»Befehlen der Herr?«

»Haben Sie vielleicht das Handbuch für Ingenieure?«

»Leider nicht dienen —«

»Dann bringen Sie mir den Armeeschematismus und das Jahrbuch für Heer und Flotte und was Sie sonst von militärischen Handbüchern haben.«

Der eine der beiden Reisenden legte die Karten hin.

»Gegen die hohen Militärs geht's«, sagte er mit einem Blick auf Demba. »Haben Sie gehört? Den Armeeschematismus! Ist schon recht, soll er's ihnen nur geben! Wer spielt aus?«

»Wer sagt Ihnen, daß er *gegen* die Militärs ist? Genausogut kann er *für* die Militärs schreiben. Vielleicht haben wir dem Herrn Redakteur zu wenig Dreadnoughts«, sagte der Spielpartner.

»Haben Sie auch den Gothaischen Almanach?« forschte inzwischen Demba den Kellner aus.

»Jawohl.«

»Den bringen Sie mir auch.«

»Was der alles braucht zu seinem Artikel«, sagte der Reisende. »Und da hört man immer: Die Journalisten sind nicht gründlich.«

»Den Gotha«, sagte der andere. »Der schreibt etwas gegen den Minister des Äußeren. Der ist ja ein Graf von und zu.«

»Es kann auch sein, er zielt auf den Kriegsminister. Der ist auch ein Freiherr von.«

Der Kellner legte den Gothaischen Hofkalender und das Gräfliche Taschenbuch auf Dembas Tisch.

»Das sind doch nicht alle Bände!« fuhr ihn Demba an. »Bringen Sie mir die anderen Bände auch. Oder soll ich es vielleicht auswendig im Kopf haben, ob der Reichsfreiherr Christoph Heribert Apollinaris von Reifflingen aus der älteren Sebastianischen oder aus der jüngeren Eyprianischen Linie stammt?«

Dem Kellner begann es im Kopf zu wirbeln. Er brachte das Taschenbuch der freiherrlichen, der uradeligen und der briefadeligen Häuser und dazu ein Jahrbuch des Vereins ehemaliger Börsenbesucher, das ihm mit unter die Hände gekommen war.

Alle Wissenschaft und Gelehrsamkeit der Welt hatte sich auf Stanislaus Dembas Tisch zu einer hohen Bastei gehäuft, hinter der der Student völlig verschwunden war. Nur sein speckig glänzender Hut allein war noch sichtbar. Aber Herrn Demba schienen alle diese Behelfe noch immer nicht zu genügen. Er ließ sich auch den Niederösterreichischen Landeskalender, den Wiener Kommunalkalender und das Hof- und Staatshandbuch der österreichisch-ungarischen Monarchie bringen, und von den beiden erstgenannten Werken auch noch den vorletzten Jahrgang.

»Kellner«, rief er, als er das alles hatte. »Was steht dort für ein Buch im Kasten? Dort, das große, schwarze?«

»Das Fremdwörterlexikon, bitte.«

»Bringen Sie mir das doch sofort! Das brauch' ich sehr notwendig. Ich muß unbedingt nachschlagen, wie man Leptoprosopie am besten ins Deutsche übersetzt. Leptoprosopie! Oder können Sie mir das vielleicht sagen?«

»Leider nicht mehr dienen«, stotterte der Kellner, dem ganz wirr im Kopf geworden war.

Jetzt schien Demba endlich alle Bücher zu haben, die er zu seiner Arbeit benötigte. Die beiden Reisenden begannen weiter zu spielen; der Kellner trat an ihren Tisch und sah zu.

»Kellner!« brüllte Stanislaus Demba von neuem, so laut, daß das Fräulein an der Kasse das Stück Linzertorte, das sie in der Hand hielt, fallenließ. »Kell-ner!«

»Sofort, bitte!« rief der Kellner und warf einen Blick in den Bücherkasten; aber der war leer. Daher nahm er das befleckte gläserne Tintenfaß und die Pappschachtel, in der das Schreibpapier verwahrt war, vom Büfett, denn er glaubte den nächsten Wunsch des Gastes erraten zu können.

»Kellner! Wo bleiben Sie!« rief Demba.

»Bin schon da. Befehlen Tinte, Feder und Papier?«

»Nein«, sagte Demba. »Bringen Sie mir eine Portion Salami, zwei Eier im Glas, Brot und eine Flasche Bier.«

Der Kellner brachte das Verlangte, und eine Weile hindurch sah man von Stanislaus Demba nichts weiter als den Hut, der sich im Rhythmus des Kauens auf und ab bewegte und hinter dem Bücherwall halb sichtbar wurde, halb verschwand.

Einer der Reisenden hatte Zahnschmerzen und befahl dem Kellner nachzusehen, ob die Kaffeehausfenster alle geschlossen seien. Als Franz diesen Auftrag ausgeführt hatte, hielt er es für seine Pflicht, Herrn Demba beim Speisen ein wenig Gesellschaft zu leisten und ihn zu unterhalten.

»Manche Herrschaften sind so heikel, vertragen kein Lüfterl«, begann er das Gespräch und deutete auf den Reisenden.

Stanislaus Demba hatte sofort zu essen aufgehört, als der Kellner in seine Nähe kam. Er ließ Messer und Gabel klirrend auf die Tischplatte fallen, hob den Kopf und starrte den Kellner durch zwei Brillengläser über den Lexikonband »Löffelhuhn – Nebenniere« hinweg wütend an.

»Was wollen Sie?«

»Mußte leider die Fenster schließen, weil der Herr dort –«

Der Kellner kam nicht weiter.

»Machen Sie sie zu oder lassen Sie sie offen, was geht das mich an!« brüllte Demba. »Aber stören Sie mich nicht beim Essen!«

Franz verschwand eiligst hinter dem Büfett und kam erst wieder hervor, als Stanislaus Demba »Zahlen!« rief.

»Bitte sehr, was haben gehabt? Portion Salami, zwei Eier im Glas, eine Flasche Bier – Brote? Zwei? Drei?«

Demba saß eigentümlich steif auf seinem Sessel.

»Drei Brote.«

»Eine Krone achtzig, zwei sechzig, drei sechsunddreißig, drei Kronen zweiundvierzig, bitte –.«

Demba wies mit den Augen auf die Tischplatte. Dort lagen drei Kronen und ein paar Nickelmünzen.

Dann erhob er sich und ging zur Tür. Ehe er auf die Straße trat, wandte er den Kopf und sagte mit verdrießlicher Miene zum Kellner:

»Ich habe hier eigentlich meine große Dissertation über den Stand des menschlichen Wissens am Beginn des zwanzigsten Jahrhunderts schreiben wollen. Aber es war mir doch ein bißchen zuviel Lärm in dem Lokal.«

8

Als Steffi Prokop nach Hause kam, fand sie Stanislaus Demba schon im Wohnzimmer ungeduldig wartend.

»Grüß dich Gott!« sagte sie. »Bist du schon lange hier?«

»Seit zwölf Uhr wart' ich«, sagte Demba.

»Ich kann nichts dafür, daß ich mich verspätet habe. Man läßt mich nicht eine Minute vor zwölf Uhr aus dem Bureau. Und dann dauert es noch zehn Minuten, ehe ich die Farbbandflecken von den Händen runter bekomm'. Jetzt hab' ich aber Zeit bis fast drei Uhr.«

Sie legte eilig Hut und Jacke ab, auch den grauen Schleier, den sie immer umnahm, wenn sie auf die Straße ging. Dann band sie sich die Schürze vor und nahm Dembas Hut vom Tisch.

»Nun? Willst du nicht ablegen?« fragte sie. – Demba hatte seine Pelerine umbehalten.

Demba schüttelte den Kopf.

»Nein! Laß mir den Mantel! Mir ist kalt.«

»Kalt ist dir? Aber geh. Heut ist doch nicht kalt. Heut kann man schon wieder im Freien sitzen.«

»Mich friert«, sagte Demba. »Ich bin krank. Ich glaube, ich habe Fieber.«

»Armer Stanie!« sagte Steffi in jenem mitleidig klagenden Ton, in dem man Kinder bedauert und tröstet, die beim Spielen gefallen sind und sich »weh getan« haben. »Armer Stanie. Ist krank, hat Fieber. Armer Stanie.« Dann änderte sie den Ton und fragte: »Du ißt doch mit uns?«

Demba schüttelte den Kopf.

Sie öffnete die Tür und rief ins Nebenzimmer: »Mutter, der Herr Demba ißt mit uns!«

»Nein!« rief Demba lebhaft und beinahe aufgeregt. »Was fällt dir denn ein?«

»Dukatenbuchteln haben wir heut«, sagte Steffi Prokop aufmunternd.

»Nein, ich danke. Ich kann nicht«, sagte Demba.

»Also, du mußt wirklich krank sein, jetzt erst glaub' ich's, Stanie«, sagte Steffi lachend. »Sonst bist du doch immer bei Appetit. Wart, ich werd' gleich mal nachschauen.«

Sie griff unter die Pelerine nach Dembas Hand, um ihm den Puls zu fühlen. Sie fand die Hand jedoch nicht gleich und erhielt im nächsten Augenblick einen Stoß, daß sie zwei Schritte zurücktaumelte und sich an der Kommode festhalten mußte, um nicht zu fallen.

Demba war aufgesprungen und stand, weiß wie die Wand und ganz außer sich, vor ihr.

»Woher weißt du –?« zischte er mit einem feindseligen Blick auf Steffi. »Wer hat dir verraten, daß –?«

»Was denn? Warum hast du mich gestoßen? Was ist dir denn, Stanie?«

Demba sah das Mädchen mit unsicherem Blick an, atmete schwer und sprach kein Wort.

»Ich hab' deinen Puls fühlen wollen«, sagte Steffi Prokop kläglich.

»Was?«

»Deinen Puls hab' ich fühlen wollen. Und du stößt mich!«

»So, den Puls.« Stanislaus Demba setzte sich langsam. »Dann ist's gut. Ich dachte –«

»Was denn? Was dachtest du?«

»Nichts. – Du siehst ja, daß ich krank bin.« Demba starrte schweigend auf die Tischplatte. Aus dem Nebenzimmer kam das Klirren von Tellern und Löffeln. Steffis Mutter deckte den Tisch zum Mittagessen.

Steffi Prokop legte ihren schmalen Kinderarm leicht auf Dembas Schulter.

»Was fehlt dir, Stanie? Sag mir's.«

»Nichts, Steffi. Nichts Ernstes wenigstens. Morgen ist's vorüber – so oder so.«

»Sag mir's. Mir kannst du's sagen.«

»Es ist nichts. Wirklich.«

»Aber du wolltest mir doch etwas erzählen. Etwas Wichtiges, das du mir durchs Telephon nicht sagen konntest.«

»Das ist längst nicht mehr wichtig.«

»Was war es denn, Stanie?«

»Ach nichts. – Daß ich morgen früh fortfahre.«

»So? Wohin denn?«

»Das weiß ich noch nicht. Wohin Sonja will. Ins Gebirge vielleicht oder nach Venedig.«

»Mit der Sonja Hartmann fährst du?«

»Ja.«

»Auf lange?«

»Solange Sonja Zeit hat. Ich denke, auf zwei Wochen oder auf drei.«

»Seid ihr denn wieder gut? Ihr hattet euch ja gestritten?«

»Es ist alles wieder gut.«

»Drei Wochen. Da hast du sicher das Geld für den lustigen Roman bekommen, den du ins Polnische übersetzt hast. Weißt du, den Roman, in dem gestanden ist: ›Ihre Tochter, Frau Gräfin, hat höchstens noch sechs Stunden zu leben, vielleicht sogar noch weniger.‹ Ich hab' damals so lachen müssen. – Hat man dir endlich das Geld geschickt? Nun? – Gib doch Antwort! An was hast du jetzt gedacht, Stanie?«

Demba blickte zerstreut auf.

»Wo warst du mit deinen Gedanken? Schon in Venedig?« fragte Steffi.

»Nein. Bei dir.«

»Geh, lüg mich nicht so an. Ich weiß ganz gut, daß du dir nichts aus mir machst. Ich bin dir zu jung und zu dumm und zu –« Steffi Prokop warf einen Blick in den Spiegel. Ihre rechte Wange war eine einzige tiefrote Feuernarbe. Vor Jahren, als sie noch ein Kind war, hatte ihre Mutter einmal nach der Gewohnheit vieler Wiener Frauen Benzin auf die Kohlen im Herd geschüttet, um das Feuer anzufachen. Das Kind hatte sie hierbei auf dem Arm gehabt, und als das Feuer ihre Kleider ergriff, hatte auch Steffi ihr Andenken fürs Leben davongetragen. Das Feuermal entstellte sie, das wußte sie genau. Niemals ging sie ohne Schleier auf die Gasse.

»Und jetzt will ich wissen, was dir fehlt. Starr nicht so in die Luft.«

»Nichts fehlt mir, Kind. Und jetzt muß ich wieder gehen. Ich wollt' nur schauen, wie es dir geht.«

»Geh! Geh! Geh!« sagte Steffi Prokop ärgerlich. »Schau'n, wie mir's geht! Wie wenn dich das interessieren würde! Und überhaupt, sag mir nicht immer: ›Kind‹. Ich bin sechzehn Jahre alt. Mir kannst du alles erzählen. Ich weiß, dich drückt etwas. Oh, ich kenn' dich, Stanie, kein Mensch kennt dich so gut wie ich. Wenn's dir schlechtgeht, kommst du zu mir und starrst in die Luft. Wenn dir elend zumut ist, wenn du wütend bist, wenn du Ärger gehabt hast, kommst du immer zu mir. Wie dir die Sonja den Brief geschrieben hat, bist du zu mir gekommen. Früher, wie du noch bei uns gewohnt hast, bist du auch zu mir gekommen, wenn dir in deinem Kabinett zu kalt war. Hierher, in das Zimmer hier, da war immer geheizt. Und bist auf und ab gegangen und hast studiert oder aus den alten Griechen deklamiert, ›*Integer vitae* . . .‹ – wie geht's weiter?«

»*Integer vitae scelerisque purus* –«, sagte Demba halb in Gedanken.

»Ja – *lerisque purus*. So heißt's. Und ich bin im Winkel

gesessen und hab' meine Schulaufgaben gemacht, Buchhaltung, Rechnen, Warenkunde – Wovon träumst du, Stanie? Du hörst mir gar nicht zu. Warum starrst du so auf den Tisch? Wovon träumst du, sag?«

»Ja. Vielleicht träume ich«, sagte Demba leise. »Sicher ist alles nur ein Traum. Ich liege zerschlagen und zerfetzt irgendwo in einem Spitalbett, und du und deine Stimme und das Zimmer da, ihr seid nur ein Fiebertraum der letzten Minuten.«

»Stanie! Was ist das? Was redest du da?«

»Vielleicht trägt mich in diesem Augenblick ein Rettungswagen durch die Straßen oder vielleicht lieg' ich noch immer in dem Garten unter dem Nußbaum auf der Erde und hab' das Rückgrat gebrochen und kann nicht aufstehen und hab' die letzten Gesichte und Visionen –«

»Stanie, um Gottes willen, willst du mir angst machen? Was ist geschehen?«

»*Integer vitae scelerisque purus* –«, sagte Demba leise.

»Ich hab' Angst!« klagte Steffi. »Was ist geschehen? Jetzt mußt du mir's sagen!«

»Sei still! Es kommt jemand«, sagte Demba rasch.

Frau Prokop steckte den Kopf durch die Türspalte.

»Stör' ich?« fragte sie scherzend. »Wie geht's, Herr Demba? Gut immer, nicht? Steffi, ich wollt' dir nur sagen, die Suppe wird kalt. Herr Demba, essen Sie nicht einen Löffel mit uns?«

»Ich danke, gnädige Frau, ich bin schon nach dem Essen.«

»Mutter!« sagte Steffi. »Geh, heb mir das Essen auf. Ich komm' dann hinein. Herr Demba und ich haben noch etwas zu besprechen.«

»Und jetzt sprich!« sagte Steffi, als Frau Prokop draußen und die Tür verschlossen war. »Ich hab' nicht mehr viel Zeit. In einer Stunde muß ich wieder ins Bureau.«

Demba lachte verlegen auf.

»Ich weiß nicht, was da vorhin über mich gekommen ist. Heute vormittag war ich zwar auch nicht in bester Stimmung, aber ich habe doch nicht einen Augenblick lang den Kopf hängenlassen und den Mut verloren, obwohl mir so ziemlich alles fehlgeschlagen ist, was ich angepackt hab'. ›Angepackt‹ ist übrigens sehr gut.« – Demba stieß ein kurzes, heiseres Lachen hervor. – »Manchmal ist die Sprache geradezu witzig. ›Angepackt‹ ist nämlich wirklich nicht ganz das richtige Wort. Also sagen wir: Angerührt –, nein, in die Hand genommen – auch nicht! Zum Kuckuck, alles, was ich unternommen habe – so ist's richtig! Also alles, was ich unternommen habe, ist mir durch die Finger geglitten – hätt' ich jetzt wieder beinahe gesagt! Meine eigene Zunge hält mich zum Narren. Alles, was ich angepackt habe, ist mir durch die Finger geglitten. Ausgezeichnet. Wirklich, ausgezeichnet! Galgenhumor der Sprache. Aber es war doch nicht so, sondern ich wollte sagen: Alles, was ich unternommen habe, heut vormittag, ist mir mißglückt.«

»Ich verstehe dich nicht, Stanie.«

»Das ist doch sehr einfach. Alles ist mir heut fehlgeschlagen. Aber ich hab' doch nicht den Mut verloren, das wollt' ich nur sagen. Nur vorhin ist's über mich gekommen. Ich war beinahe sentimental. Nicht wahr? Ich will dir gestehen: Ich bin nahe daran gewesen, den Kopf in deinen Schoß zu legen und zu weinen. So elend war mir zumut. Und eigentlich ohne Grund. Wirklich. So tragisch ist nämlich die ganze Sache nicht.«

Er sah dem Mädchen unsicher ins Gesicht, hustete ein paarmal verlegen und fuhr dann fort:

»Du bist der einzige Mensch, Steffi, zu dem ich Vertrauen hab'. Du bist klug und mutig und verschwiegen. Du wirst mir helfen. Vorhin war ich ein bißchen merkwürdig, nicht wahr? Aber das war nur ein Schwächeanfall, und jetzt ist's vorüber. Du darfst nicht glauben, daß ich mir auch nur soviel aus der ganzen Sache mache.«

»Also sag doch endlich, was geschehen ist, Stanie«, bat das geängstigte Mädchen.

Demba atmete schwer auf.

»Ich bin nämlich –. Also kurz und gut: Die Polizei ist hinter mir her.«

»Die Polizei!« – Steffi Prokop sprang auf.

»Schrei doch nicht! Du alarmierst das ganze Haus«, mahnte Demba.

Sie beherrschte sich und zwang ihre Stimme in ein leises, gehauchtes Flüstern.

»Was hast du getan?«

»Ein Verbrechen, Kind«, sagte Stanislaus Demba in gleichgültigem Ton. »Das kann ich nicht leugnen. Aber ich bring's nicht fertig, mich zu schämen. Ich kann ganz ruhig davon sprechen. Mein Verstand und meine Logik billigen es. Nur die Polizei ist halt dagegen.«

»Ein Verbrechen.«

»Ja, mein Kind. Ich habe drei Bücher aus der Universitätsbibliothek einem Antiquitätenhändler verkauft. Das heißt, verkauft hab' ich nur zwei. Das dritte hab' ich heute morgen umsonst hergegeben. Schau mich doch nicht so entgeistert an. Jetzt verachtest du mich natürlich. Da hat es keinen Sinn, wenn ich weiter erzähle.«

»Warum hast du das getan, Stanie?«

»Lieber Gott! Warum! Ich habe eine Studie über die Idyllen des Calpurnius Siculus und seine *Hapax legomena* geschrieben. Eine Arbeit über ein paar agrarische Fachausdrücke, die dieser Calpurnius Siculus verwendet, deren Bedeutung strittig ist und die in der übrigen römischen Literatur nicht vorkommen. Dazu hab' ich gewisse Quellenwerke gebraucht. Ich bekam einiges aus der Universitätsbibliothek. Aber drei alte, wertvolle Drucke wollte mir der

Kustos nicht nach Hause geben. Ich brauchte sie aber, und so trug ich sie einfach unter dem Mantel fort.«

»Und jetzt ist die Polizei –«

»Deswegen? Ach Gott, nein. Das ist jetzt über ein Jahr her. Und kein Hahn hat in der Universitätsbibliothek nach den Büchern gekräht. Vielleicht, wenn sie wieder jemand verlangen würde, dann vielleicht würde man ihr Fehlen bemerken. Aber ich war seit einem Jahrzehnt der erste, der sie gebraucht hat, das hat mir damals ein Bibliotheksbeamter gesagt. Also diese drei Bücher habe ich fortgetragen. Meine Arbeit ist nach drei Monaten fertig geworden. Ich hab' sie in einer großen Fachzeitschrift veröffentlicht. Sie hat ziemlich viel Beachtung gefunden. Eine große Diskussion hat sich über ein Wort, für das ich eine neue Deutung gegeben habe, entsponnen. Ich bin gelobt und bin angegriffen worden. Ich habe viel Zuschriften bekommen. Professor Haase in Erlangen und Professor Mayer in Graz haben meine Auffassung verteidigt, und der berühmte Riemenschmidt in Göttingen hat meine Untersuchung scharfsinnig genannt. Um ehrlich zu sein: Es war nicht eigentlich Scharfsinn, der mich das Richtige finden ließ. Es hat sich um Ausdrücke aus der antiken Bauernsprache gehandelt. Aber meine Eltern und Urahnen sind eben Bauern gewesen, und ich bin hellsichtig in solchen Dingen.«

»Bezahlt wurde mir die Arbeit so, daß Kosten für Tinte, Feder und Papier gedeckt waren und vielleicht ein paar von den Zigaretten, die ich während des Schreibens geraucht habe. Der Dienstbotenroman, den ich übersetzt habe, trägt mir genau das Zwölffache. Dafür hab' ich die Bücher behalten. Wem hab' ich sie weggenommen? Sie wären nutzlos und verstaubt in einem dunklen Winkel der Universitätsbibliothek gelegen, und nur der Katalog hätte von ihnen gewußt.«

»Aber die Polizei, Stanie! Die Polizei!« klagte Steffi Prokop verzweifelt.

»Ach Gott, die Polizei! Wenn's nichts anderes wäre, die macht mir keine Sorge, derentwegen wär' ich nicht zu dir gekommen. Nein. Das ist es nicht. So einfach liegen die Dinge nicht. Ich will dir alles erzählen. Jetzt geht's viel leichter. Hör zu.«

Aber er sprach nicht weiter, sondern trat ans Fenster, blickte hinaus und pfiff leise vor sich hin.

»Nun?« fragte Steffi Prokop.

Er drehte sich um.

»Ja. Also, wo war ich stehengeblieben. Die drei Bücher, richtig. Die beiden ersten hab' ich vor einem halben Jahr verkauft. Ich hatte Schulden. Ich trug sie in die Antiquitätenläden in der Johannesgasse und in der Weihburggasse. Aber dort wollte man mir nichts dafür geben. Die Leute verstehen nichts. In alten Drucken legen sie ungern ihr Geld an. Einer von ihnen wollte sie nach dem Gewicht kaufen.

Ich erfuhr durch Zufall den Namen eines Bücherliebhabers in Heiligenstadt, eines Sonderlings, der halb Trödler, halb Sammler ist. Ich ging hin. Er verstand wirklich etwas von Büchern. Für das eine zahlte er mir fünfzig Kronen; einen Monat später, als ich wieder Geld brauchte, bekam ich für das zweite fünfundvierzig. Die Bücher waren mehr wert, besonders das zweite, aber immerhin, die Preise waren annehmbar.

Das dritte Buch wollte ich nicht verkaufen. Es war ein prachtvoller Druck, siebzehntes Jahrhundert, eine Ausgabe des Calpurnius Siculus aus der Offizin Enschede & Söhne in Amsterdam, mit Interpolationen, Glossen und Marginalien und einem Titelblattkupfer, den Aart van Geldern gezeichnet hat. Der Einband war mit vier Halbedelsteinen und einer Elfenbeinschnitzerei verziert, die einen ziemlichen Wert besaßen.

Das Buch wollte ich behalten. Ich hab' es auch nicht

hergegeben, die ganze Zeit über, und wenn ich noch so sehr in Geldnot war. Und in Geldverlegenheit war ich fast immer. Einmal im Jänner ist es mir so schlecht gegangen, daß ich in der strengsten Kälte meinen Winterrock ins Leihhaus tragen mußte. Aber das Buch hab' ich doch nicht hergegeben.

Bis ich gestern das von der Sonja hörte. Das muß ich dir auch erst wieder erzählen. Ich erzähle dir alles. Ich bin so müde, Steffi, und es tut mir wohl, alles zu erzählen. Daß wir uns in der letzten Zeit öfters gestritten haben, die Sonja und ich, das weißt du. Es war nicht mehr ganz so wie früher. Aber ich legte dem keine Bedeutung bei, ich wußte, daß Sonja manchmal ihre Launen hatte. Auch mit dem Weiner ließ ich sie ruhig verkehren. Bei mir ist das eine Art Hochmut. Kann mir dieser Weiner irgend etwas wegnehmen? – dachte ich. Dieser Weiner, mir? Er ist ein aufgeblasener Hohlkopf. Ich habe noch nie ein Wort oder einen Gedanken aus seinem Mund gehört, auf den einzugehen es sich verlohnt hätte. Dabei ist er feig und hinterhältig und selbstsüchtig. Ich dachte mir: Sie mag selbst darauf kommen, wieviel der Kerl wert ist.

Nun, und gestern kam ich abends in ihre Wohnung. Sie war nicht zu Hause. Aber auf dem Tisch stehen zwei gepackte Reisetaschen. Ich frage die Quartierfrau. ›Ja, das Fräulein verreist.‹ ›So‹, sag' ich. ›Wohin denn?‹ Ja, das wisse sie nicht. Ich war ganz erstaunt. ›Für den Urlaub ist's ja noch viel zu früh‹, denk' ich mir. Und außerdem hätt' sie mir doch was davon gesagt. Und wie ich mich im Zimmer umschau, seh' ich ein großes Kuvert ganz obenauf von der Firma Cook & Son.

Ich nehm' es und mach' es auf. Da sind die beiden Fahrscheinhefte drin. Eines auf ihren Namen und eines auf: Georg Weiner, *stud. jur.*

Ich war wie vor den Kopf geschlagen. Ich glaub', so ist

einem zumute, wenn man überfahren wird oder einen Nervenschock bekommt. Wie ich aus der Wohnung hinausgekommen bin und die Treppe hinunter, weiß ich nicht. Eine halbe Stunde lang bin ich in den Gassen, die um Sonjas Wohnung liegen, herumgeirrt wie ein Fremder und konnte mich nicht zurechtfinden, obwohl ich in diesem Stadtteil wie zu Hause bin.

Dann bin ich wieder ein bißchen ruhiger geworden und hab' die Sonja gesucht. Zuerst im Kaffeehaus. Die Sonja geht fast täglich ins Kaffeehaus, das ist etwas, was mir nie an ihr gefallen hat. Ich hab' ihr das oft gesagt: Eine Frau soll nicht ins Kaffeehaus gehen. Zu einer Frau soll man vier Treppen hochsteigen müssen, mit klopfendem Herzen muß man an ihrer Tür läuten. Und dann soll man sie erst nicht zu Hause antreffen und umsonst gekommen sein. Wenn man dann enttäuscht die Treppe hinuntergeht, dann fühlt man erst, daß man sie liebt. Aber eine Frau, die man, sooft man Lust hat, sie zu sehen, in seinem Kaffeehaus vorfindet, so sicher, wie den ›Simplizissimus‹ oder das ›Tagblatt‹, die verliert an Wert und wird Alltag.

Die Sonja also hat vier Kaffeehäuser, in denen sie verkehrt. Zwischen neun und zehn ist sie meist im Cafe Kobra, dort verkehrt sie mit ein paar Malern und Architekten. Doch gestern war sie in keinem der vier Lokale. Aber ich traf einen ihrer Bureaukollegen, der wußte auch schon von ihrer Reise. Der hat mir bestätigt, daß sie mit dem Weiner nach Venedig fahren will.

Um zehn Uhr war ich nochmals bei ihr in ihrer Wohnung, aber sie war noch immer nicht zu Hause. Bis ein Uhr bin ich vor ihrem Haus auf und ab gegangen. Sie kam nicht, und als es eins wurde und sie noch immer nicht da war, sah ich ein, daß es keinen Zweck hatte, länger zu stehen. Der Weiner hat ein Absteigquartier in der Liechtensteinstraße, dort hätte ich warten müssen.

Ich hatte inzwischen Zeit genug gehabt, über die Sache ruhig nachzudenken. Über Sonjas Beweggründe. An dem Georg Weiner selbst konnte sie nichts finden, das war klar. Gar nichts. Er ist eine niedere Menschenform. Daß er manchmal Poker spielt, ist die einzige geistige Regung, die ich hie und da an ihm beobachtet habe, und auch da verliert er zumeist. Du kennst ihn nicht, aber ich hab' immer, sooft ich ihm begegnet bin, schon vorher, lang eh' ich gewußt hab', wer das ist, immer hab' ich ganz unwillkürlich den Gedanken gehabt: ›Dieser Mandrill hat doch eigentlich einen ganz menschenähnlichen Gang.‹ Weißt du, nicht aus Gehässigkeit, sondern ich war wirklich erstaunt, daß er so gut aufrecht gehen konnte, und dachte mir, das muß ihm doch große Mühe machen, warum plagt er sich so und geht nicht einfach auf allen vieren? Also, der Mandrill will mir jetzt die Sonja wegnehmen. Es ist eigentlich zum Lachen. Und doch geht sie mit ihm. Das kann nur die Aussicht auf die Reise sein. Reisen machen, das ist Sonjas große Leidenschaft. Sie möchte die Welt sehen, wie und mit wem, das ist ihr gleichgültig, sie ginge als Stewardeß auf ein Schiff, wenn man sie nähme, sie ginge als Lokomotivführer oder als Handgepäck, wenn es nicht anders zu machen ist. Ganz kindisch ist sie in diesen Dingen. Sie hat mich früher oft gebeten, mit ihr zu fahren, aber ich habe niemals die paar hundert Kronen gehabt, die eine Reise gekostet hätt'. Der Georg Weiner hat das Geld. Sein Vater ist ein Lederhändler in der Leopoldstadt. Und das war mir klar: Wenn ich heute dreihundert Kronen aufbringe, so läßt sie den Weiner sofort stehen und fährt mit mir.«

»Stanie!« sagte Steffi Prokop. »Ist das dein Ernst?«
»Natürlich.«
»Wie kannst du nur so von ihr denken? Wie kannst du glauben, daß es sich bei ihr nur um Geld oder um eine

Reise oder um sonst etwas handelt. Sie hat ihn gern. Sie will mit ihm allein sein.«

Stanislaus Demba lachte.

»Mit ihm? Mit dem Georg Weiner? Man sieht, daß du ihn nie gesehen hast.«

»Stanie, du bist so klug, und doch denkst du wie ein Kind. Frauen sind anders als ihr Männer. Euch stößt es ab, wenn eine häßlich ist. Aber eine Frau kann einen Mann liebhaben, auch wenn er bucklig ist oder entstellt oder dumm. Gerade, weil er so dumm ist, kann eine Frau einen Mann liebhaben. Das verstehst du nicht. Nie wird die Sonja mit dir fahren, und wenn du die Brieftasche voll Tausendguldennoten hast.«

»So«, sagte Demba. »Du weißt es natürlich besser. Und ich sag' dir, sie wird mit mir fahren. Ich war bei ihr und hab' mit ihr gesprochen.« – Demba lehnte sich in seinen Sessel zurück und genoß seinen Triumph.

»Wirklich? Hat sie dir das gesagt?« fragte Steffi.

»Jawohl.«

»Dann tut sie mir leid«, sagte Steffi Prokop leise und verzagt. »Erzähl weiter.«

»Ja. – Also wie ich drüber nachdenk', woher ich das Geld nehmen soll, da ist mir das Buch eingefallen. Das Buch ist viel Geld wert. Vielleicht sechshundert oder achthundert Kronen.

Ich bin nach Hause gegangen, hab' mich aber nicht zu Bett gelegt. Ich bin die ganze Nacht aufgeblieben und hab' in dem Buch gelesen. Von jedem kleinen Holzschnitt hab' ich Abschied genommen. Mein Herz hing an dem Buch. Und heute, zeitlich morgens, hab' ich's nach Heiligenstadt getragen.

Der Händler wohnt in der Klettengasse 6. Man fährt durch die Heiligenstädter Straße, steigt bei der dritten Haltestelle aus, biegt in die erste Seitengasse links ein und hat dann noch etwa vier bis fünf Minuten zu gehen. Er wohnt in einem kleinen, zweistöckigen Vorstadthaus mit einer ganz schmalen Zwei-Fenster-Front. Obwohl ich schon vorher dort gewesen war, fand ich es lange nicht, erst, als ich zum drittenmal vorüberging. Es muß irgendwo in der Nähe einer Brauerei sein, denn die ganze Gasse ist erfüllt von dem unangenehmen, dumpfen Malzgeruch, den ich nicht vertragen kann. Er macht mich wütend.

Dann ging ich in den ersten Stock hinauf und hielt mir mit der Hand die Nase zu, denn der Malzgeruch verfolgte mich auch ins Haus hinein und bis auf die Treppe.

Ich läutete, mußte eine Weile warten, läutete noch einmal, und dann hörte ich Schritte und eine Stimme: ›Ja, ja. Ich komme schon.‹ Dann machte der Alte selbst die Türe ein klein wenig auf und schaute durch den Spalt. Er erkannte mich und nahm die Vorlegkette ab. Ich trat ein, und er führte mich in sein Arbeitszimmer.

Dieses Arbeitszimmer ist der merkwürdigste Raum, den ich je gesehen habe. Schlafzimmer, Kontor, Museum, Magazin zu gleicher Zeit und scheinbar auch Atelier – der Kerl restauriert auch Bilder. Das edelste Kunstmobiliar und der erbärmlichste Trödel stehen wüst durcheinander. Zum Beispiel. Da ist ein Schrank aus Nußholz, vielleicht Frühbarock, mit wundervollen dunkeln Stabeinlagen, aber seine Kleider hat der Alte nicht in diesem Schrank, sondern in einem halbzerbrochenen, deckellosen Wäschekorb. Ein schönes, geschnitztes Bett mit Blattwerk und einem adeligen Wappen, das früher einmal vergoldet gewesen sein muß, steht im Zimmer, aber sein Besitzer schläft auf einer schmutzigen, roten Matratze, die in einem Winkel auf dem bloßen Erdboden liegt. Ein französischer Eichenschreibtisch mit Rosenholzbelag ist da, aber der Alte arbeitet an einem wackligen Tisch, auf dem ein schlechtes gläsernes Tintenfaß steht. Dort liegt auch seine Lupe und ein Haufen

Papier und sein Geschäftsbuch, in das er die Ein- und Verkäufe einträgt. Und überall im Zimmer liegen und stehen Silberleuchter herum und alte Drucke und Kristallgläser und Porzellanfiguren. Auch ein ›Heiliges Grab‹ aus Ebenholz und Perlmutter steht in der Ecke. Das muß er billig gekauft haben, und er möchte es wahrscheinlich rasch wieder verkaufen, denn er ist ein galizischer Jud und hat an dem ›Heiligen Grab‹ sicher keine rechte Freude.

So sieht's in seinem Arbeitszimmer aus. Man bekommt das Gefühl der Nichtigkeit und Wertlosigkeit alles Sammelns. Es sind die schönsten, wertvollsten Stücke da, und doch sieht das Zimmer trostlos aus, und das Loch einer siebenköpfigen Tagelöhnerfamilie mit zwei Bettgehern ist stilvoller.

In das Zimmer also führt er mich, fragt nicht viel und nimmt mir das Buch gleich aus der Hand. Er blättert darin herum, nickt mit dem Kopf, sieht's durch die Lupe an und fragt: ›Woher haben Sie das?‹ Ich sage: ›Aus einer Auktion.‹ Er nickt wieder, setzt sich und fängt an, in dem Buch zu studieren. Dann fragt er: ›Warum verkaufen Sie das Buch? Nur weil Sie brochen Geld?‹ Er fragt das mit so einem galizischen Akzent, ich kann aber den Ton nicht nachahmen. Du kennst ja die Leute. Ich überlegte rasch, daß er mir mehr bieten werde, wenn ich nicht als armer Teufel vor ihm dastehe, und sag' deshalb: ›Nein. Mich freuen alte Drucke nicht mehr. Ich hab' mich jetzt ganz auf die Keramik geworfen. Kacheln, wissen Sie?‹

Ich weiß nicht, warum mir gerade Kacheln einfielen. Ich hätte ebensogut sagen können: Limousiner Email oder Satsumavasen oder andere Dinge, die ich nur aus den Museen und Ausstellungen kenne.

Er nickt mit dem Kopf, geht zu dem Wäschekorb und wühlt eine Weile in den alten Kleidern herum. Dann bringt er eine alte persische Fayencefliese zum Vorschein: Einen

Jäger auf einem Schimmel mit einem großen blauen Turban auf dem Kopf und einem Falken auf der Faust. Er reitet über ein Tulpenbeet, und der Schimmel hebt die Beine so steif, als wüßte er ganz genau, daß er keine von den Tulpen zertreten dürfte.

›Was wollen Sie dafür?‹ frag ich ihn. Aber er macht nur eine abwehrende Bewegung mit der Hand und legt die Kachel wieder zurück in den Wäschekorb. Er hat sich von mir nicht täuschen lassen. Er hat sofort erkannt, daß ich ein armer Teufel bin, der Geld ›brocht‹.

Dann blättert er wieder in dem Buch und fragt: ›Was wollen Sie dafür?‹

›Sie müssen wissen, was es wert ist‹, sag' ich.

Er wackelt mit dem Kopf, kniff die Augen zu und begann wieder in dem Buch zu blättern. Er trug einen weißen Spitzbart, aber man sah trotzdem, daß er kein Kinn hatte. Das weißt du doch: Manchen Menschen fehlt das Kinn. Das Gesicht geht unter dem Mund gleich in den Hals über. Sie sehen aus wie Hühner. Auch der Weiner gehört zu diesen Menschen. Sie tragen entweder einen Vollbart, dann sieht man es weniger, oder, wenn sie glattrasiert sind, dann sehen sie stupid aus. Ich glaube, das ist ein Atavismus. Zwischen der zweiten und dritten Eiszeit sollen die Menschen so ausgesehen haben. – Nein, das ist kein Witz, ich hab' das wirklich einmal in einem Aufsatz über den prähistorischen Menschen gelesen. Mir sind Leute ohne Kinn sehr zuwider. Und wie ich den Alten anschau', kommt mir der verrückte Gedanke, daß vielleicht ein Geheimbund aller dieser Kinnlosen besteht gegen die übrige Welt, daß sie zusammenstehen, und daß vielleicht der alte Trödler mit dem Georg Weiner im Einverständnis ist und mir nur eine Bagatelle für das Buch zahlen wird, damit ich nicht mit der Sonja nach Italien fahren kann.

Du hältst mich jetzt für verrückt, weil ich dir das sage.

Ich wußte natürlich sehr gut, daß das Unsinn war, es war eben nur so ein Gedanke. Übrigens wurde ich sofort sehr angenehm enttäuscht. Er bot mir zweihundertunddreißig Kronen für das Buch, und wir einigten uns auf zweihundertvierzig. Das war mehr, als ich erwartet hatte. Denn du mußt wissen, alte Drucke werden elend bezahlt, weil sich die Sammler weit weniger für sie interessieren als für andere Antiquitäten. Zweihundertundvierzig Kronen sind ein ganz annehmbarer Preis, und ich war zufrieden.

Er ging in das andre Zimmer, um das Geld zu holen, kam aber gleich wieder zurück und fing an, nervös herumzusuchen. Er rückte die Stühle von ihrem Platz, kramte in der Tischlade und wühlte im Wäschekorb. Dann sagte er, er fände den Schlüssel zu der Kassette nicht, in der er sein Geld verwahrt hielte. Es bliebe nichts anderes übrig, als einen Schlosser kommen zu lassen. Ich möge ein bißchen warten, oder ich könne auch fortgehen und in einer halben Stunde wiederkommen. Ich sagte, ich zöge es vor, zu warten, aber er solle sich beeilen.

Er ging nochmals ins Nebenzimmer und ich hörte ihn mit jemandem sprechen, und gleich darauf kam er mit seinem Neffen zurück, einem mageren Burschen mit Korkenzieherlocken, der ging angeblich um den Schlosser. Ich war ein Narr, daß ich darauf einging. Wenn ich gesagt hätte, ich könne nicht warten, und darauf bestanden hätte, das Geld sofort zu bekommen, wäre die Sache wahrscheinlich anders ausgegangen.

Aber ich blieb, und der Alte zeigte mir inzwischen ein paar seiner Sachen: Einen Senftigel aus Kupferemail, eine buntbemalte Holzfigur, eine Delfter Vase mit Landschaften und ein schönes, altes Damennecessaire aus Karneol, das Scheren, Stichel und allerlei kosmetische Instrumente enthielt, auch einen Zirkel merkwürdigerweise, ich erinnere mich, daß ich mir lange den Kopf zerbrach, zu welchem

Zweck eine kleine Modepuppe aus dem achtzehnten Jahrhundert einen Zirkel mit sich geführt haben mochte. Ich mußte ziemlich lange warten, aber ich wurde nicht mißtrauisch. Das hängt damit zusammen, daß ich niemals auch nur eine Stunde lang das Empfinden hatte, ein Verbrechen zu begehen. Was ich tat, ist so ganz unmerklich, so nach und nach ein Verbrechen geworden. Ich hab' das Buch aus der Universitätsbibliothek nach Hause genommen. Aber das war mir nie wie ein Diebstahl vorgekommen, eher wie ein Schabernack, den ich dem dummen Kustos spielte, ich hatte es ja mit dem Vorsatz getan, das Buch zurückzubringen, sobald ich es nicht mehr brauchte. Dann hatte ich es lange Zeit bei mir liegen gehabt, aber entliehene Bücher gibt man doch selten zurück; Bücher sind gleichsam vogelfrei. Man läßt den Besitzer ein halbes Dutzendmal mahnen, und schließlich gibt er's auf, weil es ihm zu dumm wird, oder weil er's vergißt. Leute, die sonst sehr rechtlich und ehrlich sind, legen sich auf die Art eine Bibliothek an. Und mich hat niemand gemahnt, das Buch lag immer in meinem Zimmer, täglich hatte ich's in der Hand, und auf einmal war es ganz unmerklich mein Eigentum geworden. Mit dem besten Gewissen der Welt trug ich es zum Händler. Den Bibliotheksstempel hatte ich längst ausgemerzt; auch nicht in einer betrügerischen Absicht, sondern eher so, wie man das Exlibris irgendeines früheren Besitzers entfernt, einfach weil es einem nicht gefällt. Der alte Trödler muß aber doch Spuren des Bibliotheksstempels mit der Lupe gefunden haben. Es kann auch sein, daß er schon bei dem Buch, das ich ihm ein paar Monate zuvor verkauft hatte, Lunte gerochen hat. Kurz und gut, es läutete, der Alte ging öffnen und kam mit zwei Männern ins Zimmer zurück. Er sagte: ›Das ist er‹, und deutete auf mich, und einer von den beiden legte mir die Hand auf die Schulter und sagte: ›Im Namen des Gesetzes.‹

Ich konnte mir in diesem Moment furchtbaren Erschreckens gar nicht zurechtlegen, was mir da geschah. Ich hatte nur ganz dunkel die Empfindung, daß der alte Jude mich übertölpelt hatte. Sein kinnloses Gesicht machte mich plötzlich toll vor Wut, und ich fuhr ihm mit beiden Händen in den Bart. Die beiden Polizisten warfen sich augenblicklich auf mich und rissen mich zurück, und der eine von ihnen sagte: –

Um Gottes willen, sieh doch nicht so verstört drein, Steffi! Wenn ich ruhig bin, so kannst du auch ruhig bleiben. Schließlich ist die Sache doch mir passiert und nicht dir. – Willst du, daß ich nicht weiter erzähl'? – Also.

Wo war ich stehengeblieben? Ja. – Der eine der beiden Polizisten sagte: ›Sie, exzedieren Sie nicht und kommen Sie ruhig mit.‹ Und der andere sagte: ›Mir scheint, er will Handschellen.‹ – Da ließ ich mich abführen.

Als wir durch die Glastür ins Vorzimmer gingen, blickte ich zurück und sah den Trödler, der seelenruhig an seinem Tisch saß und weiterschrieb. Was mit mir geschah, kümmerte ihn nicht weiter. Diese Gleichgültigkeit brachte mich aufs neue in Raserei. Ich wollte mich auf ihn stürzen, aber die beiden Polizisten hielten mich fest. Es kam zu einer Balgerei, zwei Sessel fielen um und die Glastür ging in Splitter. Aber sie waren zu zweit stärker als ich und wurden schließlich mit mir fertig.

Sie gaben mir meinen Mantel zu tragen und führten mich die Treppe hinunter. Einer ging vor, einer hinter mir. Die Treppe war schmal und gewunden, und man mußte vorsichtig von Stufe zu Stufe gehen, da es in dem alten Haus ziemlich finster war. Plötzlich glitt der Mann, der hinter mir ging, aus und fiel zu Boden. Und im nächsten Augenblick gab ich dem andern mit beiden Händen einen Stoß in den Rücken, daß er sieben oder acht Stufen hinunterstolperte. Dann rannte ich die Treppe hinauf. Ich weiß nicht, wie es kam, aber ich hatte sofort einen Vorsprung von einem ganzen Stockwerk. Ich rannte weiter in den zweiten Stock und auf den Dachboden. Ich hatte durchaus keinen wirklichen Fluchtplan, keine eigentliche Absicht, keinen bestimmten Vorsatz. Es war alles Instinkt. Ich wollte bloß frei sein, die beiden Männer los sein, einen anderen Gedanken hatte ich nicht.

Die Tür zur Dachkammer stand halb offen. Ich trat ein, zog den Schlüssel ab und sperrte von innen zu.

Es war ein enger Raum mit zwei Türen, deren jede in eine ebenso enge Kammer führte. Alle drei Räume waren mit Gerümpel angefüllt. Zerbrochene Möbel, Bretter, Strohsäcke lagen herum. Ich suchte nach einem Versteck. Es gab ihrer mehrere, aber, wo immer ich mich verborgen hätte, in ein paar Minuten hätte man mich gefunden. Ich sah keine Möglichkeit, von hier zu entkommen, und die beiden Polizisten arbeiteten schon an der Türe.

Und jetzt kam plötzlich die Verzweiflung über mich. Bis jetzt war ich unfähig gewesen, zu denken. Und nun kam es mir zum Bewußtsein, was mir bevorstand. Ich sah mich in eine Zelle gesperrt. Ich bin vom Land, weißt du. Schon in der Stadt ist's mir zu eng. In einer Zelle könnt' ich gar nicht atmen. Und nun: Ich werde behorcht und belauert werden. Werde aufstehen müssen, wenn man mich aufstehen heißt. Mitgehen müssen, wenn man mir befiehlt, mitzugehen. Werde Rede stehen und Antwort geben müssen, wenn man mich fragt. Muß essen und schlafen und arbeiten, wenn es andern beliebt, mich essen, schlafen oder arbeiten zu lassen. Das ist nicht zu ertragen! Und gestern war ich noch frei, konnte machen, was mir beliebte, konnte hunderterlei Dinge unternehmen. Pläne schossen mir in diesem Augenblick durch den Kopf, die ich jahrelang mit mir herumgeschleppt und niemals ausgeführt hab'. Zwecklose und unwichtige Dinge: daß ich noch niemals ein Glas Bier durch einen Strohhalm ausgetrunken hab', fiel mir wie eine brennende Sünde ein; es heißt, daß man davon betrunken wird, und ich hab' es noch niemals ausprobiert. Dann, was ich schon lange vorgehabt habe, irgendeinem fremden Menschen auf Schritt und Tritt nachzugehen, um zu sehen, was er treibt, wie er sein Brot verdient und wie sein Tag verläuft. Daß ich mich hätte heute auf eine Bank im Stadtpark setzen und auf Abenteuer warten und irgendein Mädchen mit einer tollen, erfundenen Geschichte erschrecken können, daß ich schon immer einmal den Bauernfängern beim Bukispielen hatte zuschauen wollen – alles das schoß mir durch den Kopf, alles das hätte ich noch gestern tun können, unwichtige Dinge, gewiß, lächerliche Dinge, aber es war die Freiheit. Und ich sah, wie reich ich gewesen war bei all meiner Armut, daß ich Souverän meiner Zeit gewesen war, es wurde mir deutlich wie nie zuvor, was das zu bedeuten hat: Freiheit. Und jetzt war ich gefangen, war ein Sträfling, die Schritte, die ich in der engen Dachkammer zwischen dem Gerümpel machte, waren meine letzten freien Schritte. Mir schwindelte, es gellte mir in den Ohren: Freiheit! Freiheit! Freiheit! Das Herz wollte mir bersten vor dem einen Wunsch: Freiheit! Nur noch einen Tag Freiheit, nur noch zwölf Stunden Freiheit! Zwölf Stunden! – und dabei hörte ich die Polizisten am Türschloß arbeiten, gleich waren sie da, es gab keine Rettung, und da beschloß ich, mich nicht fangen zu lassen und lieber zu sterben – Sei ruhig, Steffi, Vorwürfe haben doch jetzt gar keinen Sinn.

Ich trat ans Fenster. Unten lag der Garten. Ein bißchen Rasen, blühende Fliederbüsche, ein paar Rondelle mit Blumen, Fuchsien vielleicht oder Stiefmütterchen oder Nelken. Und dazwischen ein Baum. Aus einem offenen Fenster tönte die Musik eines Grammophons: ›Prinz Eugenius, der edle Ritter.‹

Und das Lied machte mir Mut. Ich faßte den Entschluß bei den Worten: ›Stadt und Festung Belgerad‹, bei ›Belgerad‹ wollte ich – wollte ich hinunter. Ich schloß die Augen, und dann kam ›Belgerad‹ viel zu bald, und ich verschob es bis: ›Brucken‹, ›er ließ schlagen eine Brucken‹. Und im nächsten Augenblick schob ich es nochmals hinaus bis: ›Hinüber rucken‹, ›hinüber‹, ja, dabei blieb es, das war das richtige Stichwort, wie ein Kommando. Ich beugte mich weit hinaus, die Sonne schien mir auf den Kopf, und ich schlürfte die letzten Gedanken mit Wollust, und dann kam's: Hinüber. Ich gab mir einen Ruck, verlor den Halt, ich hörte noch, wie die Glocke vom Kirchturm her neun Uhr zu schlagen begann, und dann –«

»Und dann?« schrie Steffi Prokop. Sie hatte Demba an der Schulter gepackt und starrte ihn mit aufgerissenen Augen an.

»Nichts«, sagte Demba. »Ich verlor das Bewußtsein.«

»Gleich verlorst du das Bewußtsein?« hauchte das Mädchen, bleich vor Entsetzen.

»Nein. Gleich nicht. Ich glitt das Schieferdach hinunter, das weiß ich noch. Und dann schossen zwei Schwalben aus ihrem Nest neben der Dachluke. Es war mir auch, als ob ich einen Schrei hörte, und ich hatte im gleichen Augenblick einen seltsamen, seit Jahrzehnten nicht mehr gefühlten Groll wegen meiner Mutter. Einmal nämlich, vor vielen Jahren, als ich ein kleines Kind war, hat mich meine Mutter auf die Erde fallen lassen. Und damals hatte ich ein Gefühl, halb Angst, daß ich mir etwas tun würde, halb kindischen Zorn, weil meine Mutter so schrie. Und das gleiche Gefühl hatte ich jetzt wieder. Aber gleich darauf verlor ich das Bewußtsein. Wahrscheinlich bin ich im Fallen mit dem Kopf irgendwo angeschlagen, an der Mauer des Hauses vielleicht oder an der Dachrinne.

Als ich wieder zu mir kam, wußte ich nicht, was geschehen war. Ich bemühte mich, zu denken. Es ging nicht. Ich konnte keinen Gedanken fassen. Es war qualvoll. Aber dann plötzlich ging's wieder. ›Wer bin ich eigentlich?‹ fragte es in meinem Kopf. Nicht so deutlich, nicht so in Worten, wie ich es dir jetzt sage, sondern solch quälendes Haschen und Tasten war es nach irgendeinem festen Punkt in der wüsten Leere. Dann wußte ich wieder, wer ich war, und fragte mich nur: ›Wo bin ich denn?‹ Und es kamen Antworten: ›Zu Hause in meinem Bett, der Miksch – das ist mein Zimmerkollege – wird gleich kommen, aufstehen!‹ Und dann wieder: Im Klassenzimmer der Quinta, auf meinem Platz in der vorletzten Bank. Nein, wie kann einem das nur passieren, daß man bei hellichtem Tag im Kaffeehaus einschläft! Mit einemmal aber konnte ich alles rings um mich erkennen, das Buschwerk, den Baum, die Häuser drehten sich im Kreis, ich erinnerte mich an den alten Trödler, an den Senftiegel aus Kupferemail und an die beiden Polizisten, und ich wußte plötzlich genau, was geschehen war und wo ich mich befand.

Das Grammophon aber spielte noch immer, und noch immer hielt es bei: Hinüber rucken. Vom Kirchturm her hallten die Glockenschläge, neun Uhr. Das Ganze: der Sturz, die Ohnmacht und das Haschen nach Bewußtsein hatte zusammen nicht länger als zwei Sekunden gedauert.

Der Kopf tat mir entsetzlich weh. Ich versuchte trotzdem aufzustehen. Es ging. Neben mir lagen zwei zerbrochene Zweige. Ich war durch das Astwerk des Nußbaums gefallen, und das hatte die Wucht des Sturzes gemildert. Ich versuchte zu gehen. Auch in den Beinen spürte ich jetzt einen leichten Schmerz. Wahrscheinlich habe ich ein paar Hautabschürfungen davongetragen.

Ich blickte mich um. Kein Mensch war sichtbar. Niemand hatte mich gesehen. Nur eine Katz' rannte in hastiger Flucht quer durch den Garten. Die beiden Polizisten plagten sich wahrscheinlich noch immer mit dem Türschloß der Dachkammer.

Die Kopfschmerzen vergingen. Mein Mantel und mein Hut lagen neben mir auf der Erde. Ich raffte beide auf. Auch meine Brille, die merkwürdigerweise nicht zerbrochen war. Ich bemerkte, daß ich auf einen Sandhaufen gefallen war, und bürstete mir den Rock und die Hosen ab, so gut ich konnte. Dann ging ich durch den Gang und das offene Haustor hinaus, ohne einem Menschen zu begegnen, bog in die Gasse ein und war frei!«

Stanislaus Demba erhob sich und ließ sich langsam wieder nieder. Er blickte auf den Boden und dachte nach. Dann sagte er:

»Bis auf die Handschellen.«

9

»Ja«, sagte Demba. »Bis auf die Handschellen. Das hab' ich dir doch gesagt, daß sie mir Handschellen angelegt haben, als ich zum zweitenmal auf den Alten losgehen wollte. Oben in seinem Zimmer an der Glastüre. Wie ich nun unten im Garten stand, beachtete ich sie anfänglich gar nicht. Es kam mir wirklich nicht zum Bewußtsein, daß ich gefesselt war, auch nicht, als ich mir den Rock abbürstete. Ich war frei. Ich konnte gehen, so rasch, als ich wollte und wohin ich wollte. Ich konnte verschwinden. Das war alles, was ich fühlte.

Die Klettengasse war menschenleer. Ich dachte gar nicht daran, die Hände zu verstecken, so unvorsichtig war ich, so leichtsinnig. So gering wertete ich das Mißgeschick, das mich betroffen hatte, und die Gefahr, die in den Handschellen auf mich lauerte.

Ich spürte wieder den ekelhaften Malzgeruch und hielt mir die Nase mit den Händen zu. Ich ging an einem Fenster zur ebenen Erde vorbei, und ein altes Weib schaute durch die geschlossenen Scheiben auf die Gasse. Mit einemmal bekam ihr Gesicht einen grauenvoll entsetzten Ausdruck, sie erstarrte vor Schreck. Sie hielt den Mund geöffnet und starrte mich an, sie vermochte nicht zu rufen und nicht zu schreien. Da erschrak ich selber über dieses entsetzte Gesicht und über mich selbst und versteckte die Hände unter dem Mantel, den ich über den Arm gelegt trug. Dann bog ich um die Ecke.

Ich ging durch ein Gewirr von engen Gassen, wechselte häufig die Richtung und war halb sicher, daß mich die beiden Polizeiagenten nicht mehr auffinden konnten, wenn ihnen nicht ein Zufall zu Hilfe kam. Ich trachtete nun, rasch aus dem Heiligenstädter Bezirk fortzukommen. Als ich an einem bettelnden alten Mann vorbeikam, blieb ich stehen und wollte ihm ein paar Kreuzer schenken. Fünfzig Heller, dachte ich mir, als Dank an die Vorsehung, weil ich wieder frei war. Aber im letzten Augenblick fiel mir ein: ›Das geht ja nicht. Ich verrate mich ja, wenn ich mit meinen Händen in die Tasche fahre.‹ Ich ließ ihn stehen. Er hatte schon Dankworte und Segenswünsche hergeleiert und war wahrscheinlich enttäuscht. Aber ich konnte ihm nicht helfen und blieb für ein paar im voraus erhaltene ›Vergelt's Gott tausendmal, junger Herr‹ in seiner Schuld. Und jetzt erst, im Weitergehen, fühlte ich zum erstenmal, daß die Handschellen mehr waren als ein kleines, ärgerliches Mißgeschick, wenn ich auch noch nicht ahnte, was sie in Wirklichkeit bedeuteten: eine furchtbare, atemberaubende Last, die mich erbarmungslos zu Boden ziehen würde, wie in Tausendundeiner Nacht jener Alte, der sich an Sindbad des Seefahrers Rücken hing.

Ich hörte das Läuten einer Elektrischen, ging rascher und kam auf einen Platz mit einer kleinen Parkanlage. Bei der Haltestelle stand ein Trambahnwagen. Ich stieg ein. Aber kaum war ich oben, so kam mir auch schon der Gedanke: ›Lieber Gott, ich kann doch unmöglich zahlen mit meinen gefesselten Händen.‹ Zum Glück war der Wagen voll Menschen, und der Schaffner stand noch ziemlich weit vor mir. Ich fuhr ein Stück Wegs mit, und als dann der Schaffner in meine Nähe kam, stieg ich aus, als hätte ich mein Fahrziel erreicht, und ging zu Fuß bis zur nächsten Haltestelle. Das machte ich drei- oder viermal. Die Methode war gut, ich kam bald in eine ganz andere Gegend und war in Sicherheit.«

»Und sie können dich gewiß nicht finden, Stanie?« fragte Steffi Prokop ängstlich.

»Darüber brauchst du dir keine Sorgen zu machen, Kind. Wien ist groß. Und wenn ich den beiden Polizisten durch einen bösartigen Zufall doch in den Weg laufen sollte, so erkennen sie mich gewiß nicht. Sie haben mich nur ganz kurze Zeit und nur im Halbdunkel eines alten Hauses gesehen. Außerdem trage ich jetzt einen anderen Hut und Mantel; die Pelerine ist, glaub' ich, eigens für Leute, die ihre Hände verstecken wollen, erfunden. – Und schließlich hab' ich mir heute den Schnurrbart englisch stutzen lassen. Ich sehe doch jetzt ganz anders aus als sonst, nicht wahr?«

»Ja. Ein bißchen verändert.«

»Nun also. Siehst du«, sagte Demba befriedigt. »Es war übrigens nicht gar so einfach, das sich rasieren lassen. Es ging gut aus, aber ich hätte leicht in die allergrößte Verlegenheit kommen können. Ich war nämlich vorsichtig gewesen und hatte, bevor ich in den Laden ging, in einem Haustor das Geld aus der Tasche genommen. Während ich rasiert wurde, hielt ich die ganze Zeit über die fünfzig Heller in der Hand. Als ich fertig war, stand ich auf und ließ, während mich der Gehilfe abbürstete, das Geld scheinbar aus Ungeschicklichkeit auf die Erde fallen. Der Gehilfe hebt es auf, und ich freue mich schon über meine gute Idee und will gehen, da sagt er:

›Noch zehn Heller, bitte.‹

›Wieso denn?‹ frag' ich.

›Vierzig Heller macht's‹, sagt der Gehilfe.

›Nun. Und mir sind fünfzig Heller auf die Erde gefallen.‹

›Nein. Es waren dreißig‹, sagt er und zeigt mir die offene Hand, da waren wirklich nur dreißig Heller darin. Ein Zwanzighellerstück hatte sich auf dem Erdboden verlaufen. Ich sage: ›Zwanzig Heller müssen noch irgendwo auf der Erde liegen.‹ Er bückte sich, und während er suchte und nicht auf mich achtgab, wollte ich zwanzig Heller aus der Tasche nehmen und auf den Tisch legen. Aber zum Unglück geht gerade in diesem Augenblick die Tür auf und ein Herr kommt herein – ich konnte gerade noch rechtzeitig die Hände verschwinden lassen. Inzwischen hat der Friseurgehilfe das Suchen satt bekommen und sagt: ›Es liegt nichts da, der Herr muß sich irren.‹

›Es muß aber da sein. Ich weiß es bestimmt, suchen Sie nur‹, so antwort' ich ihm.

Aber er wollte nicht länger suchen. ›Dreißig Heller sind dem Herrn gefallen. Ich hab's ja gesehen.‹

Ich war ganz verzweifelt. ›Es waren bestimmt fünfzig Heller‹, wiederhole ich. ›Suchen Sie nur, es muß sich finden.‹ – Und jetzt mischt sich noch der Herr ein und brummt, wie er dazu käm', meines schäbigen Sechserls wegen warten zu müssen. Daß er Eile habe. Ich wußte nicht, was anfangen, und in meiner Verlegenheit, um Zeit zu gewinnen, sag' ich: ›Haben Sie schon unter dem Kasten nachgeschaut? Dorthin ist es gerollt.‹ Der Friseur sieht nach, und wirklich, stell dir den Zufall vor: Das Geld liegt tatsächlich dort. – Ich bin dann rasch fortgegangen, aber mir war zumut wie einem, den beinahe ein Auto überfahren hätt'! – Ich habe nie vorher gewußt, daß man so oft im Tag seine Hände braucht. Viel öfter als das Gehirn, das kannst du mir glauben, Steffi.«

»Und was wirst du jetzt tun?«

»Ja«, sagte Demba. »Ich habe jetzt eine doppelte Aufgabe. Erstens muß ich mir zweihundert Kronen verschaffen. Dazu brauch' ich dich nicht, Steffi, das kann ich allein. Aber die Handschellen muß ich loswerden, und das ist's, wobei du mir helfen sollst.«

Steffi Prokop schwieg und dachte nach.

»Ich hab' dir alles gesagt, Steffi. Dir allein hab' ich alles gesagt. Du magst entscheiden, ob ich schuldig bin oder nicht schuldig. Ich hab' dir alles erzählt. Die Beweggründe, alles. Sprichst du mich frei?«

Steffi Prokop schüttelte den Kopf.

»Nein.«

Demba biß sich in die Lippen.

»Du willst mir also nicht helfen?«

»O ja. Helfen will ich dir. Laß mich die Handschellen sehen!«

»Nein«, sagte Demba. »Wenn du findest, daß ich unrecht habe, dann brauch' ich deine Hilfe nicht. Warum willst du mir helfen, wenn du mich verurteilst?«

»Ich hab' dir vorhin gesagt, Stanie«, sagte Steffi leise und bittend. »Eine Frau kann einen Mann liebhaben, wenn er häßlich ist und wenn er dumm ist. Und auch, wenn er schlecht ist, Stanie. Laß mich die Handschellen sehen.«

»Nein«, sagte Demba und rückte mit dem Sessel von Steffi fort. »Wozu?«

»Aber ich muß sie doch vorher sehen, Stanie, wenn ich dir helfen soll.«

Stanislaus Demba spähte unruhig nach der Tür.

»Es wird jemand kommen.«

»Nein. Jetzt essen sie noch«, sagte Steffi Prokop. »Erst wenn sie mit dem Essen fertig sind, kommt der Vater herein und legt sich aufs Sofa. Laß doch sehen.«

Stanislaus Demba brachte langsam und zögernd die Hände unter der Pelerine hervor.

»Im Grunde ist's mir gleichgültig, ob du mich für einen Verbrecher hältst oder nicht. Ich erkenne nur mich selbst als Richter über mich an«, sagte er und sah Steffi Prokop mit einem ängstlichen Blick an, der seine selbstsicheren Worte Lügen strafte.

»So sehen Handschellen aus!« sagte Steffi Prokop leise.

»Hast du dir sie anders vorgestellt?« fragte Demba und verbarg die Hände eilig wieder unter dem Mantel. »Zwei Stahlspangen und eine dünne Kette. Handschellen! Das klingt ganz anders, als es aussieht. So harmlos. Ich habe immer, wenn ich das Wort hörte, an eine Schlittenfahrt im Winter gedacht oder an das Kleid eines Hofnarren. Es klingt hübsch: Handschellen. Und ist doch ärger, als wenn ich den Aussatz des Feldherrn Abner an den Händen hätt'.«

»Es ist eine ganz dünne Kette«, stellte Steffi Prokop fest. »Es kann doch nicht schwer sein, die durchzufeilen.« Sie stand auf. »Vater hat einen Werkzeugkorb. Wart ein bißchen, ich geh' eine Feile holen.«

Sie kam mit zwei Feilen zurück, einer größeren und einer kleineren. »Jetzt mußt du die Kette so straff halten, als du kannst. So ist's gut. Jetzt, rasch.« Sie begann, die Stahlkette mit der Feile zu bearbeiten.

»Und was würde dir geschehen, Stanie, wenn sie dich fänden«, fragte sie. »Du mußt die Hände ruhig halten, sonst geht es nicht.«

»Zwei Jahre Kerker«, gab Demba zur Antwort.

»Zwei Jahre?« Steffi Prokop blickte erschrocken von der Arbeit auf.

»Ja. So viel ungefähr. Zwei Jahre Kerker.«

Steffi Prokop sagte nichts mehr, sondern mühte sich mit wilder Energie, die Kette durchzufeilen; arbeitete, ruhte nicht aus und wurde nicht müde.

»Ja«, sagte Demba. »Das ist das Entsetzliche an der Sache. Dieses Mißverhältnis von Schuld und Strafe. Zwei Jahre Folter! Zwei Jahre ununterbrochene Tortur.«

»Still!« mahnte Steffi Prokop. »Nicht so laut. Sie hören drinnen im Zimmer jedes Wort.«

»Zwei Jahre Folter!« sagte Demba leise. »Man muß die Sache bei ihrem Namen nennen. Gefängnis, das ist der letzte Rest der Tortur, und ihr ärgster. Die kleinen Martern: das Aufziehen und die Daumenschrauben sind abgeschafft, aber die schlimmste aller Folterstrafen, den Kerker, haben wir behalten. Tag und Nacht in einer engen Zelle versperrt gehalten werden, wie ein Tier im Käfig – ist das nicht Folter?«

»Du mußt stillhalten, Stanie. Sonst kann ich nicht arbeiten.«

»Ja, und die Menschen wissen das und gehen dennoch spazieren und ins Theater und essen und schlafen. Und keinem nimmt es den Appetit und keinem das Behagen und keinem den gesunden Schlaf, daß zur selben Zeit tausend andere die Tortur des Kerkers erleiden! Wenn die Menschen es zustande brächten, dieses Wort ›Zwei Jahre Kerker‹ bis auf den Grund nachzufühlen, bis ans Ende durchzudenken, so müßten sie aufbrüllen vor Grauen und Entsetzen. Aber sie haben stumpfe Sinne, und die Bastille ist nur einmal gestürmt worden.«

»Aber es muß doch Strafe geben.«

»Wirklich? Natürlich. Es muß Strafe geben. Hör zu, Steffi, ich will dir ein Geheimnis anvertrauen, aber erschrick nicht: Es muß keine Strafe geben.«

Demba holte tief Atem. Rot vor Erregung, stammelnd, heiser und fanatisch fuhr er fort:

»Es muß keine Strafe geben. Strafe ist Wahnwitz. Strafe ist der Notausgang, der gestürmt wird, wenn in der Menschheit Panik ausbricht. Die Strafe ist's, die Schuld trägt an jedem Verbrechen, das geschieht und geschehen wird.«

»Das versteh' ich nicht, Stanie.«

»Daß die Menschheit die Macht hat, zu strafen, das ist die Ursache jeder geistigen Rückständigkeit. Gäb' es keine Strafen, so hätte man längst Mittel gefunden, jedes Verbrechen unmöglich, überflüssig und aussichtslos zu machen. Wie weit wären wir in allem, wenn wir Galgen und Kerker nicht hätten. Wir hätten Häuser, die nicht Feuer fangen, und es gäbe keine Brandstifter. Wir hätten längst keine Waffen mehr, und es gäbe keine Meuchelmörder. Jeder hätte, was er braucht und was er sich ersehnt, und es gäbe keine Diebe. Manchmal kommt mir der Gedanke: Wie gut es ist, daß Krankheit kein Verbrechen ist. Sonst hätten wir keine Ärzte, nur Richter.«

»Halt doch still, Stanie! Es geht sonst nicht.«

»Immer muß ich an das kleine Mäderl der Frau denken, mit der ich Tür an Tür wohne. Das Kind hatte auch einmal eine Begegnung mit der strafenden Themis. Seine Mutter ist mit ihm von der Elektrischen abgesprungen und gestürzt. Das Kind ist unter die Schutzvorrichtung des nächsten Wagens geraten, ein Bein ist ihm zermalmt worden und mußte ihm abgenommen werden. Beide sind jetzt wohl elend und unglücklich genug, Mutter und Kind, sollte man glauben. Aber nein! Noch nicht genug. Jetzt kommt erst die Gerechtigkeit, und die will strafen. Die Mutter wird wegen Fahrlässigkeit angeklagt. Und wird verurteilt. Zu tausend Kronen Geldstrafe. Sie ist eine Postbeamtenwitwe. Aber tausend Kronen hat sie. Die hatte sie für ihr Kind zurückgelegt. Und das Kind, das ein Krüppel ist, muß jetzt auch noch bettelarm werden, so will es die Gerechtigkeit. Das Kind muß hungern. Siehst du, so geht's, wenn irdische Richter strafen! Und diesen Richtern mit ihrem niederträchtigen Irrwahn ›Strafe‹ hätte ich mich in die Hände geben sollen? – Bist du jetzt endlich fertig, Steffi?«

»Nein! Es geht nicht! Die Kette ist zu fest. Es geht nicht, Stanie!« schluchzte Steffi und blickte hoffnungslos und verzweifelt auf Stanislaus Dembas unglückselige Hände.

10

»Was gibt's denn, Afferl! Mir scheint gar, du weinst! Was ist dir denn geschehen?«

Herr Stephan Prokop war so plötzlich ins Zimmer getreten, daß Demba nicht Zeit gefunden hatte, die Hände unter den Mantel zurückzuziehen. Der Student blieb steif auf seinem Sessel sitzen und fand für den Augenblick unter der Tischplatte ein Notasyl für seine Hände.

»Hat's was gegeben zwischen euch?« erkundigte sich Herr Prokop bei Demba.

»Nichts hat's gegeben«, sagte Demba hastig. »Steffi weint, weil mein kleiner Hund überfahren worden ist; das hat sie so aufgeregt.« Er sah mit großem Unbehagen, daß Herr Prokop sich dem Sofa näherte, von dem aus man unter die Tischplatte sehen konnte.

»Überfahren?« fragte Prokop.

»Ja. Von einem Fleischerwagen.« – Dembas Hände suchten Deckung hinter einer Stuhllehne zu gewinnen, mußten sich jedoch, da Herr Prokop seinen Rundgang durchs Zimmer plötzlich unterbrach und vor ihm stehen blieb, eilig wieder unter die Tischplatte zurückziehen.

»Das hab' ich gar nicht gewußt, daß Sie einen Hund haben, Herr Demba. Wie Sie noch bei uns gewohnt haben, ich erinnere mich noch ganz genau, da haben Sie doch Hunde auf den Tod nicht ausstehen können?« – Herr Prokop legte sich auf das Sofa.

»Er ist mir zugelaufen«, sagte Demba. Der Raum unter der Tischplatte erwies sich als ein Zufluchtsort von zweifelhaftem Wert.

»Wie hat er denn ausgesehen?« wollte Herr Prokop wissen.
»Ein kleiner, braungefleckter Pinscher. Erinnern Sie sich denn nicht, ich hab' ihn doch mal hergebracht«, erzählte Demba und versuchte, die breite Lehne eines Stuhles zwischen sich und Herrn Prokop zu bringen.
»Mir scheint, ja. Ich erinnere mich.« Herr Prokop blies aus seiner Pfeife eine Rauchwolke in die Luft. »Wie hat er denn nur g'schwind geheißen?«
»Cyrus«, sagte Demba, dem im Augenblick kein anderer Name als der seines Feindes von heute morgen einfiel. Herr Prokop klopfte eben seine Pfeife aus, und dieser Moment mußte rasch ausgenützt werden.
»Cyrus. Richtig«, sagte Herr Prokop. »Komischer Name für einen Hund. Also selig im Herrn entschlafen? Na, mein Beileid. Aff, jetzt hör auf zu heulen. Geh hinein, dein Essen ist kalt geworden.« Er gähnte. Nach Tisch wurde er immer schläfrig. »Überhaupt. Hast du denn kein Bureau heut nachmittag?«
Steffi stand auf, glättete ihre Schürze und warf einen verstohlenen Blick auf Dembas Hände, die gerade wie Füchse in ihren Bau unter die Pelerine zu verschwinden im Begriffe waren. Dann ging sie ins andere Zimmer. Die Tür blieb offen, und Geruch von gekochtem Rindfleisch und zerlassener Butter drang herein.
Jetzt stand Demba auf und betrachtete allerlei Nippes, die auf der Kommode standen. Den Gnomen mit dem weißen Patriarchenbart, der einen roten Fliegenpilz als Regenschirm benützte, die Katzenfamilie aus Porzellan und das Araberzelt mit dem Dattelbaum, ein Kunstwerk, das Steffis Vater aus Korkstöpseln hergestellt hatte. Der alte Prokop liebte Arbeiten dieser Art. Ein Nähzeugschränkchen, das ganz aus alten Zündhölzchenschachteln angefertigt war, befand sich auch im Zimmer, und an der Wand hing ein Kaiserbild aus gebrauchten Briefmarken.

»Aff, geh, bring mir mein Bier herein!« befahl jetzt Herr Prokop. »Ich hab's auf dem Tisch stehenlassen.« Steffi brachte das Bier. Er trank das Glas leer und legte die Pfeife fort. Dann drehte er sich mit dem Gesicht der Wand zu. Ein paar Minuten später war er eingeschlafen.

Jetzt schlich sich Steffi auf den Fußspitzen zu Stanislaus Demba.

»Stanie! Was machen wir jetzt? Um Gottes willen, was machen wir jetzt?«

»Ich hab' mich doch gut herausgelogen. Meine sechsundneunzigste Lüge seit heute morgen«, meinte Demba.

Steffi Prokop begann von neuem zu schluchzen.

»So ein Unglück! So ein Unglück!«

»Aber wein doch nicht!« sagte Demba unwirsch. »Das hat gar keinen Sinn. Wir müssen es nochmals versuchen.«

»Es geht nicht. Es wird nicht gehen. Ich hab' gefeilt und gerieben, bis ich nicht mehr hab' können, und die Kette ist genauso geblieben, wie sie war. Sie läßt sich nicht durchfeilen. Sie muß aus einem besonderen Stahl sein. Was machen wir jetzt, Stanie?«

»Wein doch nicht! Hör auf zu weinen. Du wirst deinen Vater aufwecken.« Stanislaus Demba versuchte ungeschickt, mit den Händen streichelnd über Steffis Haar zu fahren. Es sah kläglich aus und komisch zugleich: Diese beiden Hände, die wie zwei Lastpferde, wie zwei Maulesel aneinandergespannt waren. Wie ein stummer, langweiliger Begleiter, der starrsinnig mitgeht und sich nicht abschütteln läßt – so war Stanislaus Dembas linke Hand.

Demba ließ die Arme sinken, Steffi hörte zu weinen auf und sagte plötzlich:

»Aber das Ding hat ja Schlüssellöcher. Es muß aufzusperren gehen.«

»Natürlich.«

»Wir haben eine Menge so kleiner Schlüssel zu Hause.

Im Vorzimmer an der Wand hängt ein Kasten, da sind zwanzig oder dreißig solcher Schlüssel drin. Einer wird doch passen! Wir müssen sie durchprobieren.«

Sie brachte eine Handvoll kleiner Schlüssel und legte sie geräuschlos einen neben den andern aufs Fensterbrett.

Sie versuchte es mit dem ersten.

»Das ist der Schlüssel vom Uhrkasten drüben im Speisezimmer. Der taugt nicht. Der ist zu groß.«

Sie griff nach dem zweiten.

»Das ist mein Violinkastenschlüssel. Der ist auch zu groß. Der geht überhaupt nicht ins Schlüsselloch hinein. Wart einmal, der vielleicht. Das ist der Schlüssel zur Kassette, in der die Mutter ihre Ohrringe eingesperrt hat und ihre beiden Lose. – Auch nicht.«

Sie versuchte es der Reihe nach mit allen Schlüsseln. Keiner paßte. Ein einziger ließ sich im Schlüsselloch umdrehen, aber das Schloß wollte trotzdem nicht aufspringen.

Sie dachte einen Augenblick lang nach, griff zögernd in die Schürzentasche und brachte noch einen kleinen Schlüssel zum Vorschein.

»Das ist der Schlüssel zu meinem Tagebuch. Weißt du, mein Tagebuch hat Schließen und läßt sich absperren. Ich glaub', der wird bestimmt passen.«

»Laß es doch. Er paßt sicher auch nicht.«

»Doch! Doch! Laß mich nur erst mal versuchen. Siehst du – nein! Der paßt auch nicht. Er ist zu klein.«

Sie blickte Stanislaus Demba hilfesuchend an.

»Stanie! Er ist zu klein! Was machen wir?«

»Wir müssen einen Schlüssel anfertigen lassen«, sagte Demba. »Vom Schlosser. Wir nehmen einen Wachsabdruck ab – wo bekommt man Wachs?«

»Wachs hab' ich zu Hause.«

»Wieso denn?«

»Ich male doch. Du weißt ja: Blumen und Vögel und

Ornamente auf Seidenbänder und Schleifen. Da gibt es eine eigene Technik, zu der braucht man Wachs. Auf gewisse Stellen, die mit der Farbe nicht in Berührung kommen sollen, kommt flüssiges Wachs. Ich hab' noch ein großes Stück zu Hause. Wart, ich bring's gleich.«

Sie kam mit einem Stück Wachs zurück und machte Abdrücke beider Schlösser.

»Das mußt du zu einem Schlosser tragen«, sagte Demba. »Aber du mußt vorsichtig sein und dir gut überlegen, was du sagst, damit er nicht Verdacht schöpft.«

»Nein. Ich geh' zu keinem Schlosser. Gegenüber von uns wohnt eine Familie, und der älteste Sohn ist Lehrling in einer großen Werkstätte. Der ist sehr geschickt. Er hat uns schon öfter Schlösser repariert. Jetzt mittag ist er sicher zu Hause. Ich werd' ihm sagen, daß ich den Schlüssel zu meinem Tagebuch verloren habe. Das Tagebuch selbst kann ich ihm nicht bringen, werd' ich ihm sagen, weil Sachen drin stehen, die er nicht lesen darf. Deswegen hab' ich einen Wachsabdruck gemacht – werd' ich sagen. Da kann er gar keinen Verdacht schöpfen. – Also wart, ich geh' gleich hinüber.«

Es währte fünf Minuten, ehe sie zurückkam. Aber sie war rot im Gesicht vor Freude und ganz aufgeregt.

»Es ist alles famos gegangen. Zuerst hat er das Tagebuch haben wollen, er brauche es unbedingt, hat er gesagt. Weißt du, er macht mir heftig den Hof und möcht' gern wissen, ob etwas über ihn im Tagebuch steht. Darum wollt' er's haben. Aber ich hab' es ihm ausgeredet. Um acht Uhr, wenn er von der Arbeit kommt, gibt er mir den Schlüssel.«

»Erst um acht Uhr?«

»Ja. Um acht Uhr. Früher geht es nicht. So lange mußt du warten. Aber weißt du was? Du bleibst zu Hause, sperrst dich ein und läßt keinen Menschen in dein Zimmer. Und um acht Uhr komm' ich dann zu dir und bring' dir den

Schlüssel. Du mußt mir selbst aufmachen, wenn ich läut'. Wird mich jemand sehen?«

»Nein.«

»Wirst du allein sein? Du wohnst ja mit noch einem Herrn zusammen.«

»Der Miksch? Der ist abends schon wieder im Dienst.«

»Ich bin neugierig, wie dein Zimmer aussieht. Ich war noch nie in deiner Wohnung. Sicher hast du ein großes Durcheinander. Ich werd' Ordnung machen. Früher, wie du bei uns gewohnt hast, hab' ich dir oft genug Ordnung gemacht auf deinem Schreibtisch. Du wirst jetzt nach Hause gehen und warten, bis ich komme. Du darfst nicht ausgehen, Stanie! Sonst verrätst du dich. Versprich mir's, Stanie.«

Aber Stanislaus Dembas Hirn war ganz beherrscht von dem Gedanken, mit Geld den Rivalen aus dem Feld zu schlagen. Er vergaß darüber alle Klugheit und alle Vorsicht.

»Das geht nicht«, sagte er. »Nach Hause kann ich jetzt nicht. Jetzt ist der Miksch noch zu Hause. Erst am Abend geht er fort. Ich hab' auch inzwischen zu tun, das hab' ich dir ja gesagt. Ich muß mir das Geld beschaffen.«

»Für die Sonja. Ich weiß«, sagte Steffi und nickte mit dem Kopf.

Demba setzte sich auf umständliche Art den Hut auf den Kopf, mit einer grotesk gleichmäßigen Bewegung beider Hände, die an die Darstellung auf Wandgemälden ägyptischer Königsgräber erinnerte. Dann stand er auf.

»Stanie!« sagte Steffi Prokop. »Stanie, du solltest dich doch irgendwo einsperren und niemandem zeigen. Folg mir doch. Du bist in solcher Gefahr, wenn jemand entdeckt —«

Sie unterbrach sich. Drüben auf dem Sofa hatte der alte Prokop eine Bewegung gemacht. Beide horchten nach dem Sofa hin.

»Hat er etwas gehört?« flüsterte Demba.

»Nein«, gab Steffi leise zurück. »Er ist gar nicht aufgewacht. Stanie, folg mir! Wenn jemand sieht, daß du —«

»Kind! Gerade das ist's, was mich reizt«, sagte Demba mit gedämpfter Stimme. »Siehst du, mit diesen Handschellen bin ich abseits der Welt. Ganz allein steh' ich gegen die Millionen anderer Menschen. Wer nur einen Blick auf meine gefesselten Hände erhascht, der ist von dieser Sekunde an mein Feind und ich der seine, und wenn er vorher der friedlichste Mensch war. Er fragt nicht, wer ich bin, er fragt nicht, was ich getan habe, er macht Jagd auf mich, und wenn ein Keiler plötzlich über die Straße liefe oder ein Fuchs oder ein Rehbock, könnte die Jagd nicht so unbarmherzig und nicht so wild sein, als wenn mein Mantel zu Boden fiele und meine Hände sichtbar würden.«

»Siehst du!« sagte Steffi. »Das wollt' ich ja sagen.«

»Aber das lockt, Steffi. Das zieht mich. Ich gehe ruhig und sicher zwischen Millionen Feinden hindurch, die mich nicht erkennen, und spotte sie aus. Heute morgens hätte ich mich vielleicht noch verraten können. Da war ich ein Anfänger. Aber jetzt – du glaubst nicht, was für eine Routine ich schon darin habe, die Hände nicht zu zeigen. Es tut mir beinahe leid, daß der Tanz nur bis heut abend dauert. Heut abend um acht, nicht wahr? Und jetzt leb wohl.«

Steffi begleitete ihn bis vor die Tür der Wohnung.

»Und wohin gehst du jetzt?« sagte sie.

»An die Arbeit!« sagte Demba und schritt die Treppe hinunter.

II

Frau Dr. Hirsch, die Gattin des Hof- und Gerichtsadvokaten in der Eßlinggasse, kam ein wenig außer Atem in das Privatkontor ihres Mannes. Sie ließ sich sogleich in den ledernen Klubfauteuil fallen, der, für Klienten bestimmt, neben dem Schreibtisch des Rechtsanwalts stand, stieß einen asthmatischen Seufzer aus und hielt ihrem Mann ein paar Banknoten hin.

»Sag mir, Robert, was soll ich mit diesen achtzig Kronen machen?«

»Ich hab' da grad die Akten über die Zwangsfeilbietung der Villa ›Elfriede‹ in Neuwaldegg. Zwölf Wohnräume, Dienerzimmer, Garage, herrlicher Park, zwei Minuten von der Elektrischen – geh hin und biet mit!«

»Nein. Spaß beiseite. Ich bin in Verlegenheit. Ich weiß nicht, ob ich das Geld behalten soll oder nicht. Es ist das Monatsgehalt für Georgs und Erichs Hauslehrer, für den Herrn Demba. Und der Demba, denk dir, will nicht nehmen.«

»Monatsgehalt? Ist denn heute der Erste?«

»Nein. Aber er hat schon heute um sein Monatsgehalt gebeten.«

»Und will nicht nehmen?« Der Advokat streifte die Asche von seiner Zigarre ab.

»Nein. Ich will dir erzählen, was vorgefallen ist. Also hör zu. Vor einer Viertelstunde läutet's und die Anna kommt herein: Gnädige Frau, der Herr Demba ist da. Ich wundere mich und denk' mir: Was kann er denn jetzt nach zwei Uhr wollen, die Buben sind ja bis vier in der Schule, das weiß er ja. Ich habe gerade mit der Köchin verrechnet, und so hab' ich ihm sagen lassen: er soll im Salon ein paar Minuten auf mich warten, ich komme gleich, er möchte' indessen Platz nehmen. Und wie ich mit der Köchin fertig war, bin ich hineingegangen.«

Frau Dr. Hirsch machte eine kleine Atempause und stieß einen ihrer leichten Seufzer aus, der andeuten sollte, wie schwer geplagt sie durch die vielfachen Anforderungen des täglichen Lebens sei. Dann fuhr sie fort:

»Also, wie ich hineinkomm', springt er auf und sieht genauso aus wie das Stubenmädchen, wenn ich sie über der Zuckerbüchse ertappe. Du weißt, sie ist sonst ganz brav, die Anna, aber Zuckernaschen, davon kann sie nicht lassen. Also, der Demba sieht auch aus, wie wenn er etwas Verbotenes getan hätt', ganz verlegen ist er. Ich sage ihm: ›Bleiben Sie nur sitzen, Herr Demba!‹ Und denk' mir noch: Warum ist der Mensch so verlegen? Nicht im Traum hab' ich an die Zigarre gedacht.«

»An welche Zigarre?« fragte der Advokat.

»Warte. Du wirst gleich hören. Er setzt sich also, und ich frag' ihn: ›Nun, Herr Demba? Was bringen Sie Neues?‹ Er fragt: ›Gnädige Frau, ich wollte Ihnen nur mitteilen, daß ich auf vierzehn Tage verreisen muß.‹ – ›Das ist aber sehr unangenehm‹, sag' ich. ›Mitten im Schuljahr. Und vor der Konferenz. Wird Sie der Georg nicht brauchen? Was ist es denn so Dringendes?‹ – ›Wichtige Familienangelegenheiten‹, sagt er. ›Und der Georg wird in den beiden nächsten Wochen keine Nachhilfe benötigen und der Erich erst recht nicht. Sie stehen beide in allen Gegenständen gut, und in der Mathematik, in der Georg ein bissel schwach ist, kommt die nächste Schularbeit ohnehin erst in vier Wochen.‹

›Also bitte‹, sag' ich. ›Wenn Sie glauben, daß die Buben Sie nicht brauchen – eventuell können Sie mir ja einen Kollegen schicken, der Sie vertritt.‹

›Das wird nicht nötig sein‹, gibt er zur Antwort, ›Aber ich möcht' die gnädige Frau bitten —‹ also kurz und gut, ob ich ihm nicht schon heute das Geld für den ganzen Monat zahlen könnt'. Also, weißt du, ich führ' mir das nicht gern ein, Vorschuß an den Hauslehrer, aber ich hab' doch gesagt: ›Bitte, sehr gerne‹, weil er doch das Geld für die Reise braucht. Und ich greif' nach dem Geldtascherl und nehm' die achtzig Kronen heraus. Eigentlich macht es ja weniger aus, denn die Stunden für die Zeit, wo er verreist ist, muß ich ihm selbstredend nicht zahlen. Aber ich hab' mir gedacht: Er hat den Georg in Mathematik durchgebracht, wir haben keinen einzigen Tadelzettel mehr ins Haus bekommen, seit der Demba den Buben Stunden gibt, und der Mensch rechnet mit jedem Heller, wozu soll ich ihm also die paar Gulden abziehen, es steht gar nicht dafür. Hab' ich recht?«

»Natürlich, mein Kind«, sagte der Advokat.

»Also, ich nehm' die achtzig Kronen aus dem Geldtascherl und, wie ich es wieder einsteck' – auf einmal spür' ich so einen merkwürdigen brenzlichen Geruch, und ich seh' mich um und frag' den Demba: ›Herr Demba, riechen Sie nichts?‹ Und er zieht auch die Luft durch die Nase ein und sagt:

›Nein, gnädige Frau, ich rieche nichts.‹

›Aber es muß irgendwo im Zimmer brennen‹, sag' ich, und in dem Moment seh' ich schon den Rauch und das Loch, das ihm die Zigarre in den Mantel gebrannt hat. Er hat sich eine Zigarre angezündet gehabt, während er auf mich gewartet hat, und die hat er rasch unter dem Mantel versteckt, wie er mich kommen gehört hat, warum, das weiß ich nicht. Anfänglich dacht' ich, er hätte sich einen von deinen Virginiern aus dem Zigarrenkastel genommen – du läßt es immer wieder offen im Zimmer stehen, Robert, ich hab' dir hundertmal gesagt, laß das Kastl nicht offen herumstehen, die Anna hat einen Feuerwerker, da läßt sie doch sicher jeden Abend, wenn sie mit ihm ausgeht, zwei oder drei Stück mitgehen, aber du läßt dir ja nichts sagen! Hab' ich recht?«

»Ja, mein Kind«, sagte der Advokat.

»Also, ich denk' mir, wahrscheinlich hat er sich eine von deinen Virginiern genommen und sie unter dem Mantel verstecken wollen, und darum war er so verlegen, als ich ins Zimmer kam. Ich ruf' also: ›Herr Demba, Sie haben sich ein Loch in Ihren Mantel gebrannt.‹ Der Demba springt auf und läßt die Zigarre auf die Erde fallen. Es war aber gar keine Virginier, es war eine kleine, dicke, solche rauchst du doch gar nicht, die muß er sich selbst mitgebracht haben. Aber warum hat er sie dann versteckt? Das versteh' ich nicht. Also kurz und gut, mit einem Wort, er läßt die Zigarre fallen, und die liegt auf dem Teppich und qualmt, auf dem kleinen Teppich, weißt du, den wir von der Tante Regine bekommen haben aus Revanche dafür, daß du ihr vor zwei Jahren den Ehrenbeleidigungsprozeß gegen ihren Hausherrn geführt hast. Also auf den Teppich fällt die brennende Zigarre. Ich bin furchtbar erschrocken, aber der Demba steht seelenruhig dabei, als ob ihn das nichts anginge, und sieht zu, wie sie mir ein Loch in den Teppich brennt, und macht keine Miene, sie aufzuheben.

Ich ruf': ›Herr Demba, wollen Sie nicht Ihre Zigarre aufheben? Sie sehen doch, daß sie mir den Teppich ruiniert!‹ Der Demba wird feuerrot im Gesicht und furchtbar verlegen und hustet und stottert und bringt kein Wort heraus, und endlich sagt er: ›Entschuldigen Sie, gnädige Frau, ich darf mich nicht bücken, der Arzt hat's verboten, ich bekomm' sofort Blutsturz, wenn ich mich bücke, hat der Arzt gesagt.‹ – Hast du schon so etwas gehört? Was sagst du dazu?«

Der Advokat sagte »hm« dazu.

»Also, was bleibt mir übrig, ich hab' halt selbst die Zigarre aufgehoben, wenn sich der Herr Demba nicht bücken kann«, sagte Frau Dr. Hirsch mit bitterer Ironie und seufzt leicht auf. Es war der kurzatmigen, stark geschnürten, korpulenten Dame anzusehen, daß das Aufheben der Zigarre für sie ein mit erheblichen Schwierigkeiten verbundenes Turnkunststück ersten Ranges dargestellt hatte.

»Der Teppich war aber schon ganz versengt«, fuhr sie nach einer Weile fort, »und hatte einen großen, schwarzgebrannten Fleck. Ich war natürlich nicht mehr in der Stimmung, mich mit dem Herrn Demba weiter zu unterhalten, das begreifst du ja. Ich zähl' ihm also das Geld auf den Tisch. Und jetzt kommt das Interessante. Was glaubst du, daß geschieht: Der Herr Demba nimmt das Geld nicht. Er läßt es liegen. Ich sage: ›Also bitte, hier sind die achtzig Kronen!‹ Er schüttelt den Kopf und macht ein so verzweifeltes und unglückliches Gesicht, daß er mir beinahe wieder leid getan hat. ›Aber, Herr Demba!‹ sag' ich. ›Sie werden mir doch nicht den Teppich bezahlen wollen, wir sind ja gegen Brandschaden versichert.‹ Er starrt das Geld an und nimmt es nicht. ›Also, das ist doch lächerlich, so nehmen Sie doch das Geld‹, sag' ich. – ›Nein. Ich kann das Geld leider nicht nehmen‹, gibt er zur Antwort und ist wieder blutrot im Gesicht. Nun, denk' ich mir, wenn er das Geld absolut nicht nehmen will, weißt du, streiten werd' ich mich mit ihm nicht. Aufdrängen werd' ich ihm doch die achtzig Kronen nicht, hab' ich recht? Ich sag' also: ›Herr Demba, wenn Sie mir durchaus den Schaden ersetzen wollen, es ist zwar ein Unsinn von Ihnen, aber schließlich –‹ und will das Geld wieder einstecken. Und wie ich es in die Hand nehm', da schaut er mich so böse und wütend an, wie wenn er mich mit den Zähnen zerreißen wollt'. Ich bin direkt erschrocken, so hat er mich angeschaut, und hab' das Geld liegenlassen. Und ich denk' mir: Was will der

Mensch eigentlich? Will er das Geld oder will er es nicht? Auf einmal sagt er: ›Gnädige Frau! Wozu zerbrechen wir uns eigentlich den Kopf? Sie haben doch einen Rechtsgelehrten im Haus. Bitte, lassen Sie das Geld hier liegen, gehen Sie zu Ihrem Herrn Gemahl hinein und tragen Sie ihm den verwickelten Rechtsfall vor. Wenn er finden sollte, daß ich nicht verpflichtet bin, Schadenersatz für den Teppich zu leisten, so werde ich das Geld ohne weiteres nehmen.‹

›Gut‹, sag' ich, nehm' das Geld zusammen und steck' es ein. Weißt du, ich werde es doch nicht auf dem Tisch liegenlassen, die Dienstboten gehen fortwährend durchs Zimmer, was braucht denn die Anna zu wissen, wieviel der Demba Gehalt bekommt? Hab' ich recht?«

»Gewiß, mein Kind«, sagte der Advokat.

»Also, was meinst du dazu? Soll ich mir wirklich von dem Demba die achtzig Kronen zahlen lassen?«

»Natürlich ist es die Assekuranz, die verpflichtet ist, uns den Schaden zu ersetzen, nicht der Hauslehrer«, sagte der Advokat und strich sich den Bart. »Aber dieser Herr Demba beginnt mich zu interessieren. Es ist merkwürdig, was für ein starkes Rechtsempfinden mitunter gerade bei Nichtjuristen zu finden ist. Ich werde mal selbst mit ihm sprechen.«

Als der Advokat in den Salon kam, traf er Herrn Demba, dem die Unterredung zu lange gedauert zu haben schien, nicht mehr an. Das Zimmer war leer.

Der Advokat besah sich den beschädigten Teppich.

»Weißt du«, sagte er, »eigentlich ist der Sachschaden nicht so groß, mit achtzig Kronen ist er weitaus überzahlt. Der Teppich ist nämlich ganz billige Fabrikware. Kannst du dir vorstellen, daß deine Tante Regina mehr als dreißig Kronen für ein Geschenk ausgibt?«

»Robert! Was ist das?« schrie Frau Dr. Hirsch plötzlich

auf und zeigte entgeistert auf einen Haufen zerbrochenen Porzellans, der unter dem Kaminsims auf dem Fußboden lag.

Es war die Nippesfigur eines Briefträgers, an der Demba, erbittert darüber, daß es ihm nicht gelungen war, mit seinem Geld allein im Zimmer zu bleiben, seinen Unmut ausgelassen hatte. Und sie hatte nichts anderes verbrochen, als daß sie dem Betrachter mit einladendem Lächeln einen großen Geldbrief aus Porzellan entgegenstreckte.

12

»Herr von Gegenbauer!« rief die Haushälterin. »Herr von Gegenbauer, so wachen S' doch auf! Draußen ist ein Herr, der Sie sprechen möcht.«

Fritz Gegenbauer erhob sich schlaftrunken vom Sofa, wurde aber sofort munter, als er von dem Herrn hörte, der ihn sprechen wollte. Er hatte in der Nacht ein Renkontre mit einem Statthaltereibeamten gehabt und erwartete nun das Erscheinen der bekannten beiden Herren mit den scharf gebügelten Hosenfalten.

»Ein Herr oder zwei?«

»Einer«, sagte die Wirtschafterin.

»In Uniform oder in Zivil?«

»In Zivil.«

»Wie sieht er aus? Ist er elegant?«

»Na«, sagte die Haushälterin im Tone ehrlichster Überzeugung.

Fritz Gegenbauer trat an den Waschtisch und steckte den Kopf ins Wasser. Dann trocknete er sich eilig ab und bürstete sich mit wilder Energie seinen Scheitel zurecht.

»So. Jetzt können Sie den Herrn eintreten lassen.«

Er lehnte sich in lässiger Haltung an das Rauchtischchen, stützte eine Hand auf die Tischplatte und verschaffte sich durch einen Blick in den Spiegel die Gewißheit, daß er wie ein Mann aussah, der mit Überlegenheit und kühlem Gleichmut die Dinge an sich herantreten läßt.

Aber alle diese kriegerischen Vorbereitungen verpufften in die Luft. Nur Stanislaus Demba war es, dem die Haushälterin die Zimmertür öffnete.

»Sie sind's, Demba?« rief Fritz Gegenbauer. »Ich war auf anderen Besuch gefaßt, auf einen weit weniger angenehmen.«

»Stör' ich vielleicht?« fragte Demba.

»Gar keine Idee. Ich freue mich, Sie zu sehen. Setzen Sie sich doch, alter Freund.«

Demba setzte sich.

»Nun? Haben Sie sich endlich getröstet über unser Pech?« fragte Gegenbauer.

»Unser Pech« hatte darin bestanden, daß Gegenbauer vor einem Vierteljahr bei seinem Rigorosum durchgefallen war. Ihn hatte dieses Ergebnis freilich nicht überrascht, er hatte es immer geahnt, und er gab viel auf Ahnungen, die ihn jedoch in der Stunde des Rigorosums kläglich im Stich gelassen hatten, denn da hatte er keine Ahnung gehabt, was man eigentlich von ihm wissen wollte. Aber Demba, der ihn zur Prüfung vorbereitet hatte, mochte sich den größten Teil der Schuld beigemessen haben und war Gegenbauer einige Monate hindurch beharrlich ausgewichen.

»Nehmen Sie eine Zigarette, Demba«, ermunterte Gegenbauer den Kollegen. »Eine ganz neue Sorte hab' ich da: ›Phädra‹. Kosten Sie einmal von der algerischen Tabakregie. Meine Cousine Bessy hat sie mir aus Biskra mitgebracht. Mit Lebensgefahr hat sie sie über die Grenze geschmuggelt. Kosten Sie!« –

»Nein. Danke«, sagte Demba.

»Nein. Kosten Sie nur. Mich interessiert, was Sie von der Marke halten. Sie sind Kenner.«

»Danke, ich rauche nicht.«

»Was? Seit wann denn? Sie haben doch immer vierzig Stück im Tag verqualmt?«

»Ich bin verkühlt«, sagte Demba und bekam sogleich einen grausamen Hustenanfall, an dem er unfehlbar erstickt wäre, wenn nicht das Läuten der Türglocke seine virtuose

Darstellung der letzten Stunde eines Schwindsüchtigen unterbrochen hätte.

»Jetzt sind sie da«, sagte Gegenbauer.

»Wer denn?« fragte Demba.

»Zwei Herren, die ausnahmsweise nicht zu einer Tarockpartie zu mir kommen.«

»So!« sagte Demba. »Was haben Sie denn wieder angestellt, heut nachts?«

»Ich kann mir nicht helfen. Im Frühjahr werd' ich immer stößig. Das könnten die Leut' schon wissen und sich ein bißchen in acht nehmen.«

Es waren aber wieder nicht die beiden feierlichen Herrn, sondern nur der Postbote, der einen Brief und eine Karte brachte.

»Sie entschuldigen«, sagte Gegenbauer und begann zu lesen.

Demba hatte, ehe er an Gegenbauers Türglocke läutete, einen Feldzugplan entworfen. Sich einfach von Gegenbauer Geld leihen, das wollte er nicht. Nie im Leben hätte er eine Bitte dieser Art über die Lippen gebracht. Nein. Das Geld mußte ihm von Gegenbauer angeboten und aufgedrängt werden. Er hatte ihm vor einiger Zeit Kollegienhefte geliehen. Vorlesungen, die Demba im Hörsaal sorgfältig mitstenographiert und zu Hause mit Bienenfleiß in Schönschrift übertragen hatte. Sie stellten einen ziemlichen Wert dar, und Demba hoffte zuversichtlich, daß Gegenbauer die Hefte längst verloren oder als unnütz fortgeworfen haben werde. Denn Gegenbauer war niemals imstande gewesen, Entliehenes aufzubewahren, dagegen aber immer bereit, für Schaden, den er angerichtet hatte, in generöser Weise aufzukommen. Darauf hatte Demba seinen Plan gegründet.

»Ich bin eigentlich gekommen«, begann er, als Gegenbauer den Brief auf den Tisch warf, »ich bin nur gekommen, um zu fragen, ob Sie die Hefte noch brauchen, die ich Ihnen im Dezember geliehen hab'.«

»Welche Hefte?« fragte Gegenbauer zerstreut.

»Die Vorlesungen Steinbücks über das römische Kunstepos —«

Gegenbauer dachte nach. »Vier braune Hefte und eines ohne Deckel?«

»Ja. Das sind sie.«

»Müssen Sie die unbedingt haben?«

»Ja. Ich brauche sie notwendig. Ich habe nämlich wieder einen Schüler bekommen.«

»Das ist unangenehm«, sagte Gegenbauer. »Die hab' ich nämlich verbrannt.«

Demba jubelte innerlich. Aber in dem jammervollsten Ton, der ihm zu Gebote stand, schrie er:

»Was sagen Sie? Verbrannt?«

»Ja«, nickte Gegenbauer ohne eine Spur von Zerknirschung.

»Es ist nicht möglich«, rief Demba.

»Ich habe alles verbrannt, was mich irgendwie an meinen Durchfall durchs Rigorosum erinnerte. Sogar den Zylinder, den ich damals aufhatte, hab' ich eingetrieben.«

»Lieber Gott, was machen wir jetzt!« klagte Demba.

»Sie sind ein Pechvogel«, stellte Gegenbauer fest. »Haben Sie kein zweites Exemplar?«

»Nein.«

»Das macht nichts«, sagte Gegenbauer. »Dann wird er halt auch durchfliegen.«

»Wer denn?«

»Ihr neuer Schüler.«

Demba hielt es bei diesem Beweis arger Herzlosigkeit für höchste Zeit, mit praktischen Vorschlägen hervorzutreten.

»Müller hat auch ein Exemplar«, sagte er nachdenklich.

»Wer?«

»Ein gewisser Egon Müller. Aber der leiht es nicht her. Er will es nur verkaufen.«

»Wieviel verlangt er?«

»Siebzig Kronen.«

»Dann ist ja alles in Ordnung. Warum haben Sie das nicht gleich gesagt, Sie Unglückswurm.« Er zog seine Brieftasche.

»Nein, ich danke. Geld will ich nicht«, sagte Demba rasch.

Gegenbauer hielt ihm vier Banknoten in verlockende Nähe.

»Ich bitte Sie, machen Sie doch keine Umstände. Die Hefte kann ich Ihnen nicht herzaubern. Also, nehmen Sie das Geld.«

»Auf keinen Fall.«

»Warum nicht?«

»Ich mache keine Geldgeschäfte mit meinen Kollegienheften.«

»Aber das ist doch kein Geschäft. Ich ersetze Ihnen doch nur Ihren Verlust.«

»Bitte, reden Sie selbst mit dem Müller und geben Sie mir dann die Hefte. Er wohnt Pazmanitenstraße elf.« Demba zitterte bei dem Gedanken, daß Gegenbauer auf diesen Vorschlag eingehen und das Geld wieder einstecken könnte.

»Ich kenne ihn nicht. Machen Sie sich das mit ihm aus«, sagte Gegenbauer.

Demba fiel ein Stein vom Herzen. Aber er schüttelte den Kopf.

Es läutete.

»Das sind sie«, sagte Gegenbauer. »Wissen Sie, Demba, Ihr Feingefühl in allen Ehren, aber ich kann jetzt nicht viel Geschichten mit Ihnen machen.« Er nahm ein Briefkuvert vom Schreibtisch, verschloß die Banknoten darin und stopfte es in die Tasche, die an Dembas Pelerine einladend offenstand.

»So«, sagte er. »Ich hab' Ihnen das Geld gegeben. Machen Sie jetzt damit, was Sie wollen.«

Das war es, was Demba bezweckt hatte. Das Geld befand sich in seiner Tasche. Er hatte keine seiner Hände hervorziehen müssen, um es in Empfang zu nehmen. Und nun war es an der Zeit, an einen geordneten Rückzug zu denken.

»Zwei Herren sind draußen«, meldete die Haushälterin und legte die Visitenkarten auf den Tisch.

»Wladimir Ritter von Teltsch.« »Dr. Heinrich Ebenhöch, Leutnant in der Reserve«, las Gegenbauer. »Ich lasse die Herren bitten.«

»Also, ich werde mich jetzt drücken«, sagte Demba eilig. »Ich danke Ihnen bestens, die Sache ist in Ordnung.«

»Servus! Servus!« sagte Gegenbauer zerstreut. »Lassen Sie sich wieder mal bei mir blicken.«

Und Demba verließ, die Beute in der Tasche, die Wohnung, an zwei unnahbaren Herren im Gehrock vorbei, die im Vorzimmer standen und in düsterer Entschlossenheit auf den Fußboden starrten.

Demba jubelte und jauchzte. Es war gelungen. Und ganz ohne Mühe, ganz programmäßig beinahe. Der Anfang war gemacht. Siebzig Kronen! Demba fühlte im Gehen, wie bei jedem Schritt das Kuvert, das den Schatz enthielt, in der Tasche des Mantels knisterte. Siebzig Kronen! Das war zwar nur ein Bruchteil dessen, was er brauchte. Aber er hatte sich bewiesen, daß man die Hände nicht braucht, um Geld zu erwerben. – Es ist nicht leicht – dachte Demba –, aber es geht. Es geht! Er mußte an einen Menschen denken, einen Agenten aus der Spiritusbranche, den er einmal sich rühmen gehört hatte: ›Heut hab' ich, ohne eine Hand zu rühren, fünfhundert Kronen verdient!‹ Ohne eine Hand zu rühren! Welch eine freche Übertreibung. Sicher hatte er doch das Geld in die Hand genommen, die Brieftasche aus der Tasche gezogen, die Banknoten zusammengefaltet und in die Tasche geschoben. Dann die Quittung unterschrieben und dem Geschäftsfreund die Hand geschüttelt. Und das alles nannte der Mensch: ohne eine Hand zu rühren. Lächerlich. Wenn er eine Ahnung hätte, wie schwer das in Wirklichkeit ist: Geld erwerben, ohne die Hände zu benutzen! Nein. Ein Kinderspiel ist das wahrhaftig nicht. Man muß die Menschen durch List, durch Überlegenheit des Geistes, durch volle Ausnützung der Situation, durch die Macht des Willens, durch die Gewalt des Auges zwingen, das zu tun, was man von ihnen erwartet. So wie ich jetzt den Gegenbauer gezwungen hab', mir das Geld aufzudrängen, das ich nicht nehmen konnte.

Demba blickte den Leuten nach, die an ihm vorüber gingen und lachte leise in sich hinein. Wenn einer von diesen vielen Menschen Augen hätte, die meinen Mantel durchdringen könnten! Diese alte Dame mit dem eleganten Seidenschirm etwa. Nein, die wäre auch dann nicht gefährlich. Die würde sich schreiend in ein Haustor flüchten und in ihrem Schreck zehn Minuten lang kein Wort hervorbringen. Aber der Herr dort, der sieht energisch aus. Wie ein Hauptmann in Pension. Der würde sofort auf mich losgehen. Ich würde trachten, ihm rasch aus den Augen zu kommen, aber er würde schreien: »Aufhalten! Aufhalten!«

Wie sich im Nu das Straßenbild verändern würde. Dieser Tumult! Alle wären sie sofort hinter mir her. Keiner würde fliehen. Wenn sie in Massen sind, haben sie Mut. Gar, wenn es gegen einen geht, dem die Hände gefesselt sind. Der Einspännerkutscher dort, der würde sofort vom Bock herunterspringen und mit der Peitsche auf mich losgehen. Und der Mann im Wagen, ein Fremder wahrscheinlich, der wird auch dabeisein wollen, so etwas läßt man sich nicht entgehen. Und der Bäckerjunge wird mit seinem leeren Korb nach mir schlagen und der Konservatorist mit seinem Geigenkasten, und der Dienstmann dort wird mir ein Bein stellen, wenn ich an ihm vorbeilauf', die ganze Welt ist gegen mich im Bunde, wenn sie die Handschellen an meinen Händen sieht. Und ich hab' nur einen einzigen Menschen, der zu mir hält, einen einzigen Verbündeten: die Steffi. Nein. Noch einen zweiten: den Schlosserlehrling. Der Narr hilft mir, ohne es zu wissen. Vielleicht schmiedet er gerade jetzt, während ich an ihn denke, den Schlüssel, der am Abend meine Ketten öffnen wird. Und noch einen dritten Verbündeten hab' ich. Den besten: die alte, brave Pelerine. Die beschützt mich. Die verbirgt mich wie eine Tarnkappe. Niemand sieht mich.

Der Wachmann dort. Wie gutmütig-stupid er aussieht mit seinem dünnen, braunen Backenbart. Er ahnt nichts. Er kümmert sich nur um den Wagenverkehr. Daß kein Auto in eine Elektrische hineinfährt und kein Fiaker in einen Möbelwagen. Wenn der mich durchschauen, nein, wenn der nur einen ganz leisen Verdacht schöpfen würde – ich wäre verloren. Aber er merkt nichts. Er kann nichts merken. Ich werde zum Spaß ganz nahe an ihm vorbeigehen. So! Wenn der Gedanken lesen könnte! Man sollte nur Gedankenleser und Hellseher als Wachleute verwenden. In den Varietés gibt es ihrer genug. Eine gute Idee, wahrhaftig. Irgend jemand sollte im Reichsrat den Antrag einbringen. Oder eine Interpellation: Ist Se. Exzellenz geneigt, an die hohe Polizeidirektion die Weisung ergehen zu lassen, daß künftighin tunlichst –

»Sie, Herr!«

Stanislaus Demba fuhr zusammen. Es war ihm, als hätte er einen Schlag vor die Brust bekommen, dort, an der Stelle, wo das Herz pochte. Die Knie zitterten ihm. Langsam nur vermochte er sich zu fassen. – Ach Gott, wie man nur so leicht erschrecken kann. Lächerlich. Der Wachmann hat ja gar nicht mich gemeint. ›Sie, Herr!‹ hat er gerufen, und ich hab' das gleich auf mich bezogen. Weiß Gott, wem das gegolten hat. Wahrscheinlich –

»Sie, Herr!« rief der Wachmann nochmals.

Demba blieb stehen, plötzlich und mit einem Ruck, als ob er zu Stein erstarrt wäre. Das Blut wich aus seinem Gesicht. Die Zähne schlugen aneinander und das Herz pochte ihm bis zum Hals hinauf. – Nein. Täuschung war nicht möglich. Ihm galt der Anruf. Keinem anderen. Und jetzt kam der Wachmann langsam, ganz langsam auf ihn zu –

Unfähig, ein Glied zu rühren, aschfahl im Gesicht, erwartete Stanislaus Demba das Ende seiner Freiheit.

Und jetzt stand der Wachmann vor ihm und maß ihn mit den Augen, und eine Sekunde lang sprach er kein Wort, als ob er ausholte zum Stoß. Demba fühlte, daß er im nächsten Augenblick niederbrechen werde. Und jetzt, jetzt kam's.

»Sie haben etwas verloren, Herr«, sagte der Wachmann höflich.

Demba verstand nicht gleich.

»Haben Sie nichts verloren?« wiederholte der Wachmann.

Langsam fand Demba sich zur Welt zurück. Sprechen konnte er nicht, er schüttelte nur den Kopf.

»Ist Ihnen nichts aus der Tasche gefallen?« fragte der Wachmann nochmals.

Demba sah ein weißes Kuvert in den Händen des Polizisten, aber es gelang ihm nicht, einen Gedanken damit zu verbinden. Er fühlte nur, daß er wieder atmen konnte, und sog in langem Zug die Luft ein. Irgendein schwerer Druck löste sich und wich aus seiner Herzgegend. Und jetzt dämmerte es ihm auf, daß das Kuvert in den Händen des Polizisten das Geld, sein Geld enthielt, daß er es verloren hatte und daß er es zurückhaben müsse.

»Natürlich, das gehört mir«, wollte er sagen, aber im gleichen Augenblick stieg ihm ein furchtbares Bedenken auf.

Er konnte es nehmen. Gewiß. Er konnte das Kuvert geschickt und nonchalant mit den Fingerspitzen fassen, dem Wachmann wird das vielleicht gar nicht auffallen. Aber damit war die Sache ja nicht zu Ende! Um Gottes willen, dann mußte er mit ins Kommissariat, mußte seinen Namen nennen, Erklärungen abgeben, irgend etwas unterschreiben, und auf dem Tisch des Polizeikommissärs lag vielleicht schon die Personenbeschreibung. Der Polizeibericht von heute morgen: Junger, etwa fünfundzwanzigjähriger Mensch, anscheinend den besseren Ständen angehörend, groß, kräftig, rötlicher Schnurrbart – und der Kommissär faßt mich ins Auge, wirft wieder einen Blick in die Personenbeschreibung, sieht mich wieder an –

Stanislaus Dembas Entschluß war gefaßt. Er verleugnete sein Geld.

»Mir gehört das nicht«, sagte er zu dem Polizisten und gab sich Mühe, daß seine Stimme nicht allzusehr zitterte.

»Ist Ihnen das Kuvert denn nicht aus der Tasche gefallen?« fragte der Wachmann erstaunt.

»Mir nicht«, sagte Stanislaus Demba.

Kopfschüttelnd besah der Wachmann das Kuvert. »Dann kann es nur der Herr drüben verloren haben.«

Er ging auf einen Passanten zu, der kurz vor Stanislaus Demba die Straße überquert hatte und nun vor dem Schaufenster eines Krawattengeschäftes stand.

Der Wachmann salutierte, und der Herr vor dem Schaufenster zog höflich seinen englischen steifen Hut. Der Wachmann hielt ihm das Kuvert hin und sprach ein paar Worte, und der Fremde hörte ihn mit Aufmerksamkeit an. Dann sah Demba, wie der elegante Herr die Silberkrücke seines Malagarohres an den Arm hängte, dem Wachmann das Kuvert aus der Hand nahm und die Banknoten zählte. Wie er ein in Leder gebundenes Notizbuch aus der Tasche hervorholte, die Banknoten sorgfältig hineinlegte und das Buch in seiner Brusttasche verwahrte.

Und wie er dann dankend den Hut zog und sich gemessenen Schrittes entfernte.

13

Herr Kallisthenes Skuludis trat in das große Herrenmodewarengeschäft auf dem Graben ein und ließ sich von der Verkäuferin Krawatten zeigen. Er prüfte die einzelnen ihm vorgelegten Stücke mit Sorgfalt und Kennerschaft, warf die Bemerkung hin, daß er sich die Auswahl größer vorgestellt habe und daß man etwas wirklich Neues und zugleich Geschmackvolles in letzter Zeit nicht mehr zu sehen bekäme, und entschied sich schließlich für eine orangefarbene Krawatte aus schwerer, schillernder Seide, die er sich zu zwei anderen, schon vorher in anderen Geschäften erstandenen Stücken, in Seidenpapier einschlagen ließ.

Nicht ganz befriedigt von seinem Einkauf, trat er auf die Straße. Es war das dritte Geschäft dieser Art, das Herr Skuludis heute nachmittag mit seinem Besuche beehrt hatte. Man möge aber nicht glauben, daß er einen besonders dringenden Bedarf in diesem Artikel zu decken hatte. O nein, Herr Skuludis besaß eine beinahe lückenlose Sammlung von fast sechshundert Krawatten in allen Ausführungen und Farbennuancen, in der alle Formen, von der einfachen weißen Frackschleife an bis zu den Exemplaren von der feurigen Farbenpracht eines Topaskolibris vertreten waren. Aber eine Schwäche des Herzens, die jeder Verlokkung eines schön ausgestatteten Schaufensters wehrlos erlag, drängte ihn immer wieder zu neuen Ankäufen.

Als er auf der Straße stand und sich eine Figaro anzündete, konnte er feststellen, daß seine elegante Erscheinung und sein distinguiertes Auftreten berechtigtes Aufsehen erregten. Einen besonders tiefen Eindruck schien er aber auf einen jungen Mann gemacht zu haben, der unweit von ihm auf dem Trottoir stand und ihn mit Blicken unverhohlener Bewunderung betrachtete. Stumme Ovationen dieser Art waren Herrn Kallisthenes Skuludis nichts Neues, wenn sie sich auch nicht immer in solch naiver Form zu äußern pflegten. Er war es gewöhnt, daß die lässig-charmante Art, wie er beim Grüßen den Arm einbog oder wie er den Stock in den Fingern hielt, schon nach kurzer Zeit – Herr Kallisthenes Skuludis verweilte überall nur kurze Zeit, das hing mit seinem Beruf zusammen –, von den Elegants der Stadt kopiert wurde, und daß die vornehm zerstreute Geste, mit der er die Zigarette aus der Tabatiere nahm und in Brand steckte, in den Salons der großen Welt immer vorbildlich wirkte.

Aber Kallisthenes Skuludis war von einem starken Gefühl für gesellschaftliche Rangunterschiede beherrscht, und der junge Mensch dort schien seinem ganzen Habitus nach nicht jenen Kreisen anzugehören oder nahezustehen, in denen sich Herr Skuludis bewegte. Dieser setzte daher, ohne Stanislaus Demba weiter zu beachten, seinen Spaziergang fort, denn unter den Eigenschaften, die ihm die Sympathien der guten Gesellschaft von Paris, Petersburg, Bukarest und Kairo im Fluge erobert hatten, war seine vornehme Zurückhaltung sicherlich eine der hervorstechendsten.

Er vertiefte sich in die Betrachtung der Auslage eines Blumengeschäftes, nahm in einem Delikatessenladen eine kleine Erfrischung und überquerte sodann die Straße, um eine Dame zu begrüßen, die er, er wußte nicht mehr recht woher, wahrscheinlich von einer Schiffsreise im Mittelmeer her kannte. Während er im Gespräche stand, fiel ihm Stanislaus Demba von neuem auf, der ein paar Schritte von ihm entfernt an einem Gaskandelaber lehnte und ihn unentwegt anstarrte. Herr Skuludis besaß ein vorzügliches Personengedächtnis – das erforderte sein Beruf –, und er erkannte sofort den jungen Menschen wieder, der ihm vor dem Krawattengeschäft stumme Huldigungen erwiesen hatte.

Er verabschiedete sich von der Dame und betrat einen Friseursalon. Rasiert und mit frischgezogenem Scheitel trat er nach einer Viertelstunde auf die Straße, und der erste Mensch, dem er begegnete, war wieder Stanislaus Demba.

Herr Kallisthenes Skuludis neigte Fremden gegenüber ein wenig zu Mißtrauen. Er dachte immer gleich an einen Detektiv – das brachte sein Beruf mit sich. Wie ein Detektiv sah nun Stanislaus Demba allerdings nicht aus. Dennoch wollte Herr Skuludis das Interesse an seiner Person, das Stanislaus Demba so hartnäckig an den Tag legte, nicht recht behagen. Er fand, daß Wien im Grunde genommen doch nur eine Provinzstadt sei, ein Negerkral, in dem jeder halbwegs gut angezogene Fremde wie ein Meerwunder angestaunt wurde, und beendete vorzeitig seinen Spaziergang, indem er sich in dem Vorgarten eines Kaffeehauses an einem der Tische niederließ.

Gleich darauf kam Stanislaus Demba vorbei. Er blieb stehen, zögerte ein wenig und schien zu überlegen. Im nächsten Augenblick trat er an Herrn Skuludis' Tisch und bat um die Erlaubnis, Platz nehmen zu dürfen.

Herr Skuludis war von diesem Verlangen sichtlich unangenehm berührt. Es waren ja noch mehrere Tische frei, und er legte besonderen Wert darauf, seinen Tee in wohltuender Zurückgezogenheit nehmen zu können. Neue Bekanntschaften pflegte er nur auf Bahnhöfen, Haltestellen und anderen belebten Orten anzuknüpfen – und das auch nur, weil es sein Beruf erforderte.

»Verzeihung. Ich erwarte Gesellschaft«, sagte er darum zu Stanislaus Demba.

»Sie erwarten Gesellschaft? Dann wird es gut sein, wenn wir die Erledigung unserer Angelegenheit nicht länger aufschieben«, sagte Demba und setzte sich.

Herr Skuludis blickte ihn in höchstem Grade befremdet an.

»Ich meine, daß wir unser kleines Geschäft vorher in Ordnung bringen sollten«, wiederholte Demba.

Das Wort »Geschäft« besaß für Herrn Skuludis einen anheimelnden Klang. Er faßte sein Gegenüber genauer ins Auge.

»Darf ich fragen, für welche meiner mannigfaltigen Unternehmungen Sie Interesse haben?« fragte er.

»Das werden Sie gleich hören«, sagte Demba. »Bis hierher bin ich Ihnen nachgegangen. Erst hier war es mir möglich, Sie unauffällig und unter vier Augen zu sprechen.«

»Unauffällig« und »unter vier Augen« – diese beiden Worte machten auf Herrn Skuludis einen guten Eindruck. Sie legitimierten sein Gegenüber als einen Mann von Diskretion, und Diskretion ging Herrn Skuludis über alles – das lag im Wesen seines Berufes begründet.

»Sie waren vor einer Stunde etwa in der Praterstraße?« fragte Demba.

»Ach so«, sagte Skuludis und nickte mit dem Kopf. Jetzt ging ihm ein Licht auf.

Vor einer Stunde hatte er in der Praterstraße eine Unterredung sehr delikater Natur mit einem befreundeten Juwelenhändler gehabt, dem er Schmuckstücke jener Art, die man nur ungern dem grellen Licht des Tages aussetzt, zum Kaufe angeboten hatte. Die Verhandlungen hatten sich jedoch unglücklicherweise zerschlagen, und Skuludis hatte sich entfernt, nicht ohne bittere Worte über den Eigennutz und die Gewinnsucht des Händlers fallenzulassen. Und es stellte sich nun heraus, daß der Mann einen seiner Angestellten mit der Aufgabe betraut hatte, ihn nicht aus den Augen zu verlieren und die Verbindung bei Gelegenheit von neuem anzuknüpfen.

»Sie sind von allem unterrichtet?« fragte Herr Skuludis.

»Gewiß«, sagte Demba. »Ich war Augenzeuge.«

»Und Sie meinen, daß die Angelegenheit noch nicht völlig erledigt ist?«

»Der Ansicht bin ich tatsächlich«, sagte Demba grimmig.

»Nun, für mich ist die Sache gegenwärtig keineswegs dringend«, meinte Herr Skuludis.

»Für mich um so mehr«, sagte Demba heftig.

»Vor einer Stunde war ich in einer Zwangslage. Ich mußte Geld haben, und das wollte man sich zunutze machen. Jetzt haben sich die Verhältnisse gebessert. Ich brauche Ihr Geld nicht mehr.«

»Das vereinfacht die Sachlage außerordentlich«, sagte Demba erfreut.

»Ich kann jetzt einige Tage warten und günstigere Angebote einholen«, erklärte Herr Skuludis.

»Das verstehe ich nicht.«

Herr Skuludis zog sein in Leder gebundenes Notizbuch und legte mit der ihm eigenen eleganten Handbewegung ein weißes Kuvert, durch dessen dünnes Papier Banknoten durchschimmerten, auf den Kaffeehaustisch.

»In diesem Kuvert befinden sich achthundert Kronen. Ein glattes Geschäft. Sie sehen, die Verlegenheit, die Ihr Chef für sich ausnützen wollte, war nur eine augenblickliche«, sagte er stolz.

Stanislaus Demba hatte keine Ahnung, von welchem Chef, welcher Verlegenheit und welchem Geschäft die Rede war. Er liebäugelte nur mit seinem Kuvert und blickte Herrn Skuludis von der Seite an. Daß in dem Kuvert jetzt achthundert Kronen sein sollten, erfüllte ihn jedoch mit Verwunderung.

»Achthundert Kronen? Ein glattes Geschäft«, wiederholte Herr Skuludis.

»Achthundert Kronen?« rief Demba. »In diesem Kuvert sind siebzig Kronen. Nicht mehr und nicht weniger.«

Diese Feststellung überraschte Herrn Skuludis aufs höchste. Er war zwar abergläubisch, aber daß dem Angestellten eines Hehlers aus der Praterstraße übernatürliche Kräfte zu Gebote standen – diese Erfahrung warf ihn aus seinem seelischen Gleichgewicht.

»Es sind achthundert Kronen darin«, sagte er in ziemlich unsicherem Ton.

»Drei Zwanzig- und eine Zehnkronennote, das werd' ich doch wissen«, zischte Demba über den Tisch hinüber. »Und jetzt werden Sie die Güte haben, mir das Geld zurückzugeben.«

»Ich verstehe Sie nicht«, sagte Skuludis.

»Sie verstehen mich nicht?« brach Demba los. »Nun, Sie werden mich gleich verstehen. Sie haben dieses Geld, das Ihnen nicht gehörte, von einem Wachmann übernommen, der irrtümlich annahm, Sie hätten es verloren. Verstehen Sie mich jetzt?«

Herr Kallisthenes Skuludis besaß die Gabe rascher Auffassungskraft in hohem Grade. Blitzschnell fand er sich in die geänderte Situation. Er erkannte mit Schrecken, daß er fast daran gewesen war, einen Unberufenen Einblick in seine Geschäftsverbindungen nehmen zu lassen, stellte aber im gleichen Augenblick mit Genugtuung fest, daß er vorsichtig genug gewesen war, keinen Namen zu nennen und von der Art seiner Geschäfte nur in ganz allgemeinen Wendungen zu sprechen. Das gab ihm seine Sicherheit wieder. Vor allem galt es festzustellen, ob sein Gegenüber nicht doch ein Detektiv, ein Lockspitzel war, der ihm eine Falle gestellt hatte. Darüber mußte er sich Klarheit verschaffen, ehe er über seine weitere Taktik schlüssig wurde.

»Wollen wir nicht lieber mit offenen Karten spielen?« fragte er und nickte Demba vertraulich zu. »Zeigen Sie doch gleich die Legitimation, und die Situation ist klar.«

»Was soll ich Ihnen zeigen?« fragte Demba.

Statt zu antworten, beugte sich Herr Kallisthenes Skuludis über den Tisch und begann, überlegen lächelnd, Dembas Pelerine aufzuknöpfen. Er suchte Dembas Brusttasche, in der er die blaugebundene Legitimationskarte des Detektivs vermutete.

Demba erschrak heftig. »Sie! Lassen Sie meinen Mantel in Ruhe!« rief er drohend.

»So machen Sie ihn doch auf! Wozu die Umschweife?« rief Herr Skuludis und arbeitete an dem obersten von Dembas Mantelknöpfen.

»Ich wollte, Sie ließen Ihre Scherze«, sagte Demba und rückte von Herrn Skuludis fort.

Skuludis wurde wieder unsicher. So benahm sich kein Polizeiagent.

»Was wollen Sie eigentlich von mir?« fragte er.

»Mein Geld, das Sie sich angeeignet haben, will ich zurück. Seit einer Stunde gehe ich Ihnen auf Schritt und Tritt nach, um mein Geld zurückzubekommen. Oder glauben Sie, daß es mich interessiert hat, zu erfahren, bei wem Sie Ihre Einkäufe machen, wo Sie sich rasieren lassen und mit welchen Kokotten Sie verkehren?«

Jetzt sah Skuludis klar. Ein armseliger kleiner Betrüger, der zufällig Zeuge jenes Vorfalles geworden war und dies ausnützen wollte, um einen Anteil an der Beute zu erlangen. Skuludis überlegte, wie er ihn loswerden könnte.

»Sie behaupten also, daß ich auf unrechtmäßige Weise in den Besitz dieses Geldes gekommen bin?« fragte er in scharfem Ton.

Demba ließ sich nicht einschüchtern. »Jawohl, das behaupte ich«, gab er ebenso scharf zurück.

»Und Sie behaupten weiters, daß das Geld Ihnen gehört.«

»Jawohl. Es gehört mir.«

»Dann bleibt uns nichts anderes übrig, als den ungeklärten Fall dem nächsten Wachmann vorzutragen«, sagte Herr Skuludis mit verbindlichem Lächeln und erhob sich, um anzudeuten, daß die Verhandlungen an einem toten Punkt angelangt seien.

»Das wird das beste sein«, sagte Demba, sehr gegen seine Überzeugung.

Also doch ein Detektiv – dachte Herr Skuludis. Mit seiner Drohung war es ihm keineswegs ernst. Er legte, um die Wahrheit zu sagen, nur geringen Wert auf die Heranziehung der Sicherheitswache zu schiedsrichterlicher Tätigkeit. Er hatte unter den Funktionären der Polizei etliche gute Bekannte – das brachte sein Beruf mit sich –, denen seine Anwesenheit in Wien vorläufig noch ein streng gehütetes Geheimnis bleiben sollte. Auch trug er in seiner Rocktasche zwei goldene Uhren, ein Anhängsel, zwei Krawattennadeln und vier Brillantringe – kleine Ergebnisse seiner letzten Fahrt im Speisewagen des Eilzugs Wien–Budapest – bei sich, deren Verwertung ihm sehr am Herzen lag. Eine Mitwirkung der Polizei bei dieser Transaktion wäre ihm im höchsten Grade ungelegen gekommen.

»Zahlen!« rief Herr Skuludis und beglich seine Zeche boshafterweise mit einer der Banknoten aus dem Kuvert, auf die Demba seine Ansprüche erhoben hatte. Dieses Vorgehen machte auf Demba den denkbar schlechtesten Eindruck und versetzte ihn in hellen Ärger.

»Das Geld scheint Ihnen wahrhaftig gelegen gekommen zu sein«, bemerkte er bissig.

Herr Skuludis sah an dieser unzarten Bemerkung mit Schmerz, daß Demba nicht die Umgangsformen der großen Welt besaß. Aber Ruhe und Selbstbeherrschung gehörten zu seinem Berufe, und er begnügte sich, seinen Gegner mit einem verächtlichen Blick zu messen.

Gegenüber der Oper stand ein Polizist. Aber beide Herren schlugen ganz von selbst eine Richtung ein, in der auf tausend Schritte Entfernung weit und breit kein Wachmann zu sehen war. Und beide spähten, gänzlich unabhängig voneinander, nach einer Gelegenheit aus, der verfahrenen Situation eine neue Wendung zu geben. Herr Skuludis studierte mit Aufmerksamkeit die vielfachen Möglichkeiten des Wiener Verkehrswesens, während Demba, um sich einen guten Abgang zu sichern, die Vorteile erwog, die ein dem Gegner unerwartetes Um-die-Ecke-Biegen bieten konnte.

Herr Skuludis war es, der auch hier wieder seine Entschlossenheit und seine Neigung zu rascher Initiative erwies. Ehe Demba sich dessen versah, hatte er sich auf eine eben abfahrende elektrische Tramway geschwungen. Er befand sich bereits in voller Fahrt, als Demba sein Verschwinden bemerkte.

Nur eine Sekunde lang war Demba verblüfft. Dann begriff er: Herr Skuludis gab seine Sache verloren, und diese Flucht bedeutete den moralischen Zusammenbruch des Gegners. Und die Chance, die siebzig Kronen zurückzuerlangen, stieg.

Sofort war er hinter der Elektrischen her. Eine triumphierend-höhnische Grimasse, zu der sich Herr Skuludis unüberlegterweise hinreißen ließ, spornte Demba, indem sie seine Gefühle aufs tiefste verletzte, zu höchster Kraftleistung an. Wütend keuchte er hinter dem Wagen her. Er kam ihm näher. Er verdoppelte seine Anstrengungen und kam bis auf Armlänge an ihn heran. Er stieß mit zwei Passanten zusammen, rannte weiter und holte den Wagen ein. Er hielt keuchend ein paar Sekunden lang mit ihm Schritt, und dann sprang er, als der Wagen in einer Kurve sein Tempo verlangsamte, mit einem kühnen Satz auf das Trittbrett und stand oben – erschöpft, mit pfeifendem Atem, nach Luft schnappend, und dennoch siegreich und triumphierend.

Er hatte erwartet, seinen Gegner zerknirscht, gebrochen, beschämt und grenzenlos verlegen anzutreffen. Aber jetzt, da er ihm gegenüberstand, sah er, daß das Gesicht des Gegners einen seltsamen Ausdruck angenommen hatte. Nicht Angst, nicht Ärger, nicht Zerknirschung war in ihm zu lesen, sondern maßlose Verblüffung, fassungslose Verwunderung malte sich in Herrn Skuludis' Zügen. Mit offenem Mund sah er Demba an, und mit der ausgestreckten Rechten wies er, unbeweglich wie ein steinerner Apoll, starr vor Staunen auf Dembas Hände.

Auf die Hände! Auf Dembas Hände!

Denn Dembas Mantel hatte sich an der Griffstange des Tramwaywagens verfangen, seine Hände waren aller Welt sichtbar, seine Schmach allen Blicken preisgegeben, sein furchtbares Geheimnis lag offen.

Aber nur einen Augenblick lang. Und von all den Menschen, die dichtgedrängt den Wagen füllten, hatte nur Herr Skuludis Dembas Hände gesehen.

Und im nächsten Augenblick waren beide, Demba und Skuludis, vom Wagen abgesprungen.

Demba zuerst. Jetzt war er der Verfolgte. Einer wußte sein Geheimnis, und diesem einen galt es zu entkommen.

Er rannte um sein Leben, blind und verzweiflungsvoll, ohne sich umzusehen. Und Herr Skuludis, eifrig winkend, gestikulierend und rufend, hinter ihm her.

Dann gelang es Demba, sich der Verfolgung durch einen Sprung auf einen Autoomnibus zu entziehen.

Herr Skuludis blieb stehen und sah ihm kopfschüttelnd und mit Bedauern nach. Auf einen Wettlauf mit dem Omnibus konnte er sich nicht einlassen. Er mißbilligte diese kopf- und sinnlose, überstürzte Flucht. Seine anfängliche Abneigung gegen Demba war einer starken Sympathie gewichen. Jeder Groll war aus seiner Seele geschwunden. Wie gerne wäre er ihm mit Rat und Tat beigestanden. Denn er hatte in Demba den begabten jungen Anfänger in seiner Zunft erkannt, der, weiß Gott auf welche Art, in eine mißliche Situation geraten war.

14

Stanislaus Demba verließ den Omnibus und ging langsam die Mariahilferstraße hinunter. Er überlegte. Steinbüchlers? Nein. Das geht nicht. Bei Steinbüchlers geb' ich erst seit drei Monaten Stunden. Da kann ich doch nicht gut schon jetzt um einen Vorschuß bitten. Außerdem, sie sind kleinliche Menschen, der Herr Steinbüchler ebenso wie seine Frau. Von dem Honorar, das ich verlangt hab' – es waren ohnehin nur fünfundfünfzig Kronen für sechs Stunden in der Woche –, haben sie mir fünf Kronen heruntergehandelt. Wenn einmal an einem Feiertag eine Lektion ausfällt, oder wenn der Bub krank ist, ziehen sie mir's ab. Und dabei sind es vermögende Leute. Er ist Prokurist in einer Regenschirmfabrik und sie hat einen Kleidersalon. Aber nach dem Ersten muß ich sie immer drei- oder viermal mahnen, ehe sie so um den Sechsten herum mit dem Geld herausrücken. Auch ihrem Stubenmädchen bleiben sie schuldig. Nein, mit Steinbüchlers ist's nichts.

Bleibt noch Dr. Becker. Da bekomm' ich das Geld ohne weiteres. Das sind vornehme und feine Leute, da brauch' ich nur ein Wort zu sagen, nur eine Andeutung zu machen, und ich hab' das Geld. Freilich, wenn ich sag', daß ich jetzt vierzehn Tage ausbleiben werde, das wird ihnen nicht recht sein. Der Junge steht miserabel in Geographie und Physik. Da muß ich einen zwingenden Grund für mein Ausbleiben angeben, einen Grund, der den Leuten sofort einleuchtet. Nun, es wird mir schon einer einfallen, ich hab' ja noch fünf Minuten zu gehen.

Dr. Becker wohnte am Kohlmarkt im vierten Stock eines neuen Hauses. Neben dem Haustor über der Glocke hing seine Tafel: Dozent Dr. R. Becker, ordiniert von zwei bis fünf.

Stanislaus Demba benützte den Lift nicht, sondern stieg langsam die Treppe hinauf. Als er das zweite Stockwerk erreicht hatte, blieb er stehen. Ein Gedanke war ihm gekommen.

Er blickte sich um. Das Treppenhaus war leer. Kein Mensch war zu sehen.

Jetzt fuhr Demba mit den Händen in seine Rocktasche und zog ein Taschentuch hervor. Dabei fiel ihm der Wohnungsschlüssel aus der Tasche, und er bückte sich ärgerlich, um ihn aufzuheben. In diesem Augenblick stieg der Lift lautlos an ihm vorbei in die Höhe.

Sofort fuhren Dembas Hände zurück unter den Mantel. Erschrocken blickte er dem Aufzug nach. Aber die Tür des Aufzugs war von Milchglas, sah er zu seiner Befriedigung. Der Insasse konnte unmöglich die Handschellen gesehen haben.

Jetzt läutete es oben. Der Aufzug fuhr leer wieder hinunter. Demba wartete, bis die Wohnungstür im dritten Stock geöffnet und wieder geschlossen wurde. Man kann nicht vorsichtig genug sein. So, und nun –

Zum Kuckuck! Gerade jetzt muß jemand die Treppe herunterkommen. Wieder verbarg Demba die Hände. Und wie langsam das ging! Eine alte Dame, die sich auf den Arm ihres Stubenmädchens stützte. Und just neben Demba blieb sie stehen und ruhte aus. – Jetzt ging sie wieder. Endlich. Aber da kam schon wieder wer anderer die Treppe herauf!

Die Zeitungsausträgerin, die das Abendblatt brachte. Sie legte eine Zeitung vor die Tür des zweiten Stockwerks und ging dann in den dritten Stock hinauf.

Bevor sie nicht wieder unten ist, darf ich nichts machen, da heißt's einfach warten –, dachte Demba. Gelangweilt blickte er auf die Zeitung hinunter, die auf der Strohmatte zu seinen Füßen lag, las gleichgültig eine in großen Lettern gedruckte Aufschrift: »Rücktritt des ungarischen Ministerpräsidenten«, und plötzlich durchfuhr es ihn, ob nicht schon –. Wie, wenn schon etwas in den Abendblättern steht von meiner Flucht durchs Fenster. Vielleicht steht schon ein langer Bericht darin, alles ganz genau, »der Täter entzog sich der Verhaftung durch einen verwegenen Sprung aus dem Dachbodenfenster in den Hof«, steht vielleicht drin, und »anscheinend blieb er unverletzt, die Polizei ist dem Flüchtling auf der Spur«. – Oder vielleicht steht gar dort: »Der Verdacht der Täterschaft lenkt sich auf einen gewissen Stanislaus D., Universitätshörer. Seine Verhaftung steht unmittelbar bevor.«

Voll Ungeduld und in maßloser Aufregung wartete Demba, bis die Zeitungsausträgerin die Treppe wieder hinunterging. Jetzt erst konnte er die Zeitung vom Boden aufnehmen. Hastig durchflog er sie.

Lokalnotizen. Wo sind die Lokalnotizen? Unter den Lokalnotizen muß es stehen. Da sind sie. Kleine Chronik. Sein Auge flog über die Spalte.

Musikalischer Zapfenstreich. – Die Generalversammlung des niederösterreichischen Jagdverbands auf Dienstag, den einundzwanzigsten, verschoben. – Filmbrand auf der Straße. – Oberinspektor Hlawatschek gestorben. – Ein seltenes Jubiläum. – Ein Selbstmordversuch, halt. Was ist das? »Die Gattin des Realschulprofessors Ernest W., Frau Kamilla W., hat gestern in ihrer in der Badenbergerstraße gelegenen Wohnung Veronal –« nichts! Weiter. Unfall in der Hauptwerkstätte der städtischen Straßenbahnen. – Die Tat einer Mutter. – Schluß.

Nichts steht noch in der Zeitung. Natürlich. Das hätt' ich mir gleich denken können. Wenn die Polizei sich blamiert, dann beeilt sie sich nicht mit der Veröffentlichung.

Lustig. – Demba faltete die Zeitung zusammen und legte sie vorsichtig zurück auf die Türschwelle.

Dann breitete er sein Taschentuch aus. Er glättete es, faltete es zusammen, daß es aussah wie eine Kompresse, und schlang es dann viermal um seine rechte Hand, daß nur die Fingerspitzen sichtbar blieben. Er fand zwei Sicherheitsnadeln in der Pelerine, mit denen er den Notverband befestigte, eine durchaus nicht einfache Arbeit, wenn man die Knöchel aneinandergefesselt hat. – So, jetzt war er fertig.

Eine vorzügliche Idee, dieser Verband an der Hand. Ein ausgezeichneter Einfall. – Demba beglückwünschte sich selbst zu dem ausgezeichneten Einfall. »Wirklich eine vortreffliche Idee«, sagte er, trat vor die Fensterscheibe und machte Verbeugungen gegen sein Spiegelbild. »Meine Anerkennung! Gestatten Sie, daß ich Ihnen die Hand drücke. Wie? Sie wünschen es nicht? Ich soll acht geben? Sie fürchten, der Verband könnte sich verschieben? Natürlich! Natürlich! Schade! Hätte Ihnen gern die Hand geschüttelt für die wirklich vorzügliche Idee!«

Demba verbeugte sich nochmals und lachte in sich hinein. Ein Messenger Boy, der mit einem Telegramm in der Faust die Treppe hinaufrannte, blieb stehen und blickte Demba verwundert an.

»Zwei Fliegen auf einen Schlag«, dachte Demba und stieg die Treppe hinauf. – »Jetzt sieht jeder sofort, daß ich die Hände nicht gebrauchen kann. Jetzt hab' ich endlich Ruhe. Und gleichzeitig hab' ich eine Entschuldigung, wenn ich ein paar Tage lang nicht komme. Mit schweren Brandwunden an den Händen kann ich keine Stunden geben. Das kann niemand von mir verlangen. Die Frau eines Arztes wird das wohl einsehen, sollte man meinen. Aber nun vorwärts! Keine Zeit verlieren!«

Im vierten Stock läutete Demba. Das Dienstmädchen öffnete.

»Ist die gnädige Frau zu Hause?«
»Nein.«
»Und der Herr Dozent?«
»Der ordiniert.«
Demba warf einen Blick in das Wartezimmer.
Zwei Damen und ein Herr saßen dort und lasen die Zeitschriften.
»Wann kommt die gnädige Frau zurück?«
»Ich werde das Fräulein fragen, die wird es wissen.« Das Stubenmädchen ging in Elly Beckers Zimmer. Demba hörte ein paar Walzertakte und die hellen Stimmen lachender Mädchen.
Gleich darauf kam Elly Becker selbst heraus. Sie war stark kurzsichtig und beguckte Demba durch ihr Lorgnon.
»Guten Tag, Herr Demba! Sie suchen die Mama? Sie ist Besorgungen machen gegangen.«
»Das ist unangenehm«, sagte Demba. »Ich hätte dringend mit ihr zu sprechen. Wird die Frau Mama lange ausbleiben?«
»Regnet es schon draußen?« fragte Elly.
»Ja.«
»Dann wird sie gleich da sein, wie ich sie kenne. Wollen Sie nicht inzwischen zu uns hereinkommen?«
»Sie haben Gäste, Fräulein Elly.«
»Nur zwei Freundinnen. Ich mache Sie bekannt.«
»Ich bin gar nicht danach angezogen.«
»Aber keine Umstände!« Elly öffnete die Zimmertür. »Noch ein Besuch!« rief sie hinein.
»Ein Tänzer?« fragte das eine der beiden jungen Mädchen.
»Leider nein«, sagte Demba in der Tür.
»Tänzer ist er keiner. Aber deklamieren wird er uns etwas«, sagte Elly und stellte vor. »Doktor Stanislaus Demba. – Meine Freundin Viky, meine Freundin Anny.«

Weder Fräulein Viky noch Fräulein Anny schienen entzückt zu sein, Stanislaus Demba kennengelernt zu haben, der allerdings in seiner alten, vom Regen durchnäßten Pelerine, die er nicht abgelegt hatte, eine unmögliche Figur machte. Viky, ein hochaufgeschossener Backfisch mit kurzem, in der Mitte gescheiteltem blondem Haar, nickte zur Begrüßung nur nachlässig mit dem Kopf. Anny, ein kleines, mageres Mädchen mit Sommersprossen und einer Brille, unterbrach gar nicht erst ihr Klavierspiel. Demba nahm auf dem Sofa Platz und schien das abweisende Benehmen der beiden jungen Mädchen nicht zu merken oder nicht zu beachten.

Die Tochter des Hauses hingegen empfand die Notwendigkeit, die Stimmung zugunsten Dembas zu verbessern. Sie stieß zu diesem Zweck ihre Freundin Viky mit dem Ellbogen an und flüsterte: »Wenn er deklamiert, ficht er mit beiden Armen herum. Gib acht, das wird ein Spaß.«

Demba hörte sie flüstern und wurde unruhig. Sein Unbehagen erhöhte sich, als das Stubenmädchen Sandwiches, Bäckereien und eine Tasse Tee vor ihn hinstellte. Er blickte bald den Tee, bald den Sandwichesteller an und wußte nicht, was mit den Dingen beginnen. Zudem begann jetzt Elly ihn zum Zugreifen aufzumuntern.

»Bitte, bedienen Sie sich doch, Herr Demba. Und warum legen Sie nicht ab?«

Jetzt entschloß sich Demba, die erste Probe auf die Tragfähigkeit seines ausgezeichneten Einfalles zu machen.

»Ich lege lieber nicht ab, Fräulein Elly. Es wäre kein angenehmer Anblick für Sie.«

»Warum denn?«

»Meine Arme sind bis zu den Schultern hinauf bandagiert. Ich habe Brandwunden auf beiden Armen und muß einen Rock ohne Ärmel tragen.«

»Lieber Gott! Was ist Ihnen denn zugestoßen?«

»Mein Zimmerkollege ist gestern abend dem Fenstervorhang mit der Kerze zu nahe gekommen, und das Zeug hat gleich Feuer gefangen. Wir haben die brennenden Stücke mit den Händen losgerissen, und dabei hab' ich mir die Brandwunden zugezogen. Sehen Sie!« Demba steckte die mit dem Taschentuch umwickelte Hand vorsichtig unter dem Mantel hervor.

»Lassen Sie die Hand! Bewegen Sie sie nicht!« rief Elly ängstlich. »Warten Sie, ich werde Sie bedienen. Bleiben Sie nur ganz ruhig.«

Sie nahm eines der belegten Brötchen, hielt es Demba vor den Mund und ließ ihn abbeißen.

Demba, der tagsüber nur zweimal Gelegenheit gefunden hatte, etwas zu sich zu nehmen, und das nur in aller Hast und bedrückt und behindert durch das Gefühl, beobachtet zu werden, aß jetzt mit Appetit und empfand lebhafte Genugtuung über den Erfolg seines Experiments. Als ihm die Tochter des Hauses auch eine Zigarette in den Mund steckte, fühlte er sich geradezu wohl. Er hatte, ein starker Raucher, den gewohnten Genuß den ganzen Tag über schwer entbehrt.

»Haben Sie Schmerzen?« fragte Elly.

»O ja«, sagte er. Die Knöchel taten ihm weh. Sie mußten durch den Druck der Stahlringe wundgerieben sein. Auch in den geschwollenen Fingern fühlte er ein Brennen und Stechen, als wühlten hundert Nadelspitzen in seinem Fleisch. Ein dumpfer Schmerz in seinem Oberarm zog sich bis an die Schultern.

Anny und Viky waren näher gekommen und betrachteten Demba mit Interesse. Auch das Stubenmädchen, daß den Tisch abräumte, warf mitleidige Blicke auf die verbundene Hand.

Anny näherte ihre Brille dem Verband.

»Das sind keine Brandwunden«, sagte sie plötzlich.

Demba ließ die Zigarette aus dem Mund fallen und verzog das Gesicht, als wäre ihm eine Mücke ins Auge geflogen.

»Mir machen Sie nichts vor«, sagte Anny und rückte ihre Brille zurecht.

Demba warf einen Blick auf die Tür und berechnete, daß er im Notfall in zwei Sätzen draußen sein konnte.

»Sie haben ein Duell gehabt«, erklärte Anny mit Bestimmtheit.

»Ach so«, sagte Demba mit merklicher Erleichterung.

»Hab' ich recht oder nicht?« fragte Anny. »Mir müssen Sie keine Märchen erzählen. Mein Bruder ist nämlich grüner Alemanne.«

»Aber Sie irren sich. Es sind wirklich nur Brandwunden«, versicherte Demba.

»Kann schon sein, daß Sie sich die Finger verbrannt haben«, meinte Viky ironisch.

»Prim oder Terz?« fragte Elly mit der sachverständigen Miene eines Fechtmeisters.

»Eine Sext«, erklärte Demba.

»Also gestehen Sie's doch ein!« riefen alle drei wie aus einem Mund.

»Aber nein!« sagte Demba. »Es sind nur Brandwunden. Ich bin ein Opfer des Leichtsinns meines Zimmerkollegen.«

»Ist er blond oder brünett?« wollte Viky wissen.

»Wer denn? Miksch?«

»Der Leichtsinn Ihres Zimmerkollegen.«

Alle drei begannen zu lachen.

»Ist er alt oder jung, der Leichtsinn?« fragte Elly.

»Hast du denn nicht gehört?« rief Viky. »Der ›jugendliche Leichtsinn‹ hat er doch gesagt.«

»Also, wie war es, Herr Demba«, drängte Elly. »Erzählen Sie! Fangen Sie an. Wir hören alle zu. Also: So stand ich, und so führt' ich meine Klinge –

Demba fand, daß man sich mehr, als es guttat, mit seiner Person beschäftigte. Er versuchte das Gespräch auf das Duell im allgemeinen hinüberzulenken. Viky gab die Erklärung ab, daß das Duell vom Standpunkt eines Menschen des zwanzigsten Jahrhunderts aus betrachtet eine ganz, aber schon ganz sinnlose Einrichtung sei. Elly gab das zu, meinte aber, man müsse die Mensuren als Sport nehmen, und da erfüllten sie ihren Zweck. Anny erzählte eine längere Geschichte von einem Bekannten, der an einem einzigen Tag drei Gegner abgeführt hätte, und ließ durchblicken, daß sie selbst der unschuldige Anlaß dieser Affäre gewesen sei. Sie nannte den Namen dieses verwegenen Kämpfers und wollte wissen, ob Demba ihn kenne.

Demba hatte nicht zugehört. Er hatte mit Ellys Hilfe die Sandwichesschüssel geleert und zuletzt ein paar Bissen von einem mit stark gewürztem Fleisch belegten Brot gegessen. Jetzt verspürte er plötzlich heftigen Durst. Er benützte die Gelegenheit, daß die Aufmerksamkeit aller drei Mädchen durch einen Fächer mit zahllosen Unterschriften, Widmungen und Versen, den Elly Becker herzeigte, in Anspruch genommen war, um sich vorsichtig mit den Händen an ein Wasserglas heranzupirschen, als die Tür aufgestoßen wurde und ein Bernhardiner ins Zimmer trottete, der sein regendurchnäßtes Fell schüttelte und von Anny, Viky und Elly stürmisch begrüßt wurde. Gleich darauf kam das Stubenmädchen und teilte Herrn Demba mit, daß die gnädige Frau nach Hause gekommen sei.

Frau Dr. Becker war eine Dame von ausgeprägtem Wohltätigkeitssinn. Sie war teils Vorstandsdame, teils Mitglied verschiedener Wohlfahrtsvereine, versammelte mehrmals im Monat eine Anzahl Damen zu Ausschußberatungen, Vorbesprechungen und Komiteesitzungen in ihrer Wohnung und hatte die Gewohnheit, von jedem ihrer Spaziergänge kleine Straßenhausierer und bettelnde Kinder mit nach Hause zu bringen, die vorerst durch eine mit Gründlichkeit vorgenommene Reinigung eingeschüchtert und dann durch Kaffee, Obst und Semmeln teilweise entschädigt wurden. Auch heute standen zwei kleine Buben mit ängstlichen Gesichtern im Vorzimmer in der Nähe der Tür. Ihre Schuhriemen und Englischpflaster hielten sie noch in den Händen. Ein drittes Kind wurde offenbar gerade gesäubert, denn aus der Küche kamen durchdringende Schreie und das laute Schelten der Köchin.

Frau Dr. Becker hatte sich bereits umgezogen, saß in ihrem Zimmer und trank Tee, als Demba eintrat.

»Ja, was sind das für Sachen!« rief die kleine, bewegliche Dame Demba entgegen. »Das Stubenmädchen hat mir schon erzählt – was ist denn eigentlich geschehen?«

»Ein kleiner Unfall, weiter nichts, gnädige Frau.« Demba erzählte seinen Roman von der Kerze und dem brennenden Fenstervorhang, erfand noch ein paar infolge der Hitze gesprungene Fensterscheiben hinzu und lieferte die genaue Beschreibung eines Strohsessels, der gleichfalls Feuer gefangen hatte. Er dachte daran, einen Kanarienvogel, den er mit Gefahr des Lebens samt dem Käfig aus dem Bereich des Feuers in Sicherheit gebracht hätte, hinzuzudichten, sah aber schließlich davon ab, um seiner Erzählung nicht einen sentimentalen und romantischen Einschlag zu geben.

»Sollte man denken, daß solche Unvorsichtigkeit möglich ist?« sagte Frau Dr. Becker. »Sie können wirklich Gott danken, daß Sie so davongekommen sind. Lassen Sie die Hand einmal anschauen.«

Das war Demba nicht recht. Mißtrauisch brachte er seine Hand zur Hälfte aus dem Mantel hervor.

Die Doktorsgattin schlug entsetzt die Hände zusammen. »Aber ist denn das ein Verband?« rief sie. »Das kann Ihnen doch unmöglich ein Arzt gemacht haben!«

»Mein Zimmerkollege hat mir den Verband angelegt. Er ist Mediziner.« Demba sah mit Verdruß, daß seine Idee, sich Verletzungen an den Händen anzudichten, keineswegs eine sehr glückliche gewesen war. Alle Welt beschäftigte sich jetzt ausschließlich mit seinen Händen, denen er doch ein gewisses Maß von Ruhe und stiller Abgeschiedenheit hatte verschaffen wollen.

»Ich will Ihnen etwas sagen. Sie gehen jetzt zu meinem Mann hinüber und lassen sich einen anständigen Verband machen«, entschied Frau Dr. Becker.

Demba wurde bleich wie Käse.

»Das geht nicht«, stotterte er. »Ich kann doch nicht —«

»Glauben Sie nicht, daß mein Mann das besser machen wird als Ihr Herr Kollege?«

Demba wand sich auf seinem Sessel.

»Das schon«, sagte er. »Ich möchte nur nicht die Zeit des Herrn Dozenten —«

»Ach, Unsinn!« unterbrach ihn die Frau des Arztes. »In zwei Minuten ist mein Mann damit fertig. Er wird Sie gleich vornehmen.«

Sie nahm das Hörrohr des Haustelephons, das ihr Zimmer mit dem Ordinationsraum ihres Mannes und mit der Küche verband.

»Rudolf!« sagte sie. »Ich schick' dir jetzt den Herrn Demba. Bitte, nimm ihn gleich vor. Er hat sich Brandwunden an den Händen zugezogen. — Ja. — Also er kommt gleich.« — Sie legte das Hörrohr fort. »So, Herr Demba.«

»Ich bin eigentlich nur gekommen —«; Demba schluckte und suchte nach Worten. »Ich wollte Sie bitten, gnädige Frau, ob ich nicht mein Monatssalär schon heute, trotzdem noch nicht der Erste ist, weil ja —«

Er hielt verlegen inne. Frau Dr. Becker dachte ein wenig nach und griff dann wieder nach dem Hörrohr.

»Du, Rudolf! Geh bitte, gib dem Herrn Demba sein

Monatsgehalt, wenn er kommt. Achtzig Kronen. Sei so gut, ja? Ich hab' mein Portemonnaie nicht bei der Hand.«

Geschlagen auf der ganzen Linie, verließ Demba das Zimmer.

Im Vorzimmer standen noch zwei von den Kindern. Das eine hatte die Vorhölle des Gewaschenwerdens bereits hinter sich, hielt ein Butterbrot in der einen, einen Apfel in der andern Hand. Der kleine Bub neben ihm horchte unruhig nach der Küche hin. Jetzt sollte offenbar die Reihe an ihn kommen. Mit einem Male raffte er seine beiden Bündel Schuhriemen vom Fußboden auf, öffnete rasch die Wohnungstür und machte sich aus dem Staub.

Hinter ihm schlich Demba lautlos zur Tür hinaus.

Beide rannten die Treppe hinunter. Im ersten Stockwerk blieb Demba stehen, riß das Taschentuch von der Hand herunter und versuchte, es in die Tasche zu stopfen. Als ihm dies nicht gleich gelang, schleuderte er es mit einem Fluch zu Boden.

15

Dr. Rübsam war als erster gekommen. Er hatte nicht lang' warten müssen. Es regnete in Strömen, und früher als sonst fanden sich die andern zu der allabendlichen Bukidominopartie ein. In dem kleinen reservierten Zimmer des Café Turf, in das man durch eine sorgfältig verhängte und von einem Pikkolo bewachte Tür eintrat, saßen heute elf Personen.

Der rothaarige Postbeamte war wieder da, der tags zuvor geschworen hatte, daß er sich heute zum letztenmal mit dieser Bande von Bauernfängern an einen Tisch gesetzt habe. Dann der Geschäftsreisende, der immer bei Geld und doch seit zwei Jahren stellungslos war. Der Kellner aus dem Praterwirtshaus, der die Trinkgelder, die er die Woche über eingenommen hatte, an seinem dienstfreien Abend hier verspielte. Die Frau Suschitzky, die ehemalige Heiratsvermittlerin, die in der Gegend zwischen der Augartenbrücke und dem Praterstern überall bekannt und jetzt zur Vermietung ungenierter Absteigequartiere übergegangen war, aber auch der Vermittlung kurzfristigerer Gelegenheiten nicht durchaus ablehnend gegenüberstand. Der Häuseragent, der »Durchlaucht« genannt wurde – ohne ersichtlichen Grund übrigens, denn er bezahlte seine Spielverluste durchaus nicht in der Haltung eines Großfürsten. Der Rechnungsfeldwebel, der in tschechischer Sprache lasterhaft fluchte, wenn statt seiner ein anderer gewann. Der »Herr Redakteur«, der auf die Frage, für welches Blatt er arbeite, immer mit wegwerfender Gebärde zur Antwort gab: »Für alle!« Der Sparkassenbeamte, der mit seinem Hund und seiner

Freundin erschien, dem Hund vorn Pikkolo Wursthäute, der Freundin ein paar zerlesene Zeitschriften bringen ließ, um sie dann beide im Eifer des Spieles gänzlich zu vergessen; und schließlich Hübel, der halbverbummelte Mediziner, der noch nicht, und Dr. Rübsam, der schon lange nicht mehr Doktor war.

Dr. Rübsam hielt die Bank und gewann natürlich wieder einmal. Zu Beginn des Spieles hatte er drei zerknitterte Zehnkronennoten aus der Brieftasche genommen und als Betriebskapital vor sich auf den Tisch gelegt, eine lächerlich geringe Summe für eine Partie, in der er dem Gewinner dreifaches Geld auszahlen mußte. »Mit dem Geld will ich heut sechshundert Kronen gewinnen«, hatte er zu Beginn der Partie mit aufreizender Offenheit gesagt. »Ich geb's nicht billiger. Genau soviel hab' ich gestern beim Rennen verspielt. Das muß ich wieder hereinbringen.« Und jetzt, während des Spiels, fragte er, sooft er den Einsatz der anderen einstrich: »Hab' ich schon gesagt, daß ich heut sechshundert Kronen gewinnen will? Setzen Sie, meine Herren! Setzen! Setzen! In dem Tempo komm' ich heut nicht zu meinem Geld!«

Der Postbeamte, der Feldwebel und die Suschitzky kochten vor Wut, denn Dr. Rübsam gewann wirklich. Auf seinem Platz häufte sich das Geld. Hie und da nahm er ein paar Banknoten vom Tisch weg und brachte sie in seiner Tasche in Sicherheit. Auf dem Stuhl neben ihm lagen seine Aktentasche, ein Paar abgenutzte Manschetten, die er der Bequemlichkeit halber abgelegt hatte, seine Zigarre und eine goldene Uhr, auf die er hin und wieder einen Blick warf. Bis acht Uhr abends wollte er spielen, nicht eine Minute länger. Um acht Uhr abends mußte er »zur Sitzung«, hatte er gesagt. Niemals versäumte Dr. Rübsam, sich solch einen Termin zu setzen. Er entging auf diese Art dem Drängen nach Revanche, bei der er das gewonnene Geld hätte höchst überflüssiger- und unnützerweise nochmals aufs Spiel setzen müssen, und entzog sich gleichzeitig den Herzenstönen der Frau Suschitzky, die ihm immer nach der Partie mit beweglichen Klagen einen Teil der Beute abzunehmen versuchte.

An die »Sitzung« glaubte natürlich niemand. Seit seiner Verurteilung, die ihn den Doktorgrad und das Recht auf Ausübung der Advokatur gekostet hatte – er hatte an einem seiner Klienten Erpressungen begangen –, lebte er von seinen und anderer Leute Renten, und die Aktentasche trug er nur aus alter Gewohnheit mit sich herum. Zu den Kosten seiner Lebenshaltung trugen nun Staat und Gesellschaft in vielerlei Formen bei: Der Sparkassenbeamte lieferte ihm pünktlich seine Gehaltsvorschüsse ab; die Unterstützungen, die der Reisende von der Mutter seiner Frau erhielt, fanden auf dem Umweg über das Bukidomino gleichfalls den Weg in Dr. Rübsams Taschen, ebenso wie die zahlreichen Nebeneinkünfte des Rechnungsfeldwebels und die Steuern, die Frau Suschitzky der genußfrohen *Jeunesse dorée* der Leopoldstadt auferlegte. Staat und Ärar, Kommerz und Lebewelt wirkten einträchtig zusammen, um Dr. Rübsam eine standesgemäße Lebensführung zu ermöglichen.

Die Dominosteine klapperten, die wütend auf den Tisch geschleuderten Silbergulden klirrten, der Regen schlug an die Scheiben, und von den Überziehern und Schirmen an der Wand floß das Regenwasser in dünnen Bächen, die sich auf dem Fußboden zu kleinen Teichen vereinigten. Dr. Rübsam machte trotz des Aufruhrs der Elemente ein höchst zufriedenes Gesicht. Die Stimmung gegen ihn wurde immer gereizter, aber zu den sechshundert Kronen fehlte nicht mehr viel, und er blickte immer häufiger auf seine goldene Uhr.

Der Pikkolo steckte den Kopf zur Tür herein.

»Herr Doktor werden verlangt.«

»Wer? Ich?« Dem Doktor, der gerade die Dominosteine austeilte, waren Störungen während seiner Geschäftsstunden sehr unwillkommen.

»Nein. Herr Doktor Hübel.«

Der lange Mediziner stand auf. Er hielt einen Zehnkronenschein zwischen den Fingern und überlegte gerade, ob er diesen letzten Rest seiner Barschaft auf einmal riskieren sollte.

»Mich will jemand sprechen?« fragte er zerstreut.

»Ja. Der Herr wartet draußen.«

»Sagen Sie ihm, ich sei gerade fortgegangen«, entschied er auf alle Fälle.

»Ich hab' aber schon gesagt, daß Herr Doktor hier sind!«

»Esel!« schrie Hübel und ging voll böser Ahnungen hinaus.

Richtig. Da stand Stanislaus Demba.

»Servus, Demba«, begrüßte ihn Hübel ohne großen Enthusiasmus. »Woher weißt du, daß ich hier bin?«

»Ich war bei dir zu Hause, aber du warst fort. Ich dachte mir, daß ich dich hier finden werde.«

»Dein Scharfsinn ist bewunderungswürdig. Aber gib dich um Gottes willen keinen übertriebenen Hoffnungen hin.« Er zeigte die zerknitterte Zehnkronennote. »Siehst du, so seh' ich aus. Das ist alles, was ich habe.«

Demba wurde blaß. »Aber du hast mir doch für heute das Geld versprochen!«

»Du hättest eine Stunde früher kommen müssen, eh' ich mich zum Spielen niedersetzte. Jetzt hat mich schon der Dr. Rübsam in Kost und Quartier gehabt. Das kommt von deiner Unpünktlichkeit«, erklärte Hübel mit einem schwachen Versuch, die Sache ins Scherzhafte zu ziehen.

»Ich hab' auf das Geld gerechnet!« sagte Demba und bekam einen starren Blick.

»Wieviel bin ich dir denn eigentlich schuldig?« fragte Hübel zerknirscht.

»Vierzig Kronen«, sagte Demba.

»Es tut mir leid!« sagte Hübel. »Ich habe Pech gehabt. Nimm auf jeden Fall diese zehn Kronen, sonst frißt sie der Dr. Rübsam, dieser schwere Granat, auch oder ein anderer von den Galeristen drin.«

Soweit verstand Demba das Rotwelsch der Bukispieler, um zu wissen, daß unter »Granat« ein Halsabschneider und unter den »Galeristen« Spielratten von Beruf zu verstehen waren.

Er nickte mit dem Kopf, nahm aber das Geld nicht. »Was mach' ich mit zehn Kronen!« sagte er bekümmert. »Zehn Kronen! Ich brauch' viel mehr!«

Hübel wußte keinen Rat.

»Kannst du dir nicht von deinen Freunden etwas ausleihen?« fragte Demba mit einem Blick auf die Tür.

»Von denen?« Hübel winkte abwehrend mit der Hand. »Da kennst du diese Leute schlecht. Hier borgt keiner dem andern.«

»Was jetzt?« fragte Demba ratlos.

»Weißt du was?« rief Hübel. »Versuch's einmal mit dem Buki. Vielleicht hast du mehr Glück als ich.«

Demba schüttelte heftig den Kopf.

»Beim Buki ist alles nur Glück«, versicherte Hübel. »Da können aus zehn Kronen leicht hundert werden und auch noch mehr.«

»Nein«, sagte Demba, »ich rühre keine Karten an.«

»Es sind gar keine Karten. Buki wird mit Dominosteinen gespielt, du Ignorant.«

»Ich verstehe das Spiel ja gar nicht«, sagte Demba.

»Da gibt's nichts zu verstehen«, erklärte ihm Hübel eifrig. »Gewöhnliches Domino. Das kennst du doch. Nur daß man auf die vier Spieler setzen kann, wie auf Rennpferde. Du mußt gar nicht mitspielen, du brauchst bloß zu setzen.«

Demba war unentschlossen.

»Hundert Kronen hat gestern die Suschitzky gewonnen, ohne einen Finger zu rühren«, erzählte Hübel.

Ohne einen Finger zu rühren! Das gab den Ausschlag.

»Eigentlich hab' ich mir schon immer einmal das Spiel anschauen wollen«, meinte Demba.

»Also komm!« sagte Hübel und schob ihn zur Tür hinein.

Dembas Erscheinen im Spielzimmer fand anfänglich wenig Beachtung. Fremde Gesichter wurden zwar beim »Buki«-Spiel höchst ungern gesehen, da aber Demba von Hübel eingeführt wurde, gab es keine Schwierigkeiten. Die Aufnahmeformalitäten waren von sehr einfacher Art und vollzogen sich glatt:

»Hat er Marie?« erkundigte sich Dr. Rübsam.

Hübel machte mit der hohlen Hand ein Zeichen, daß Demba Geld genug habe. »Wie Mist«, setzte er hinzu.

»Dann ist's gut«, sagte Dr. Rübsam, und die Sache war erledigt.

»Pech! Pech! Verfluchtes, elendes Pech!« schrie in diesem Augenblick der Postbeamte, der zum viertenmal seinen Einsatz verloren hatte und nun, da er kein Geld mehr besaß, außer Gefecht gesetzt war.

»Das ist Musik in meinen Ohren«, sagte Dr. Rübsam vergnügt und strich das Geld ein. »Setzen, meine Herren, setzen, setzen! Das Geschäft geht flau.« Er rieb sich die Hände, zwinkerte Demba zu und fragte: »Haben Sie schon eingekocht, junger Mann?«

Demba sah ihn an. Er bemerkte mit einer Art Unbehagen, daß Zeige- und Mittelfinger an des Doktors behaarter Hand verkrüppelt waren.

»Ob du schon gesetzt hast, Demba, fragt der Herr Doktor«, erklärte Hübel. »Auf wen soll ich setzen?«

»Auf wen du willst«, sagte Demba und sah noch immer voll Schauer auf des Doktors Finger, die ihn ängstigten und erschreckten.

»Alles auf einmal?«

»Ja. Setz alles auf einmal.«

Vier Reihen Dominosteine lagen auf dem Tisch. Die nahmen am Spiel nicht teil. Jede Reihe repräsentierte einen der Spieler. Hübel schob den Zehnkronenschein in den Spalt zwischen die zweite und dritte Reihe und hatte damit auf den Sieg »Semmelbrösels« gewettet, des Kellners, der diesen Spitznamen einer Unzahl gelblicher Gesichtspickel verdankte, die ihm auf den Wangen und auf dem Kinn standen. Das Spiel nahm seinen Anfang, und der »Herr Redakteur« startete unter allgemeiner Spannung mit dem ersten Stein.

Demba wandte sich ab. Er wollte nicht wissen, was mit seinem Geld geschah. Er suchte irgend etwas, worin er lesen konnte, um nicht sehen und nicht hören zu müssen, eine Zeitung oder ein illustriertes Blatt. Aber nur eine Nummer der »Österreichischen Kaffeesiederzeitung« hing an der Wand. Und die begann Demba zu lesen.

Annoncen. Gleich auf der ersten Seite. Hundertfünfzig grüne Stühle für einen Gasthausgarten bot einer an. Schnäpse, prima Qualität, wollte ein zweiter liefern. Ein Orchestrion hatte ein anderer zu vergeben. Kristalleis! Hunderttausend Papierservietten! Zigarrenanzünder! Praktisch! Modern! gellte es durch die Spalten. Geld wollte ein jeder verdienen, alles schrie, alles drängte sich vor, die Welt war ein großer, runder, grünüberzogener Spieltisch, von Schnäpsen befleckt, von Zigarrenasche beschmutzt, Silber klirrte, Papiergeld flatterte, hinter jedem Gulden, der durch die Welt rollte, waren schon tausend gierige Hände her, behaarte Hände mit verkrüppelten Fingern, die dennoch zu greifen verstanden, wie Polypenarme – und in all dem Wirrsal von Hast, Schacher, Gewinnsucht, Wucher und Betrug hatte er, Demba, sich unterfangen, seine Hände schüchtern nach seinem Teil auszustrecken, nach einer armseligen Handvoll Geld, um die sich tausend andere geballte Fäuste rauften, die ihn fortstießen und beiseite drängten. Und Demba wurde plötzlich mutlos und verzagt und gab seine Sache auf und wollte sich voll Scham über seinen kläglichen Versuch heimlich zur Tür hinausschleichen.

Da kam vom Spieltisch her mit einem Male Lärm und Geschrei. Die Suschitzky nannte einen von den Spielern einen ordinären Gauner, der dem Rübsam einen »Zund gegeben« habe. Der Redakteur rief. »Jetzt versteh' ich alles!« »Semmelbrösel« zeterte unausgesetzt: »Mein Geld will ich endlich haben!« Und neben Demba stand der Mediziner, hielt Geld in der Hand und sagte:

»Siehst du, Demba. Was hab' ich gesagt? Du hast gewonnen.«

»Wieviel?« fragte Demba, ohne aufzusehen.

»Dreißig Kronen. Dreifaches Geld.«

Demba schwieg.

»Was jetzt?« fragte Hübel.

»Weiter setzen«, sagte Demba.

»Alles?«

»Ja.«

»Herrschaften, Ruhe!« schrie jetzt Dr. Rübsam. »Ruhe!« sekundierte ihm Hübel. Der Lärm verstummte nach und nach, nur Frau Suschitzky erging sich noch eine Weile in Anklagen und Verdächtigungen, aber das Spiel nahm seinen Fortgang.

Noch immer zwang sich Demba, nicht hinzusehen. Er starrte in die Zeitung, las Worte und Zeilen, ohne sie zu verstehen, und horchte nach dem Spieltisch hin. Die Dominosteine klapperten, der Reisende schlürfte geräuschvoll seinen schwarzen Kaffee, und die Frau Suschitzky sagte plötzlich ernst und feierlich wie ein Gebet:

»Hallum-Drallum.«

»Wieso denn Hallum-Drallum?« protestierte der Postbeamte. »Sind denn auf beiden Seiten acht? Rechts ist doch sieben!«

»Wer ist das: Hallum-Drallum?« – fragte sich Demba seltsam erregt. Wer ist das: Hallum-Drallum? – bohrte es ihm quälend im Hirn. Und plötzlich wußte er es: Der Kriegsgott der Tataren. Und das Bild eines kleinen, dickbäuchigen Mannes formte sich vor seinem Auge, eines Mannes mit fahlem Gesicht, das über und über mit gelben Pickeln übersät war, mit wulstigen Lippen und glotzenden Augen. Mit bunten Fetzen behängt stand er da, mit haarigen Händen, ein dicker, geflochtener Zopf hing ihm in den Nacken – Hallum-Drallum, der Kriegsgott der Tataren – nein! Der Gott des Geldes selbst, zu dem sie alle beteten, die andern dort, da stand er und blickte ihn grinsend an und grölte: Du willst mein Geld, du Narr? Was hast du anzubieten? Kristalleis? Gartenstühle? Papierservietten? Nichts? Gar nichts? Dann bücke dich vor mir, bücke dich, du Zwerg! Tiefer! Tiefer!

Und Stanislaus Demba bückte sich um des Geldes willen gehorsam, tief und demütig, vor der leeren Wand, auf der nichts zu sehen war als sein eigener Schatten und der Fetzen eines abgerissenen gelblichfahlen Stücks Tapete.

»Ich bin fertig!« rief der Kellner in diesem Augenblick, und sofort brach ein Lärm los, alles schrie durcheinander, die Suschitzky rief mit gellender Stimme: »Das gibt's nicht! Sie kommen nicht an die Reihe!«

»Schwindel!« brüllte der Postbeamte und schlug mit der Faust auf den Tisch.

»Aber der Doktor hat doch ›weiter‹ gesagt«, jammerte der Kellner.

»Betrug! Betrug!« heulte der Postbeamte.

»Ruhe!« überschrie ihn Dr. Rübsam. »Wer sagt: Betrug? Ich verliere doch auch mein Geld!«

Wieder stand Hübel neben Demba, zupfte ihn am Ärmel und sagte:

»Du hast zum zweitenmal gewonnen.«

»So?« – Demba war nicht überrascht und nicht erstaunt.

»Neunzig Kronen. Soll ich weitersetzen?«

»Ja«, nickte Demba.

»Wieviel?«

»Alles.«

»Bist du toll?« fragte Hübel.

»Ja.«

»Du hasardierst!«

»Das tu' ich heute schon den ganzen Tag.«

»Mir kann's recht sein. Aber dreimal hintereinander wirst du nicht gewinnen.«

Er trat an den Spieltisch. Die Orgie der Tobsucht und der Enttäuschung war vorüber. Ein neues Spiel hatte begonnen, neue Einsätze wurden gemacht, und Dr. Rübsam fuhr sich nervös mit der Hand über den kahlen Schädel: Er hatte in der letzten Partie mehr als die Hälfte seiner Barschaft verloren.

»Was ist damit?« fragte er und wies auf Dembas Geld.

»Bleibt liegen«, sagte Demba.

»Also: Geld auf Geld!« sagte Dr. Rübsam. »Sprechen Sie gefälligst deutsch!«

»Ja. Geld auf Geld«, bestätigte Hübel.

»Dann ist's gut«, sagte der Ex-Advokat. »Ich wollt' nur wissen —« Er legte einen Stein in die Mitte des Tisches, und das Spiel begann.

»Fort mit Schaden«, sagte die Suschitzky und schob ihren Stein an.

»Ich hab' alles«, erklärte der Redakteur mit Bezug auf seinen Vorrat an Dominosteinen.

Das Spiel ging weiter. Diesmal sah Demba gespannt und voll Erregung zu.

Da lagen seine neunzig Kronen, eingeklemmt in den Spalt zwischen zwei Reihen Dominosteinen. Und wenn er jetzt gewann, dann besaß er zweihundertundsiebzig Kronen. Abgegriffenes, zerknittertes Papier, das durch hundert schmutzige Hände gegangen war, und dennoch – Proteus Geld! – jedem der Menschen da, die über den Tisch gebeugt standen und es gierig mit den Augen verschlangen, erschien es in einer anderen lockenden Gestalt. Dem einen als durchjubelte, durchzechte Nacht, für den zweiten war es die längst schon fällige Wohnungsmiete. Für den dort hieß es: sich satt essen können, einen ganzen Monat hindurch. Der wieder wird es Nacht für Nacht in die Winkelgassen der Dirnen tragen, dieser da wird es verspielen, beim Rennen oder an der Börse, die vergräbt es unter dem Strohsack ihres Bettes – und für ihn, für Demba, was war es für ihn? Er gab sich Mühe, sich das auszumalen. An altersgraue Türme wollte er denken, an Domportale und steinerne Engel, die Geige oder Laute spielten, an schmale, winkelige Gassen einer italienischen Stadt, durch die er Arm in Arm mit Sonja ging. Aber seltsam: Keines dieser Bilder wollte ihm erscheinen. Nicht die Stadt, nicht die Türme, nicht die Geige spielenden Engel. Alles blieb farblos und verschwommen und zerfloß in nichts. Dafür kamen andere Visionen – die Gespenster der Wünsche, der Begierden, der Hoffnungen der anderen nahmen in seinem Gehirn Gestalt an. Dr. Rübsam saß lachend bei Zigeunermusik mit zwei dikken Weibern vor Champagnerflaschen. Ein leeres Zimmer war plötzlich da, kein Stück Möbel stand darin, nur ein Bett, ein riesengroßes Bett, in dem Raum war für die Luft der ganzen Stadt, und die Suschitzky holte verstohlen unter der Matratze Geld hervor und liebkoste es. Der Postbeamte hatte Teller aus Steingut mit Brot, Wurst und Käse vor sich auf einem ungedeckten Tisch und schlang mit vollen Bakken und hungrigen Augen Stück auf Stück hinunter. Und als die Wünsche und Begierden der anderen vor Dembas Augen grelles Leben gewannen und die seinen nicht, da begann er um sein Geld zu zittern und zu bangen, und es wurde ihm zur trostlosen Gewißheit, daß es verspielt war und daß es in diesem Augenblicke schon nicht mehr ihm gehörte, sondern dem Rübsam oder der Suschitzky.

»Gesperrt!« rief plötzlich der Redakteur, und die Suschitzky stieß im gleichen Moment ein Wehgeschrei aus:

»Gesperrt! Jetzt sitz' ich da, eingefroren mit drei Steinen.«

»Gesperrt? Wer sagt Ihnen das?« schrie der Kellner triumphierend und setzte seine zwei Steine an, einen rechts und einen links. »Den für Sonntag und den für Montag! Ich bin aus!«

»Mensch! Glückspilz! Du hast wieder gewonnen. Zweihundertsiebzig Kronen!« schrie Hübel Demba in die Ohren.

Der Advokat erhob sich. Es wurde still im Zimmer.

»Bitte. Ich zahl' alles aus«, sagte er mit belegter Stimme und griff in die Tasche.

»Ich bekomm' sechzig Kronen«, rief der Feldwebel.

»Ich fünfundvierzig!« schrie der Häuseragent.

»Ich auch fünfundvierzig. Ich wollt', ich hätt' sie schon«, sagte der Reisende.

»Ich zahl' alles aus«, rief Dr. Rübsam und fuhr sich mit der Hand über den kahlen Schädel. »Aber die Bank wird dann ein anderer übernehmen müssen. Ich kann nicht mehr Buki sein. Ich bin total abgebrannt.«

Er zog die Brieftasche und begann auszuzahlen.

»Die Bank soll jetzt ein anderer halten. Ich bin fertig mit meinem Geld. Außer, einer der Herren ist so gut und leiht mir hundert Kronen.«

Ein Hohngelächter war die Antwort auf diese Zumutung.

»Ich bitte, ich gebe Deckung. Meine Uhr«, sagte Dr. Rübsam, der jetzt unbedingt weiterspielen wollte, aufgeregt. »Meine Uhr ist unter Brüdern —«

Er wollte nach der Uhr greifen, fand sie aber nicht auf dem Sessel, auf den er sie gelegt hatte.

»Wo ist meine Uhr?« fragte er, fuhr sich nervös in alle Taschen und rückte den Sessel zur Seite.

»Meine Herren! Das hab' ich nicht gerne«, sagte er dann, indem er gewaltsam seine Unruhe zu verbergen suchte. »Mit meiner Uhr, bitte, keine Scherze.«

Er blickte sich um und sah erregt von einem zum andern.

»Also, da hört sich jeder Spaß auf«, rief er, als er keine Antwort bekam. »Da vertrag' ich keine Witze. Die Uhr will ich sofort wiederhaben.«

»Ich hab' sie nicht«, versicherte der Postbeamte.

»Ich auch nicht. Ich mache keine solchen Scherze«, erklärte der Redakteur.

»Ich habe nicht einmal gewußt, daß Sie eine Uhr haben«, rief der Feldwebel.

»Wo ist sie zuletzt gelegen?« fragte Semmelbrösel.

»Suchen Sie in Ihren Taschen, Doktor. Sie werden sie eingesteckt haben«, riet der Häuseragent.

Dr. Rübsam kehrte noch einmal, ganz gelb im Gesicht vor Angst, alle seine Taschen um, leuchtete dann mit einem Zündhölzchen unter den Tisch, fand auch da nichts und gab das Suchen auf.

»Es ist ein Skandal!« rief die Suschitzky.

Dr. Rübsam stellte sich jetzt in die Türe und erklärte:

»Kein Mensch geht zur Tür hinaus, bevor nicht meine Uhr wieder da ist. Das möcht' ich doch sehen, ob es möglich ist, daß einem am hellichten Tag —«

»Ich bin von meinem Platz nicht aufgestanden!« rief der Redakteur. »Das haben Sie doch gesehen, Doktor?«

»Gar nichts hab' ich gesehen!« rief Dr. Rübsam wütend. »Jetzt geht mir keiner hinaus!«

»Ich muß doch um acht in meiner Redaktion sein.«

»Das geht mich gar nichts an. Alles bleibt hier, so lange, bis ich meine Uhr wieder hab'.«

»Wollen Sie sagen, daß ich sie Ihnen gestohlen hab'?« protestierte der Sparkassenbeamte.

»Meine Herren! Einen Vorschlag!« rief Hübel. »Es liegt ja allen daran, festzustellen, daß unter uns kein Dieb ist. Ich schlage vor, daß wir uns einer nach dem anderen von Dr. Rübsam untersuchen lassen. Ich bitte«, schrie er laut in das Gewirr streitender Stimmen hinein, »das soll für niemanden eine Beleidigung bedeuten. Ich selbst will den Anfang machen.«

Er zog den Rock aus und kehrte die Taschen um. Dr. Rübsam untersuchte ihn. Nicht allzu sorgfältig. Er hatte einen bestimmten Verdacht: Die Suschitzky war einmal während des Spieles längere Zeit hinter ihm gestanden.

All das, was im Zimmer vorging, hatte Demba nicht beachtet und nicht gehört. Auf dem Spieltisch, auf dem sein Einsatz gelegen war, war jetzt eine ganze Anzahl Banknoten verstreut und Silbergeld dazu, zweihundertsiebzig Kronen, und die gehörten ihm. Wie eine Katze strich Demba um den Tisch herum. Wie mußte er es anstellen, daß das Geld in seine Hände und in seine Tasche kam! Den günstigsten Augenblick abpassen und blitzschnell danach langen – es sah so leicht aus, und dennoch! Demba wagte es nicht.

Der Sparkassenbeamte war jetzt an der Reihe, und die Untersuchung seiner Taschen förderte ein Taschenmesser, ein Zigarettenetui aus Karlsbader Sprudelstein, zwei Pariser Gummispezialitäten und eine Broschüre: »Die Kunst zu plaudern und ein Gespräch anzuknüpfen« zutage. Dann kam »Semmelbrösel«, der Kellner, daran, aber nur ein halbes Dutzend Photographien in Kabinettformat, die ihn selbst Arm in Arm mit einer ältlichen, sehr verliebt dreinsehenden Dame darstellten, kam ans Licht. Und jetzt wandte sich Dr. Rübsam an Stanislaus Demba.

»Darf ich bitten?« fragte er höflich.

Demba fuhr zusammen. »Was wollen Sie?«

»Nur eine Formalität natürlich«, sagte Dr. Rübsam. »Ich bin selbstverständlich vollkommen überzeugt – aber –«

»Was wollen Sie denn?« fragte Demba, ärgerlich über die Störung. Ihm war gerade in diesem Augenblick ein Mittel, das Geld in Sicherheit zu bringen, eingefallen. Er wollte Hübel bitten, das Geld vorläufig zu sich zu stecken, und das Weitere würde sich dann leicht finden.

»Bitte, also vielleicht zuerst den Mantel abzulegen«, sagte Dr. Rübsam. »Wie gesagt, es liegt mir fern, irgendwie – aber –«

Demba starrte ihn an und glaubte schlecht verstanden zu haben.

»Was sagen Sie da? Was reden Sie da von meinem Mantel –?«

»Ja. Ich bitte, ihn abzulegen.« Dr. Rübsam wurde ungeduldig.

»Ausgeschlossen«, sagte Demba.

»Was soll das heißen?« fragte Dr. Rübsam. »Sie wollen nicht?«

»Unsinn«, sagte Demba. »Lassen Sie mich in Ruhe.«

»Sehr verdächtig!« schrie der Postbeamte.

»Aha!« ließ sich Frau Suschitzky vernehmen.

»Wirklich, sehr merkwürdig«, stellte der Reisende fest.

»So also ist die Sache«, sagte Dr. Rübsam.

»Demba!« rief Hübel. »Du hast die Uhr?«

»Welche Uhr?« fragte Demba verwirrt.

»Die Uhr des Herrn Doktor.«

»Sie meinen doch nicht, daß ich Ihnen Ihre Uhr genommen habe?« rief Demba entsetzt.

»Nicht?« fragte Dr. Rübsam erstaunt und in nicht sehr überzeugtem Ton. »Ein Scherz vielleicht, dachte ich —«
»Aber das ist ja Unsinn!« beteuerte Demba.
»Aber dann lassen Sie sich doch untersuchen.«
»Nein«, stieß Demba hervor.
»Aber Demba. Es ist doch nur eine Formalität. Alle Herren werden sich —«
»Nein!« brüllte Demba und sah den Mediziner hilfeflehend an.
»So«, sagte da Dr. Rübsam. »Sie wollen nicht. Dann weiß ich, was ich zu tun habe.«

Er drehte Demba den Rücken und näherte sich dem Tisch.

»Ich werde mich nicht streiten«, sagte er ganz ruhig. »Wozu?«

Und mit einem plötzlichen Griff hatte er sich des Geldes, das auf dem Tisch lag, versichert.

Demba wurde aschfahl, als er sein Geld in Dr. Rübsams Händen sah. Die Wut der Verzweiflung kam mit einem Mal über ihn. Nein. Es durfte nicht sein! Es konnte nicht sein, daß der Mensch dort das Geld behielt. Jetzt – sich auf ihn stürzen, die Hände frei bekommen, ihm das Geld entreißen! Die Ketten mußten zerrissen werden! Auch Eisen ist nicht unbezwingbar, auch Stahl kann brechen. Und mit einer gewaltigen Anstrengung rebellierte er gegen seine Ketten, die Muskeln dehnten sich, die Adern schwollen, in höchster Not wurden seine Hände zu zwei Giganten, die sich empörten, die Kette knirschte –

Das Eisen hielt.

»Ich muß doch meine Uhr wiederbekommen. Helf, was helfen kann«, sagte Dr. Rübsam und schob mit nicht ganz reinem Gewissen Dembas Geld in seine Tasche. »Ich kann nicht anders. Not bricht Eisen.«

16

Und nun stand Demba auf der Straße, genarrt, gestrandet, um das Geld geprellt und um die letzte Hoffnung betrogen.

Es regnete. Er verspürte brennenden Durst, und die Hände schmerzten ihn, die Knöchel vor allem und die Finger. Er war mutlos und so müde, daß er keinen anderen Wunsch mehr hatte, als endlich zu Hause zu sein, um den Kopf unter der Bettdecke zu verbergen, an nichts zu denken und zu schlafen.

Er hatte sich seinen gefesselten Händen zum Trotz um des Geldes willen in den Wirbel des Alltags gewagt. Und der tollgewordene Tag hatte ihn ohne Erbarmen durch die Stunden gehetzt, ihn wie eine hilflose Nußschale hin und her geschleudert, und jetzt war Stanislaus Demba müde, gab den Kampf auf und wollte schlafen.

»Wenn ich dir heute abend das Geld nicht auf den Tisch lege, dann magst du in Gottes Namen mit dem Georg Weiner fahren«, hatte er am Morgen gesagt. Und so weit war es nun. Er hatte das Geld nicht, und er wollte keinen Versuch mehr machen, es zu erlangen.

»Sie mag fahren«, sagte er im Gehen zu sich selbst und zuckte die Achseln. »Ich halte sie nicht. Bis heute abend um acht Uhr ist sie verpflichtet, auf mich zu warten. Länger nicht. *Fair play.* Ich habe getan, was ich konnte, aber ich habe keinen Erfolg gehabt. Eine straffe Organisation tückischer Zufälle stand gegen mich, ein Trust bösartiger Ereignisse. Jetzt ist Sonja frei. So ist es ausgemacht, und ich halte mein Wort. *Fair play.*«

Ein Gefühl der Genugtuung überkam Demba bei dem

Worte *fair play,* und er nahm im Gehen die Haltung eines Mitgliedes des Jokerklubs an, der eben im Begriffe ist, ohne seine Miene zu verziehen, Ehrenschulden von beträchtlicher Höhe zu begleichen.

»An der weiteren Entwicklung der Dinge bin ich ja glücklicherweise desinteressiert«, sagte Demba leise und beflügelte seine Schritte. »Völlig desinteressiert.« Das Wort gefiel ihm, und er gebrauchte es nochmals. »Ich erkläre hiermit mein Desinteressement«, sagte er und bekam den Gesichtsausdruck eines gewiegten Diplomaten, der eine bedeutsame Erklärung von großer Tragweite abgibt. Er blieb stehen und brachte durch eine leichte Verbeugung einem unsichtbaren Gegner zur Kenntnis, daß er an dem weiteren Verlauf der Dinge völlig desinteressiert sei.

»Jawohl. Völlig desinteressiert«, wiederholte er nochmals, denn er konnte sich von diesem Worte nicht losreißen, das die merkwürdige Fähigkeit zu besitzen schien, alles in einem tröstenden und beruhigenden Licht erscheinen zu lassen. Er brachte es beinahe zustande, ohne eine Spur von Haß, Zorn und Schmerz daran zu denken, daß Sonja Hartmann morgen mit einem anderen fortfahren und daß er selbst allein zurückbleiben werde.

»Ich habe mein Wort nicht einlösen können, und nun heißt es eben die Konsequenzen ziehen«, versicherte er sich selbst. Er blieb an einer Auslage stehen und suchte sein Spiegelbild, denn er mußte sich unbedingt dabei beobachten, wie er kühl, unbewegt und zu allem entschlossen die Konsequenzen zog.

»Das läßt sich nicht mehr ändern. Es war so ausgemacht«, sagte er und suchte sich selbst die Überzeugung von der zwingenden Natur der Umstände beizubringen. Und der Dienstmann an der Straßenecke, der Geschäftsdiener, der eben den Rolladen herunterließ, und das Dienstmädchen, das mit dem vollen Bierkrug im Haustore stand, sie alle blickten verwundert der seltsamen Figur nach, die mit gesenktem Kopf, achselzuckend und sich selbst eifrig zuredend durch die Straßen eilte.

»Und jetzt nach Hause!« sagte Demba und blieb stehen. »Wohin geh' ich denn? Es ist Zeit, nach Hause zu kommen! Miksch wird schon fort sein. Ich kann ruhig nach Hause. Es ist halb acht Uhr. Steffi wird bald kommen, und ich werde endlich die Handschellen los.«

Er bog in die Liechtensteinstraße ein, denn er sah wirklich nicht ein, warum er sich durch diesen Herrn Weiner abhalten lassen sollte, auf dem kürzesten Weg nach Hause zu gehen. Daß dieser Herr Weiner gerade in der Liechtensteinstraße wohnte, das konnte kein Grund sein, um einen Umweg zu machen. Jede Minute war kostbar.

Der Regen war stärker geworden. Demba hüllte sich fest in seinen Mantel. Es dunkelte, und die flackernden Gasflammen spiegelten sich in den Regenlachen.

»Ich habe mich doch ein wenig zu stark engagiert in dieser Sache«, erzählte sich Demba und trat in Gedanken in eine Pfütze. »Es ist Zeit, daß ich meine Engagements löse.« Und auch diese Redewendung tat ihm auf seltsame Weise wohl. Sie klang so geschäftsmäßig kühl, so kaufmännisch berechnend und log die Gefühle weg, die schlecht verborgen hinter all den tönenden Worten lagen: Schmerz, Eifersucht und brennendes Verlangen.

Vor dem Hause, in dem Georg Weiners Wohnung lag, blieb er stehen und stellte fest, daß das Fenster im zweiten Stock neben dem Balkon erleuchtet war.

»Nun ja«, sagte er und ging nicht weiter. »Er ist zu Hause, und sie ist bei ihm. Was ist weiter dabei? Keine Ursache stehenzubleiben und Zeit zu verlieren. Es kümmert mich nicht; ich bin anderweitig präokkupiert.«

Er seufzte und fühlte einen Augenblick lang das Aufflammen eines hilflosen Zornes und dann einen leise bohrenden Schmerz. Mit starren Augen blickte er auf das erleuchtete Fenster. Aber er überwand dieses Gefühl und flüchtete sich in den Schutz der schön klingenden Worte, die seinen Schmerz betäuben sollten.

»Die Sache wird in durchaus amikaler Weise geordnet«, murmelte er. »Wir werden in bestem Einvernehmen auseinander gehen.«

Er setzte seinen Weg fort, blieb aber bald wieder stehen.

»Nun ja«, sagte er. »Weiner wohnt recht hübsch. Morgensonne, Ausblick auf den Liechtensteinpark. Das ist alles, was über den Fall zu sagen wäre. Sonst ist ja nichts festzustellen. Also – *Allons!*«

Er ging aber nicht, sondern blickte weiter zum Fenster hinauf.

»Übrigens habe ich Zeit. Es ist noch nicht halb acht. Steffi kann noch nicht bei mir sein. Ob ich zu Hause sitze oder hier noch ein bißchen stehe, ist wohl irrelevant. Irrelevant«, wiederholte er nochmals mit Nachdruck, und der Klang dieses Wortes gab ihm bei sich das Air eines kühlen Beurteilers, der die Dinge mit den Augen des Außenstehenden zu betrachten vermochte. »Sie ist bei ihm, was weiter? Wenn ich mich dafür interessiere, so ist es nicht viel anders, als wenn ich im Theater auf die Bühne sehe. Eine Angelegenheit zwischen fremden Menschen. Es mag amüsant sein oder auch langweilig – keinesfalls ist es sehr wichtig. Man könnte beinahe –«

Er fuhr zusammen. Sein Herz stand einen Augenblick lang still und begann dann wild und ungestüm zu pochen. In seinen Ohren sauste und brauste es, und ein würgender Schreck nahm ihm den Atem.

Dort oben im Fenster war mit einem Male das Licht erloschen.

In Georg Weiners Zimmer war das Licht erloschen.

Was ging dort vor! Was hatte das zu bedeuten!

Der mühselig errichtete Bau kühlen Gleichmutes brach in Scherben zusammen.

Dort oben in jenem Zimmer lag jetzt Sonja in den Armen Georg Weiners. Sie war es, die das Licht ausgelöscht hatte, und jetzt gehörte sie ihm. Eine Stunde begann jetzt für die beiden oben, von der die Welt nichts wissen sollte. Stummes Einverständnis, Gewährung und Erfüllung, das war es, was das Erlöschen des Lichtes bedeutete. Und Demba stand unten kläglich im Stich gelassen von den glatten Worten, mit denen er sich wider Schmerz und Zorn gerüstet hatte und die nun zu Boden fielen wie welkes Laub. Verzweifelt, tief unglücklich, zitternd vor Leid und Haß, von Neid geschüttelt und dem Weinen nahe, stand Demba auf der Straße.

Aber sie durften nicht allein bleiben! Sie sollte nicht in seinen Armen liegen! Sie sollten nicht glauben, die beiden, daß sie sich vor Demba und der ganzen Welt verbergen könnten.

Er mußte hinauf. Er wußte nicht, was er oben tun oder was er sagen würde. Die Türe aufreißen wollte er und plötzlich wie ein Vorwurf, wie eine Anklage, wie eine Drohung, wie ein Alarmruf im Zimmer stehen.

Und er ging mit keuchendem Atem, mit geballten Fäusten und dennoch: das Herz voller Angst – so ging er auf das Haustor los.

Aber da trat plötzlich ein junger Mann aus dem Haustor auf die Straße. Es war Georg Weiner, und er war allein.

Er trat an den Rand des Trottoirs, spähte nach rechts und nach links, die Straße hinauf und hinab, und winkte einen Wagen herbei.

Einen Augenblick lang sah Demba den Rivalen in höchster Verwunderung an. Dann atmete er sehr erleichtert auf.

Georg Weiner war ganz allein zu Hause gewesen. Nein.

Sonja war nicht bei ihm gewesen. Sie hatten einander nicht umarmt und nicht geküßt im Dunkeln. Nur weil er weggegangen war, hatte Weiner das Licht in seinem Zimmer ausgelöscht.

Mag sie gestern bei ihm gewesen sein, mag sie morgen wieder kommen! Daran war nichts gelegen. Aber daß Sonja jetzt, gerade jetzt, da Demba in hilflosem Zorn auf das Fenster gestarrt hatte, nicht oben gewesen war, das machte Demba glücklich. Daß das plötzliche Erlöschen des Lichts nichts anderes zu bedeuten gehabt hatte, als daß Georg Weiner seine Wohnung verließ, das machte Demba dankbar und zufrieden.

Und jetzt, da er seine Ruhe wieder hatte, versuchte er nochmals, sich hinter das Rüstzeug der schönen Redensarten zu flüchten. Aber die glatten Worte hatten ihre tröstende und täuschende Kraft verloren.

Nein. Es half nichts. Er konnte jetzt nicht nach Hause gehen. Einmal mußte er sie noch sehen, bevor sie fortfuhr. Einmal noch ihr gegenüberstehen, sie ansehen, sie sprechen und lachen hören, und stummen Abschied von ihr nehmen.

Georg Weiner hatte einen Wagen herbeigerufen und stieg ein. Er schien es eilig zu haben.

– Wahrscheinlich fährt er zu ihr – dachte Demba. – Und jetzt wird er mir sagen müssen, wo sie zu finden ist. –

»Guten Abend, Herr Kollege!« sagte Demba und trat aus dem Dunkel hervor.

Georg Weiner wandte sich um.

»Guten Abend, Demba!« sagte er kühl.

»Wohin?« fragte Demba mit klopfendem Herzen.

»In den Residenzkeller!« sagte Weiner.

»In den Residenzkeller? Man ißt gut dort, nicht wahr?«

»Passabel.«

»Vorzüglich ißt man im Residenzkeller!« sagte Demba eifrig. »Es ist möglich, daß ich auch hinkomme.«

17

Stanislaus Demba war in gereizter Stimmung, als er die Türe öffnete. Er hatte sich in dem dunklen Vorraum, durch den man gehen mußte, um in das Extrazimmer zu gelangen, das Schienbein schmerzhaft an einem Stuhle angestoßen. Er trat nicht sogleich ein, sondern blieb in der offenen Türe, halb verdeckt durch einen mit Hüten und Überröcken beladenen Kleiderständer, stehen.

Das kleine Zimmer war überheizt. Das Licht blendete ihn, dennoch sah Demba sofort, daß Sonja nicht da war. Aber ihre Freunde und Freundinnen saßen da, die Menschen, mit denen sie in den letzten Wochen fast immer beisammengewesen war. Die beiden jungen Mädchen waren Schauspielschülerinnen. Der Tür gegenüber saß Dr. Fuhrmann, ein vierschrötiger Mensch mit dem Gesicht einer verdrossenen Bulldogge und einem Durchzieher auf der linken Wange. Er hatte ein scharfes, durchdringendes Organ, das wie die Hupe eines Automobils klang, man war versucht, eilig beiseite zu springen, sooft er zu reden anfing. An der andern Seite des Tisches, Georg Weiner gegenüber, saß, in eine Wolke von Zigarettenrauch gehüllt und sein ewiges, nichtssagendes Lächeln auf den Lippen, zu Dembas großem Ärger Emil Horvath.

Demba wurde wütend, wenn er nur an Horvath dachte. Manchmal, wenn er bei Beckers seine Lektionen gab, kam Horvath, der im Hause verkehrte, ins Zimmer, grüßte nicht, hörte nachsichtig lächelnd zu, wie Demba den Buben die unregelmäßigen Verben erklärte, und ging dann mit überlegenem Lächeln wieder hinaus. Unverschämt! Er kam herein, reichte den Buben, ohne Demba zu beachten, die Hand, zog den einen am Ohr, gab dem andern einen Klaps, fragte, ob »die Ella« zu Hause sei – »die Ella!« Einfach »die Ella« nannte er Fräulein Becker. Aber dem Hauslehrer – dem wird Herr Horvath doch nicht die Hand geben! Der gehört zum Dienstpersonal, siebzig Kronen monatlich und die Jause, der ist Luft für Herrn Horvath. Was ist der Herr Horvath eigentlich so Besonderes! Disponent. Disponent in der Ölindustrie-Aktiengesellschaft, weiter nichts. Kein Hochschulstudium, keine Staatsprüfung, nun also! Und reicht mir nicht die Hand, woher denn. Unter seiner Würde! Demba spürte, wie ihm vor Ärger das Blut zu Kopf stieg.

Nein, nein! Nur ruhig bleiben. Liebenswürdig, freundlich, zuvorkommend sein, sich nichts anmerken lassen von seinem Ärger. Was ging ihn Horvath an? Nichts. Demba hatte sich seinen Plan zurechtgelegt. Er wollte sich zu den jungen Leuten da setzen, so tun, als säße er alle Tage mit ihnen. Wollte an der Unterhaltung teilnehmen, witzige Anekdoten erzählen, amüsant sein, den jungen Mädchen geistvolle Liebenswürdigkeiten sagen; und wenn dann Sonja kam, so sollte sie ihn als gerngesehenen Gast in angeregter Unterhaltung im Kreise ihrer Freunde finden.

Er öffnete vollends die Türe, trat hinter dem Kleiderständer hervor und verbeugte sich nach allen Seiten.

»Guten Abend die Herren! Küss' die Hand den Damen!« Er näherte sich dem Tisch in der Haltung eines geschmeidigen Weltmannes und unwiderstehlichen Charmeurs. »Wünsch' guten Abend den Herrschaften, ich habe die Ehre.«

Die drei Herren unterbrachen ihr Gespräch und sahen verwundert Demba an, der in kotbespritzten Hosen und durchnäßter Pelerine von Regenwasser triefend im Zimmer stand. Er störte. Man war nicht mehr unter sich. Die beiden Damen blickten von der Speisekarte auf und betrachteten Demba mit neugierigen Augen.

»Guten Abend!« sagte Horvath endlich. »Wie kommen Sie her?«

»Ein wenig ausgegangen, ein bißchen Zerstreuung gesucht«, sagte Demba leichthin. »Ein bißchen unter Menschen nach des Tages Arbeit. Ist es erlaubt, Platz zu nehmen, oder störe ich vielleicht?«

»Bitte«, sagte Georg Weiner sehr kühl, und Demba ließ sich, nachdem er eine Weile unschlüssig umhergeblickt hatte, schüchtern und ungeschickt am Nachbartisch nieder. Dr. Fuhrmann hustete, räusperte sich und drehte sich dann mit seinem Sessel geräuschvoll nach Georg Weiner hin.

»Sag mir, wer ist der Mensch da?« fragte er ungeniert.

»Einer von Sonjas unmöglichen Bekannten«, gab Weiner leise zurück.

»Genauso sieht er aus«, sagte Dr. Fuhrmann und trank sein Bierglas leer.

Demba hatte die beiden flüstern gehört und wurde blutrot. Er wußte ganz genau, wovon jetzt die Rede gewesen war. Daß er Sonja nachlaufe und daß sie nichts von ihm wissen wolle, hatte der Weiner dem andern natürlich anvertraut, und darüber mokierten sich jetzt die beiden. Nein, diese Meinung, daß er Sonjas wegen hergekommen sei, durfte er keinesfalls aufkommen lassen. Dieser lügenhaften Behauptung mußte sofort auf das entschiedenste entgegengetreten werden. Sonjas wegen? Lächerlich! Davon kann doch wirklich keine Rede sein. Zufall, verehrter Herr Weiner! Reiner Zufall, lieber Horvath! Bin übrigens erfreut, Sie hier zu treffen, lieber Horvath –

Demba erhob sich.

»Bin erfreut, hier Gesellschaft zu treffen. Habe viel von diesem Gasthaus gehört, es soll ja eine ausgezeichnete Küche führen«, sagte er zu Georg Weiner gewendet in jenen wohltönenden Redewendungen, denen er sich zu bedienen pflegte, wenn er mit den Eltern seiner Zöglinge sprach. »Bin nämlich gezwungen, häufig außer Haus zu speisen. Jawohl, beruflich gezwungen«, erklärte er mit Nachdruck und blickte dabei kampfbereit Horvath an, als befürchtete er von dieser Seite Widerspruch. »Küche und Keller dieses Etablissements werden allerorts gelobt. Genießt in der Tat ein vorzügliches Renommee«, versicherte er dem Dr. Fuhrmann.

Dr. Fuhrmann sah zuerst seine beiden Freunde, dann Demba an, schüttelte den Kopf und vertiefte sich achselzuckend in sein Abendblatt. Weiner und Horvath wußten nicht, was sie auf diesen Erguß erwidern sollten, und lächelten verlegen. Die Theaterelevinnen kicherten in ihre Teller hinein.

Demba aber hatte es sich in den Kopf gesetzt, alle Anwesenden davon zu überzeugen, daß er durchaus nicht Sonjas wegen, sondern nur des guten Essens halber hergekommen sei. Er bestand darauf, die Sache allen klarzumachen, und redete eigensinnig weiter.

»Die vorzügliche Qualität der Speisen, die der Wirt bietet, bildet seit Wochen überall das Tagesgespräch. Von allen Seiten hört man nur Lob über —«

Er brach jäh ab. Der Kellner stand vor ihm und hielt ihm die Speisekarte hin.

»Speisen gefällig?«

»Später! Später!« stotterte Demba in höchster Verlegenheit und warf einen erschrockenen Blick auf Georg Weiner. »Kommen Sie später. Ich pflege doch nie vor neun Uhr abends zu nachtmahlen.«

Er starrte in die Luft und dachte angelegentlich über die Dringlichkeit der Erfindung eines elektrischen Hebekrans nach, der die Speisen unter völliger Ausschaltung der Hände direkt vom Teller in den Mund befördern sollte.

»Zu trinken gefällig? Bier oder Wein?« fragte der Kellner.

Trinken! Ja, bei Gott, trinken mußte er endlich. Die Zunge klebte ihm am Gaumen und die Kehle brannte ihm wie Feuer. Lieber Gott, nur einen Schluck Bier, nur einen einzigen, kleinen Schluck! Aber es ging ja nicht, die Leute dort sahen alle her. Ein Knockabout fiel ihm ein, den er einmal in einem Varieté gesehen hatte. Der hatte ein volles Bierglas mit den Zähnen erfaßt und in die Höhe gehoben und es geleert, ohne einen Tropfen zu vergießen. Er sah ihn ganz deutlich vor Augen, er erinnerte sich sogar an den Applaus. Händeklatschen in allen Rängen, bravo, bravo, bravo! Ob er es nicht auch so versuchen sollte. Vielleicht einen Scherz vorgeben, eine Wette – »erlauben Sie, daß ich Ihnen ein kleines Kunststück vorführe, meine Herrschaften – ein Kunststück mit einem vollen Bierglas – sehen Sie: so.« – Bravo, bravo, bravo! Alles applaudiert.

Nein. Es ging nicht. Er wagte es nicht. Und der Durst war unerträglich. Hilfesuchend blickte er umher. Dort führte gerade Dr. Fuhrmann sein Glas zum Mund. Auf einen Zug trank er es leer. Wie gut es ihm schmeckte. Ein alter Couleur. Und er, Demba, mußte dasitzen und zusehen, mit ausgetrockneter Kehle.

Mit einem Mal kam ihm die Erleuchtung.

Warum war ihm das nicht schon früher eingefallen! Ein so einfacher Gedanke! Und den ganzen Tag hatte er sich vom Durst quälen lassen!

»Kellner!« rief Demba. »Bringen Sie mir ein Glas Bier mit einem Strohhalm darin.«

»Wie bitte?«

»Ein Glas Bier mit einem Strohhalm darin!« rief Demba und wurde ganz erbost, weil der Kellner nicht gleich begriff, was er wollte. »Gehen Sie und bringen Sie mir es doch endlich! Sie tun ja, als ob noch nie zuvor jemand ein Glas Bier mit einem Strohhalm darin bestellt hätte!«

Kopfschüttelnd ging der Kellner und brachte das Bier mit der resignierten Miene eines Mannes, der an die absonderlichsten Launen seiner Mitmenschen gewöhnt ist und den nichts mehr wundert.

Demba sah das Bier vor sich, setzte sich feierlich zurecht und begann an dem Strohhalm zu saugen. Es ging! Das Bier stieg in die Höhe und feuchtete ihm die Kehle an. Er trank in kurzen, hastigen Zügen, setzte ab und trank wieder. Bravo, bravo, bravo! Er applaudierte sich selbst, als wäre er der Knockabout im Varieté und das Publikum zugleich.

»Bringen Sie mir gleich noch ein Bier!« befahl er dem Kellner, ganz heiser vor Durst und vor Erregung.

Drüben an Weiners Tisch waren sie auf Dembas sonderbare Art zu trinken aufmerksam geworden. Die beiden Mädchen flüsterten miteinander, kicherten, stießen ihre Nachbarn an und wiesen heimlich auf den seltsamen Zecher.

Horvath klemmte sein Monokel ins Auge, blickte Demba spöttisch lächelnd an und sagte:

»Demba! Was treiben Sie da?«

»Sehr originell! Sehr originell!« sagte Dr. Fuhrmann ironisch.

Demba ließ den Strohhalm aus dem Mund fallen. Jetzt war es Zeit, für seine Sache einzustehen. Er erhob sich. Auf den Lippen hatte er Schaum, den er nicht wegwischen konnte.

»Ich bitte«, sagte er in sehr bestimmtem Ton. »Das ist durchaus nicht originell. Die Herren haben das noch niemals gesehen? Dann muß ich wohl annehmen, daß keiner der Herren jemals in Paris war.« Er verzog hochmütig und indigniert das Gesicht, weil er es leider mit Leuten zu tun hatte, die noch niemals in Paris gewesen waren.

»Oho!« protestierte Horvath. »Ich habe zwei Jahre in Paris gelebt, aber das habe ich noch niemals gesehen, daß man Bier durch einen Strohhalm trinkt.«

Demba fand es für geraten, den Schauplatz dieses sonderbaren Brauches schleunigst zu wechseln.

»In Petersburg!« rief er heftig. »Da kämen Sie schön an, wenn Sie dort versuchen wollten, Ihr Bier ohne einen Strohhalm zu trinken. Es verstößt geradezu gegen den guten Ton, das Glas direkt an den Mund zu setzen!«

Petersburg schien ihm jedoch noch nicht entlegen genug zu sein. Es konnte ja ganz gut einer von den Leuten dort gewesen sein. Das eine von den Mädchen, das sah mit ihren kurzgeschnittenen Haaren beinahe aus wie eine Russin. Kurz entschlossen verlegte er die seltsame Zeremonie des Strohhalms ein Stück weiter und diesmal in eine Gegend, die ganz sicher außerhalb des Bereiches einer Kontrolle lag.

»Eigentlich stammt der Brauch aus Bagdad«, erklärte er. »In Bagdad und Damaskus können Sie an jeder Straßenecke und vor den Moscheen Araber dutzendweis' sehen, die ihr Bier durch einen Strohhalm trinken.«

Er war in diesem Augenblick völlig durchdrungen von der Wahrheit seiner Behauptung. Kampflustig blickte er von einem zum andern, bereit, mit jedem anzubinden, der etwa einen Zweifel zu äußern wagen sollte. In seinem Geiste sah er wahrhaftig einen Türken, der, den Turban auf dem Kopfe, in seinem Laden zwischen Warenballen hokkend, statt des Tschibuks beschaulich einen Strohhalm schmauchte.

»Also die Araber trinken Bier? Sehr gut!« sagte Horvath lachend. »Ethnographie: nicht genügend.«

Diese Anspielung auf seinen Hauslehrerberuf brachte Demba aufs äußerste in Harnisch. Er blickte Horvath aus zusammengekniffenen Augen feindselig an und sagte giftig:

»Überhaupt. Man grüßt, wenn man in ein fremdes Zimmer kommt. Verstanden? Merken Sie sich das.«

»He? Wie meinen Sie?« fragte Horvath erstaunt.

Demba erschrak! Was hatte er denn schon wieder angestellt. Er hatte doch den Vorsatz gefaßt gehabt, bescheiden, höflich und liebenswürdig zu sein, um die Sympathien aller Anwesenden für sich zu gewinnen. Und jetzt hatte er Horvath gegen sich aufgebracht, und wenn Sonja kam, würde sie ihn mit allen zerstritten, in den Hintergrund gedrängt und aus jedem Gespräche ausgeschaltet vorfinden. Nein. Er mußte seine Unüberlegtheit wiedergutmachen, mußte aufstehen, sich entschuldigen.

Er stand auf.

»Ich bitte um Verzeihung, Herr Horvath, ich muß Sie um Entschuldigung bitten. Meine Bemerkung hat nämlich nicht Ihnen gegolten. An den Kellner war sie gerichtet.«

Demba schwieg, ein wenig in Verwirrung gebracht durch Horvaths süffisantes Lächeln. Die Hitze in dem kleinen Raum wurde unerträglich. Die Gasflammen summten auf quälende Art. Der Zigarettenrauch reizte zum Husten. Demba drehte sich in nervöser Hast um und suchte den Kellner; aber der war nicht mehr im Zimmer.

»Es ist unglaublich, was für Manieren dieser Kellner hat!« ereiferte sich Demba. »Es wundert mich, daß Sie sich das gefallen lassen! Er grüßt niemals, wenn er ins Zimmer kommt. Wo ist er überhaupt, eben war er ja noch da.«

Das Bier, das Demba durch den Strohhalm eingesogen hatte, begann zu wirken. Das Blut pochte ihm in den Schläfen, und er verspürte einen leichten Schwindel, Ohrensausen und Übelkeit im Magen. Er mußte sich setzen.

Horvath schwieg noch immer und lächelte, Demba sprach in seiner Verwirrung unaufhaltsam weiter. »Ich hoffe, Sie haben die Rüge nicht auf sich bezogen, Herr Horvath. Ein Mißverständnis. Sie waren nicht gemeint. Es liegt mir fern —«

»Schon gut«, sagte Horvath endlich, und Demba verstummte sofort.

»Der spinnt«, sagte Dr. Fuhrmann ganz laut und deutete mit seinem Zeigefinger auf die Stirn.

»Er ist betrunken«, erklärte Georg Weiner.

»Wollen wir nicht gehen?« fragte das eine der beiden Mädchen ängstlich.

»Wir müssen auf Sonja warten«, meinte Weiner.

»Wo bleibt denn Sonja heute so lange?« fragte Horvath.

»Sie muß jeden Augenblick kommen«, sagte Weiner. Demba horchte auf. Natürlich! Das war wieder auf ihn gemünzt. »Muß jeden Augenblick kommen«, hatte Weiner gesagt und ihn dabei angesehen. Ich bitte, was kümmert denn das mich, wenn Sonja kommt? Bin ich ihretwegen hier? Sehr gut! Muß jeden Augenblick kommen. Eine kleine bissige Bemerkung, was? Auf mich gezielt, nicht? Aber Sie sind im Irrtum, Herr Weiner. Sie befinden sich in einem großen Irrtum. Ganz andere Gründe führen mich hierher. Triftige Gründe. Eine ganze Reihe triftiger Gründe. Muß den Herren doch sagen, was für wichtige Gründe –

Demba räusperte sich.

»Ein Zufall eigentlich, daß mich die Herren hier treffen«, sagte er. »Komme sonst selten hierher. Muß Ihnen doch eigentlich auffallen, wieso ich heute hier bin.«

Dr. Fuhrmann blickte von der Zeitung auf. Weiner nahm die Zigarre aus dem Mund und sah Demba an. Horvath lächelte.

»Nun, die Sache erklärt sich auf die einfachste Weise. Ich hatte besondere Gründe, gerade heute hierher zu kommen. Wichtige Gründe. Eine ganze Reihe sehr wichtiger Gründe.«

»So«, sagte Dr. Fuhrmann und begann weiterzulesen.

»Gründe verschiedener Art«, sagte Demba, hustete, um Zeit zu gewinnen, und dachte nach. Aber nicht ein einziger der Gründe verschiedener Art wollte ihm in seiner Bedrängnis einfallen.

»Die Sache ist die, daß ein anderes Lokal einfach nicht in Betracht kommen konnte. Dieses da empfahl sich sozusagen von selbst, schon wegen seiner außergewöhnlich günstigen Lage. Für alle Beteiligten leicht zu erreichen.« – Demba atmete auf. Jetzt war ihm endlich etwas eingefallen.

»Ich erwarte nämlich hier zwei Herren in einer sehr delikaten Angelegenheit«, flüsterte er geheimnisvoll. »Eine Ehrenaffäre, Sie werden es ja schon erraten haben. Eine sehr ernste Sache. Verflucht ernst! Die Herren sollten eigentlich schon da sein. Offiziere von den Einundzwanziger-Jägern.«

Er stand auf und ging unsicheren Schritts zur Türe.

»Kellner!« schrie er. »Haben nicht zwei Herren nach mir gefragt? Nach Herrn Demba. Stanislaus Demba. Ein Leutnant und ein Oberleutnant mit grünen Aufschlägen.«

Der Kellner wußte von nichts.

»Noch nicht?« fragte Demba und war wirklich erstaunt, enttäuscht und verdrießlich, weil die Herren noch nicht da waren. »Das wundert mich. Offiziere pflegen in solchen Dingen pünktlich zu sein.«

Er begann ungeduldig zu werden, sah nach der Tür und stampfte mit dem Fuß auf den Boden. Die beiden Offiziere kamen nicht. Demba entschloß sich, Dr. Fuhrmann in dieser heikeln Angelegenheit zu Rate zu ziehen.

»Wie lange bin ich eigentlich verpflichtet, auf die Herren zu warten?« fragte er.

»Lassen Sie mich in Ruhe!« sagte Dr. Fuhrmann grob und las in seiner Zeitung weiter.

»Wie meinen Sie?« fragte Demba scharf. Jetzt, da er sich plötzlich und höchst unerwarteterweise im Mittelpunkt einer Ehrenaffäre sah, war er nicht gesonnen, auch nur die geringste Beleidigung auf sich sitzen zu lassen. Er trat an Dr. Fuhrmann heran, fixierte ihn und stellte ihn zur Rede:

»Ich bin genötigt, Sie um sofortige Aufklärung zu ersuchen.«

»Gehen Sie nach Hause und schlafen Sie Ihren Rausch aus!« brüllte ihn Dr. Fuhrmann an. »Sie sind ja betrunken! Den Trottel möcht' ich sehen, der sich durch Sie vertreten läßt.«

Vernichtet zog sich Demba auf seinen Platz zurück. Betäubt, müde und mit schwerem Kopf brütete er vor sich hin.

Betrunken. Der Mensch dort hielt ihn für betrunken. Hatte es ihm geradeheraus ins Gesicht gesagt. Demba lachte bitter auf. Sieht mich kaum an und sagt, ich bin betrunken. Hat gar nicht erst aufgeschaut von der Zeitung, sagt einfach, ich bin betrunken. Müßte erst bewiesen werden, verehrter Herr. Wenn ich da auch mitzureden habe, wenn mir ein Urteil in dieser Sache gütigst gestattet ist – bin bei Gott noch niemals so nüchtern gewesen wie jetzt. Weiß alles, was vorgeht, seh' alles ganz genau, nichts entgeht mir. Werde Ihnen sofort beweisen. Eine Fliege hat sich auf Ihren Teller gesetzt, verehrter Herr. Sehen Sie, nichts entgeht mir. Beobachte alles haarscharf. Das dort ist Weiners Überzieher, aus der Tasche schaut die Zeitung heraus – zweimal gefaltet – sehe alles. Belieben den untersten Westenknopf offen zu haben, Herr Horvath – paßt sich nicht in Damengesellschaft – sehe alles. Müßte doch erst wohl bewiesen werden. Muß die Herren doch drüber aufklären. Betrunken! Werde einmal rückhaltlos meine Meinung sagen. Was glauben Sie, verehrter Herr! Was reden Sie da, verehrter Herr! Betrunken! Da muß ich denn doch –

Demba stand auf und ging auf den Nebentisch zu. Er zielte haarscharf auf die rechte Tischecke, setzte sorgfältig Schritt auf Schritt und landete wirklich ohne Zwischenfall neben Dr. Fuhrmann.

»Bitte um Entschuldigung, wenn ich Sie in der Lektüre störe«, begann er und beugte sich zu Dr. Fuhrmann hinab. »Steht ohnedies nichts in der Zeitung. Generalversammlung des Jagdverbandes. Militärischer Zapfenstreich. Ein seltenes Jubiläum. Ein Selbstmord in der Babenbergerstraße. – Weiß alles. Muß gar nicht hineinsehen. Steht aber doch nicht alles in der Zeitung.« – Demba lachte gut gelaunt in sich hinein. Der Gedanke, daß nicht immer alles in der Zeitung stand, machte ihm großen Spaß.

»Was wollen Sie schon wieder?« fragte Dr. Fuhrmann.

»Möchte Ihnen nur sagen –«, erklärte Demba. Er räusperte sich und begann von neuem: »Ich lege Wert auf die Feststellung –« Die Übelkeit im Magen machte sich wieder fühlbar. Er verspürte ein Sausen in den Ohren, einen Druck in den Schläfen, und die Gasrohre schwankten auf beängstigende Art über seinem Kopf. Er fand, daß er nicht sicher genug stand, und lehnte sich kräftig mit dem Rücken an einen Sessel. So. Jetzt war ihm besser.

»Möchte nur feststellen –«, begann Demba nochmals, aber da gab der Sessel nach und stürzte um. Das Handtäschchen der Schauspielerin fiel zu Boden, und hundert Kleinigkeiten, Geldmünzen, ein Notizbuch, eine Spule Zwirn, ein kleiner Spiegel, Zigaretten, ein Schildpattkamm, zwei Bleistifte und ein kleiner Teddybär verliefen sich über den Fußboden.

Demba gelang es, sich auf den Beinen zu erhalten. Er fand einen Rückhalt an der massiven Tischplatte. – Betrunken? Unsinn. Er sah alles; er beobachtete alles. Dort lag das Notizbuch. Das Fünfkronenstück war hinter den Kleiderständer gerollt.

»Sie Tölpel!« schrie Weiner. »Sie werden noch das ganze Zimmer demolieren.«

»Gehn Sie nach Hause, schlafen Sie Ihren Rausch aus, hab' ich Ihnen gesagt!« rief Dr. Fuhrmann.

»Der Spiegel ist zerbrochen!« klagte die Schauspielerin.

Weiner und Horvath waren aufgesprungen und begannen die Dinge auf dem Fußboden aufzulesen. Demba beteiligte sich an dieser Bergungsarbeit nicht. Aber er sah aufmerksam und interessiert zu und steuerte unaufhörlich nützliche Winke bei.

»Das Fünfkronenstück ist hinter den Kleiderständer gerollt«, sagte er. »Und dort liegt der Bleistift. Rechts! Rechts, Herr Weiner!« – Betrunken? Lächerlich. Er hatte alles gesehen, nichts war ihm entgangen.

Horvath richtete sich auf und sah Demba verblüfft an.

»Also das ist doch die höhere Frechheit«, schrie er wütend. »Schmeißt alles auf die Erde und steht ruhig dabei, schaut zu, wie ich mich plage.«

Er trat hart an Demba heran.

»Vielleicht haben Sie die Güte, die Sachen aufzuheben, die Sie hinuntergeworfen haben. Aber rasch!«

Demba bückte sich nach dem Teddybären, überlegte sich die Sache jedoch und richtete sich wieder auf.

»Also wird's oder wird's nicht?« rief Horvath.

Demba schüttelte den Kopf. »Nein«, sagte er. »Lieber nicht.« Er fand es höchst unbillig, solche Dinge von ihm zu verlangen.

Jetzt mischte sich Dr. Fuhrmann ein.

»Das ist doch – das geht denn doch über die Hutschnur. Emil, worauf wartest du? Hau ihm doch das Glas an den Schädel.«

Demba wurde rot und sah Dr. Fuhrmann vorwurfsvoll an.

Weiner lächelte amüsiert.

»Sie! Jetzt werde ich Ihnen etwas sagen«, sagte Horvath. »Provozieren lassen wir uns nicht. Ich zähle jetzt bis drei. Wenn Sie bei drei die Sachen nicht alle aufgehoben haben, so –! Das Weitere werden Sie sehen.«

»Lassen Sie doch, Georg. Ich hebe es schon selbst auf«, bat das junge Mädchen, dem die Sachen gehörten, ängstlich.

»Eins«, sagte Horvath.

Demba runzelte die Stirne, drehte sich um und ging unsicheren Schritts an seinen Tisch zurück.

»Zwei«, zählte Horvath.

»Was wollen Sie denn von mir!« rief Demba. »Lassen Sie mich doch in Ruhe.«

»Drei!« rief Horvath. Seine Geduld war zu Ende. Er griff nach seinem Weinglas und schüttete den Inhalt Demba ins Gesicht. »So. Da haben Sie.«

Die Mädchen schrien auf.

Demba fuhr in die Höhe. Er war totenblaß, der Wein strömte über sein Gesicht und blendete ihm die Augen. Er sah kläglich aus und lächerlich und furchtbar zugleich.

Der kalte Guß hatte ihn mit einem Male nüchtern gemacht. Er sah alles ganz klar. Eine brennende Scham stieg in ihm auf. Was hatte er getan, was hatte er geschätzt! Wie war ihm das geschehen! Wie hatte er denen dort den Narren abgeben können und den Hanswurst den ganzen Abend hindurch! Sie hatten ihn verhöhnt, gereizt, wie einen Hund behandelt, und er hatte es geduldet, um Sonja sehen zu können, und jetzt stand er da, allen zum Gelächter.

Aber jetzt war's genug. Aller Groll, alle Wut, alle Enttäuschung, die er den ganzen Tag hindurch stumm hinuntergewürgt hatte – das alles kam jetzt zum Ausbruch. Jetzt wollte er den dreien dort an die Gurgel.

Sie lachten! Sie lachten über ihn! Alle lachten sie. Nun sollten sie seine Fäuste spüren. Weiner zuerst mit seiner kinnlosen Fratze. Und dann der andere mit seinem Bulldoggengesicht, und dann Horvath.

Er ging auf sie los, konnte nicht sprechen vor Zorn und Scham und Reue und hatte nur den einen Gedanken, sie alle drei mit bloßen Händen zu erwürgen.

Aber plötzlich blieb er stehen und biß stöhnend die

Zähne zusammen. Seine Hände waren gefesselt! Seine Hände waren wertlos. Seine Hände mußten versteckt und verborgen bleiben.

Und er schrie zu Gott verzweifelt nach einer Waffe. Gott gab sie ihm.

Demba stand vor den dreien, keuchend vor Zorn, zitternd vor Rachgier, knirschend vor Mordlust und dennoch wehrlos, ohnmächtig, allen zum Gespött. Sie lachten über ihn, lachten aus vollem Hals, schüttelten sich vor Lachen über seinen hilflosen Zorn.

Und Weiner hatte, um nicht bei dem Spaß zurückzustehen, sein Weinglas in die Hand genommen und rief: »Noch ein Glas gefällig? Zur Abkühlung!«

Da erklang plötzlich von der Türe her Sonjas helle Stimme:

»Um Gottes willen! Georg! Nimm dich in acht! Er hat einen Revolver in der Hand!«

18

Im nächsten Augenblick war Panik im ganzen Zimmer. Der Betrunkene hatte einen Revolver. In jäher Hast stoben alle auseinander, und so groß war der Schreck, so groß die Verwirrung, daß keiner zur Tür hinausfand. Weiner ließ das Glas fallen, es zerbrach in Splitter, und der Wein ergoß sich auf den Fußboden. Horvath rannte in kopfloser Flucht an Sonja an, stolperte und warf einen Sessel um. Als Dembas Blick auf ihn fiel, blieb er sogleich wie gebannt stehen und gab jeden Gedanken an Entkommen auf. Die beiden Mädchen hatten sich in die Fensternische geflüchtet und starrten, eng aneinandergepreßt, voll Entsetzen hinter den Falten des Fenstervorhanges hervor auf Demba, der in der Mitte des Zimmers stand, stumm, drohend und zur furchtbaren Tat entschlossen.

»Stanie! Was willst du tun?« rief Sonja angstvoll. Sie zitterte für das Leben Weiners.

Demba gab keine Antwort, und dieses Schweigen machte ihn noch furchtbarer. Doch in Wirklichkeit blickte er mit einem Gemisch von Staunen und Ratlosigkeit in den Tumult, den er nicht begriff. Warum schrie Sonja? Und was trieben die anderen? Wollten sie sich über ihn lustig machen? War das alles verabredet? Gehörte es zu den Scherzen, die man eben noch mit ihm getrieben hatte?

Er stand, regte sich nicht und wartete.

»Stanie! Das ist ja Wahnsinn! Gib den Revolver weg!« bat Sonja mit verstörtem Gesicht.

Den Revolver? Wie, zum Kuckuck, kam Sonja auf den

Gedanken, daß er einen Revolver habe? War das ihr Ernst? Er mußte es erproben.

Dr. Fuhrmann war der einzige, der den Kopf nicht ganz verloren hatte. Er stellte sich, als sähe er die Gefahr nicht. Er gab sich ganz arglos und unbefangen, trank gemächlich seinen Wein aus und griff nach seinem Hut.

»Also, gehen wir, meine Herren!« schlug er in gleichgültig klingendem Ton vor. »Auf was warten wir noch? Zahlen können wir auch draußen.« – Er wollte zur Tür.

»Zurück!« rief Demba. Er rief es sehr zaghaft und erst nach einigem Zögern. Denn natürlich, jetzt wird der Spaß ein Ende haben, jetzt werden sie alle anfangen zu lachen und zu brüllen, so wie vorhin. Demba reute es, daß er »zurück« gerufen hatte, und er hätte sich ohrfeigen mögen.

Aber nein! Keiner lacht. Und – wie sonderbar – der Mensch dort gehorcht. Er bleibt stehen. Er geht zurück, Schritt um Schritt, wie ein Hund, dem man die Peitsche zeigt. Ja, wahrhaftig, er hat Angst vor der Waffe, vor dem scharfgeladenen, sechsläufigen Revolver.

Nein, sie spielen alle nur Komödie. Gut ausgedacht, schlau eingefädelt, damit sie mich wieder zu ihrem Narren machen und verlachen können. Oder nicht? Die Mädchen dort in der Fensternische machen so entsetzte Augen, das kann doch nicht Verstellung sein. Und der Mensch da zittert, ja, die Hände zittern ihm. –

Die erstaunliche Tatsache, daß Dr. Fuhrmann vor ihm zitterte, verwirrte Demba mehr noch als die Trunkenheit und der Haß. Er verbiß und verstrickte sich in den Gedanken, daß er eine Waffe schußbereit in Händen hielt, und erprobte, zögernd vorerst und ängstlich, die Gewalt, die ihm über die anderen gegeben war.

Er wandte sich Horvath zu und stieß mit dem Fuß an den Schildpattkamm und den zerbrochenen Spiegel, die immer noch auf der Erde lagen und sein Mißfallen erregten.

»Werden Sie das endlich aufheben? Oder soll jetzt ich bis drei zählen?«

Horvath und Weiner sprangen zu gleicher Zeit herbei und beeilten sich, die Gegenstände, die auf dem Fußboden verstreut waren, aufzulesen. Auch Dr. Fuhrmann hielt es für geraten, mitzuhelfen. Demba war betrunken und hatte einen Revolver. Sie waren in seiner Hand. Da half nichts, als alles tun, was er verlangte, und wäre es das Tollste. Und abzuwarten, ob sich Gelegenheit bot, ihn unschädlich zu machen.

Demba freute sich über diesen Eifer. Jetzt hatte er Genugtuung, volle Genugtuung für die schmähliche Behandlung, die ihm zuvor zuteil geworden war. Wie sie sich vor ihm bückten und duckten und zu verstecken suchten! Das Bewußtsein seiner Macht stieg ihm zu Kopf und brachte Unordnung in seine Gedanken. Ja. Den beiden anderen wollte er das Leben schenken. Er begnadigte sie. Aber Weiner, der ihm Sonja gestohlen hatte, der sollte seiner Waffe nicht entgehen, dem sollte alles Bücken und Ducken nicht helfen, der kam jetzt an die Reihe.

»Weiner!« rief Demba mit einer Stimme, die nichts Gutes verhieß.

Weiner tat, als hörte er nicht, und fuhr fort, auf dem Erdboden nach Kupferkreuzern und Bleistiften zu suchen.

»Weiner!« brüllte Demba und bekam einen Wutanfall, als er sah, daß Weiner nicht hören wollte.

Bestürzt fuhr Weiner auf und glotzte Demba mit stumpfen Augen an. Er sah voll Entsetzen, wie sich unter Dembas Mantel der Revolver regte, blutgierig und bereit, sein tödliches Werk zu verrichten. Er stand und wartete, wie der Verurteilte den Henker erwartet, der ihn aus der Zelle holt.

Sonja machte einen ängstlichen Versuch, ihrem Freund zu Hilfe zu kommen.

»Kellner!« schrie sie plötzlich laut. »Kellner!«

Aber schon stand Demba vor ihr.

»Still!« befahl er. »Keinen Laut mehr, oder –«

Sonja verstummte. Demba drehte sich um und ging auf Weiner los.

»Was wollen Sie von mir?« rief Weiner geängstigt und machte einen Schritt zurück. »Lassen Sie mich hinaus.«

»Sie wissen sehr gut, was ich von Ihnen will«, sagte Demba.

»Was wollen Sie denn von mir? Ich kenne Sie ja kaum!« zeterte Weiner.

»Wo waren Sie gestern nachts mit Sonja?« brach Demba los. Sein Gesicht war verzerrt, Wut, Eifersucht und Schmerz hatten sein Gehirn in Aufruhr gebracht.

»Wo Sie gestern nachts mit Sonja waren, will ich wissen!«

Und Weiner, der die Mündung des Revolvers gegen seinen Leib gerichtet fühlte – nur eines Zucken des Fingers bedurfte es, und die Kugel bohrte sich in seine Brust –, Weiner, der sah, daß in diesem Augenblick sein Leben völlig in die Hand eines Wahnsinnigen gegeben war, lud, um sich zu retten, alle Schuld auf Sonja, klagte sie an und gab sie, ohne zu zaudern, Dembas rasender Rachgier preis.

»Das hab' ich dir zu verdanken, Sonja!« rief er. »Nur du bist an allem schuld. Hundertmal hab' ich dir gesagt –«

Er unterbrach sich und wandte sich an Demba.

»Hören Sie mich an, ich schwöre Ihnen, ich wußte bis gestern nachts gar nicht, wie Sie mit ihr gestanden sind. Ich hab' keine Ahnung davon gehabt, sie hat mir nichts gesagt. Ist das wahr oder nicht, Sonja?«

Sonja gab keine Antwort. Weiner aber, der fürchtete, daß Demba seinen Beteuerungen keinen Glauben schenken werde, redete unaufhaltsam weiter.

»Ich hab' mich nie um sie gekümmert. Aber sie hat mich zehnmal am Tag angerufen. Sie hat mir Briefe und Karten geschrieben, einmal einen zwölf Seiten langen Brief. Ja. So ist die Sache.«

Sonja wurde rot, preßte die Lippen zusammen und blickte zu Boden. Weiner sah mit angstvoll irrenden Augen halb sie, halb Demba an. Aber Dembas Gesicht hatte einen unerbittlichen und grausamen Ausdruck bekommen. Ekel und Verachtung waren in ihm aufgestiegen, und er hatte beschlossen, den Feigling niederzuschießen um dessentwillen, was er da sprach.

»Ist es etwa nicht wahr?« rief Weiner, der die Nähe der Gefahr fühlte. »Hast du mich nicht Tag für Tag gequält, daß ich zu dir kommen soll, vierhändig spielen? Bist du nicht auf die Universität gekommen, wenn ich in der Vorlesung war? Nur dir hab' ich jetzt das zu verdanken.«

»Genug!« rief Demba. Er fühlte plötzlich Mitleid mit Sonja, die stumm dastand und Weiners Vorwürfe über sich ergehen ließ.

Aber Weiner war nicht zu halten.

»Ist es etwa nicht wahr? Bist du mir nicht nachgegangen auf Schritt und Tritt —«

»Ja, es ist wahr«, sagte Sonja. »Und jetzt sind wir fertig miteinander.«

»Jawohl. Jetzt sind wir fertig. Jawohl. Fertig«, schrie Weiner erbost, und seine Stimme überschlug sich. »Und jetzt —«

»Und jetzt – da hast du dein Geld zurück.« Sonja riß ihr grünes Krokodilledertäschchen auf und schleuderte ein schmales, rötlichgelbes Heftchen in Weiners Gesicht.

»Da hast du es zurück!« rief sie. »Du Feigling! Du Feigling! Pfui, du Feigling.«

Das Rundreiseheft für die Fahrt nach Venedig fiel zu Boden. Und in diesem Augenblick war es Demba, als ob sich etwas Schweres, Drückendes von seinem Herzen löste.

Einen ganzen Tag hindurch hatte ihn das Verlangen

gehetzt und getrieben, dieses Heft in seine Hände zu bekommen, um es in Stücke zu zerreißen und fortschleudern zu können. Einen ganzen Tag hatte ihn die Furcht gefoltert, daß er zu spät kommen, daß dieses Heft ihm Sonja entführen werde. Einen ganzen Tag hindurch war er in atemloser Jagd hinter dem Gelde hergewesen, das ihm helfen sollte, dieses Heft zu erobern und zu vernichten. Aber das Geld hatte sich, listig und voll Tücke, vor ihm versteckt, den ganzen Tag hindurch. Und jetzt, am Abend, da er sich mutlos und mit leeren Händen, ein Geschlagener und Besiegter, hierhergeschlichen hatte, jetzt lag dieses Heft, das er gehaßt und gefürchtet hatte, am Boden, wertloses Papier, das er mit dem Fuße beiseitestoßen konnte. Von selbst war sein Triumph gekommen, er hatte erreicht, was er sich den ganzen Tag hindurch gewünscht hatte, ohne Mühe, ohne Kampf hatte er es erreicht, nur weil er seine Hände unter dem Mantel versteckt hatte.

Und jetzt, um seinen Sieg zu einem völligen zu machen, trat Sonja zu ihm. Denn, zwiespältig in ihrer Seele, wurde sie zu ihm zurückgezogen, weil er nicht, wie Weiner, feig seinem Leben nachgelaufen, sondern um ihretwillen rasend geworden und bereit war, einen Mord zu begehen.

»Komm, Stanie! Gehen wir«, sagte sie leise. »Ja, du hast recht gehabt: Er ist nichts wert. Komm, laß den Feigling! Geh, wisch dich doch ab.« – Sie nahm eine Serviette vom Tisch und wischte ihm den Wein aus dem Gesicht.

Demba sah Sonja an und wunderte sich über alle Maßen. Was war in ihn gefahren gewesen, daß er um dieses Mädchens willen wie toll durch den Tag gerast war, daß er gelogen, gestohlen und gebettelt hatte um ihretwillen? Sie stand vor ihm, und er sah nichts an ihr, nichts, was ihn fröhlich oder traurig machen konnte, sie war sein, aber er fühlte nichts, nicht Stolz, nicht die selige Unruhe des Besitzes, nicht die Angst, sie zu verlieren.

Er war ihrer satt.

Was wollte er noch hier? Was hatte er hier noch zu suchen? Er wandte sich zum Gehen und konnte doch nicht fort. Die Liebe war tot, nicht gestorben, o nein: verreckt, wie ein krankes, häßliches Tier. Aber der Haß lebte, der ließ sich nicht verscharren, der war groß und mächtig und zwang ihn, seine Rache zu vollenden.

Die Waffe, die er in seinen Händen zu halten vermeinte, hatte ihn zu ihrem Sklaven gemacht. Der Rausch der Macht hatte ihn unterjocht, die Lust zu morden hielt ihn gepackt und gab ihn nicht frei. Sollte er gehen und denen dort ihr Leben schenken? Daß sie, wenn er zur Tür hinaus war, ihn wieder verlachten oder verhöhnten wie zuvor? Nein, sie sollten nicht lachen. Keiner durfte lebendig aus dem Zimmer. Keiner. Und er sah sich im Geiste mit hoch erhobenem Revolver vor die drei hintreten und Schuß auf Schuß in totenblasse Gesichter feuern.

Er beugte sich über den Tisch.

»Es ist fünf Minuten vor halb neun. Ich gebe den Herren fünf Minuten Zeit«, sagte er, und seine Stimme klang eiskalt und so voll grausamer Entschlossenheit, daß ihm selbst ein Schauer vor der Furchtbarkeit des Augenblicks über den Rücken lief. »Verwenden Sie die Zeit nach Ihrem Gutdünken.«

»Demba! Sind Sie denn verrückt? Was wollen Sie tun?« rief Horvath.

»Ich habe wirklich nicht länger Zeit, ich bedaure, ich werde erwartet«, sagte Demba und wurde sogleich ärgerlich und verstimmt, weil man seine Zeit so ungebührlich in Anspruch nehmen wollte. »Nein. Hinaus dürfen Sie nicht. Zurück!« befahl er. »Oder ich schieße!«

Die drei standen starr und unbeweglich. Der Trunkene machte Ernst. Es gab keine Rettung vor dem geladenen Revolver. Sie standen und wagten sich nicht zu rühren.

Nur die Gasflammen sangen und die Uhr tickte, und ihre Zeiger krochen ohne Erbarmen dem Ziele zu.

Demba blickte von einem zum andern, prüfte, auf wen er zuerst anlegen sollte, es war Zeit, die Uhr mußte gleich schlagen, und er entschied sich für Horvath.

Horvath. Ja. Der mußte der erste sein. Nie hatte er ihn leiden mögen. In seinem Innern begann er mit Horvath noch einen letzten Zank auszutragen. Dieser hochnasige Flegel! Ist die Ella zu Hause? Nein, die Ella ist nicht zu Hause, aber ich bin da, guten Tag, Herr Horvath, haben mich wohl noch nicht bemerkt? So und jetzt – halb neun –

Ein Geräusch ließ Demba aufhorchen.

Schritte kamen, der Kellner war ins Zimmer getreten.

Demba drehte sich um.

»Packen Sie ihn!« rief Dr. Fuhrmann und sprang ihm an die Gurgel.

19

»Ich hab' ihn!«

»Halten Sie fest!«

»Die Hände! Packen Sie seine Hände!« schrie Weiner dem Kellner zu.

»Lassen Sie los!« brüllte Demba auf und wehrte sich wie ein Wütender gegen die Arme, die ihn umklammert hielten.

»Geben Sie acht! Er schießt!«

»Er hat einen Revolver!«

»Den Arm! Weiner, pack den Arm!«

»Achtung!«

Demba war es gelungen, sich loszureißen. Er teilte nach allen Seiten Stöße und Fußtritte aus und rannte in seiner Wut wie ein Stier mit dem Kopf gegen den Kellner.

»Festhalten! Festhalten!«

»Ich hab' ihn!«

»Doktor! Packen Sie seine Beine!«

»Loslassen!« tobte Demba und stieß mit dem Fuß aus.

»Ich bin getroffen!« heulte Weiner und fiel in einen Sessel.

Die beiden Theaterschülerinnen kreischten laut auf und hielten die Hände vor das Gesicht. Sonja stand schon bei Weiner.

»Georg! Was ist dir geschehen?« schrie sie angstvoll.

»Ich bin getroffen! Hilfe!« ächzte Weiner.

»Wo? Um Gottes willen!« – Alle Feindschaft war vergessen, und Sonja mühte sich, totenblaß vor Schrecken, um den wimmernden Weiner.

»Lassen Sie los! Ich ersticke!« keuchte Demba; der Kellner preßte ihm mit beiden Händen den Hals zusammen.

»Den Revolver fort!« befahl Dr. Fuhrmann.

»Ich hab' ihn! Ich hab' seine Hände!« schrie Horvath triumphierend.

»Lassen Sie los! Sie brechen mir den Arm!« gurgelte Demba, blaurot im Gesicht.

»Ich hab' den Revolver.«

»Achtung! Er ist geladen.«

»Vorsicht! Er geht los!«

Ein letzter, kurzer, verzweifelter Kampf.

Dann stieß Demba einen Schrei aus. Horvath hatte ihm die Hände im Gelenk gedreht.

»Da ist er.« Und Horvath brachte triumphierend Dembas Hände unter dem Mantel hervor, zwei unselige, hilflose, jammervolle Hände, mit Ketten kläglich aneinandergefesselt.

Einen Augenblick lang war alles starr.

Dann gelang es Demba, sich loszureißen.

Er blickte wild um sich, stöhnte leise, schöpfte tief Atem und rannte zur Tür hinaus.

Ein paar Sekunden lang hörte man ihn im Dunkeln zwischen Stühlen, Tischen und den leeren Kleiderständern poltern.

Dann krachte eine Tür, und alles war ruhig.

Dr. Fuhrmann war der erste, der die Sprache wiedergewann.

»Was war das?« fragte er, noch immer außer Atem.

»Habt Ihr das gesehen –?« keuchte Horvath, erschöpft von der Anstrengung des Ringkampfes.

»Der muß wo aus'kommen sein«, sagte kopfschüttelnd der Kellner.

»Wir müssen ihm nach«, rief Dr. Fuhrmann.

»Zur Polizei! Zur Polizei!« schrie Weiner und rieb sich sein Schienbein.

Der Gedanke, daß sie sich alle von einem Schatten, einer Lüge, dem Phantom einer Waffe hatten betrügen und in Furcht setzen lassen, brachte sie in Wut. Weiner hob das Rundreiseheft vom Boden auf und wischte sorgfältig den Staub von seinen Seiten.

»Es ist am besten, wir gehen aufs nächste Kommissariat«, sagte Dr. Fuhrmann entschlossen. »Weiß vielleicht jemand, wo der Kerl wohnt?«

»Ich«, sagte Sonja mit harter Stimme, und sie nahm das höhnische Lächeln, die spöttischen Blicke und die Verachtung aller auf sich, um Demba zu verraten. »Ich weiß, wo er wohnt.«

20

Stanislaus Demba kam langsam die Treppe herauf. Vor der Wohnungstür stand Steffi Prokop und wartete im Dunkeln.

»Stanie?« rief sie ihm leise entgegen. »Daß du doch kommst! Endlich! Endlich! Es ist gleich neun Uhr. So spät!«

»Wartest du lang?«

»Seit einer Stunde. Ein Dienstmann war da, deine Hausfrau hat ihm die Tür aufgemacht. Ich habe mich in die Fensternische gedrückt, und sie hat mich nicht gesehen. Er hat einen Brief gebracht, ich glaube, für dich.«

»So«, sagte Demba. Er wartete auf keine Nachricht mehr von der Welt unten.

»Gehen wir nicht hinein?« bat Steffi.

»Ja. Nimm den Türschlüssel aus meiner rechten Rocktasche und sperr auf. Aber leise – leise! Es muß niemand wissen, daß ich nach Hause gekommen bin.«

Sie traten in das Zimmer. Demba versperrte die Tür und zog den Schlüssel ab.

»Also da wohnst du«, sagte Steffi leise. »Wo ist dein Freund, nicht zu Hause? Wart, ich werde Licht machen.«

»Nein! Wenn Licht im Zimmer ist, kommt gleich meine Wirtsfrau herein. Dort die Kerze auf dem Nachttischchen, die kannst du anzünden. Hast du den Schlüssel?«

»Ja. – Ich glaube.«

»Du glaubst? Was soll das bedeuten?«

»Ich hab' den Schlüssel. Gewiß hab' ich den Schlüssel«, sagte Steffi. »Gib mir die Hände her. Schau, da liegt der Brief.«

Demba riß den Umschlag auf. Der Brief war von Hübel.

Er enthielt die Mitteilung, daß Dr. Rübsams goldene Uhr sich gefunden hatte. Bei der Suschitzky. Dr. Rübsam bat vielmals um Entschuldigung und stellte das Geld zurück, zweihundertsiebzig Kronen. Hiervon habe er, Hübel, sich erlaubt, fünfzig Kronen zu entlehnen. Besten Dank und bestimmt am nächsten Ersten.

Demba warf den Brief und die Banknoten auf die Tischplatte. Was war ihm jetzt das Geld! Ein paar Fetzen bemalten Papiers, nichts weiter. Es kam zu spät.

»Stanie, ich hab' nicht viel Zeit, ich muß nach Hause«, drängte Steffi Prokop. »Gib die Hände her, ich will versuchen, ob der Schlüssel sperrt.«

»Versuchen?« fragte Demba.

»Natürlich, er muß sperren, das ist ja klar«, sagte Steffi und holte den Schlüssel hervor. »Ich brauch' mehr Licht.« Sie schob die Kerze an den Rand des Tisches. Ihr Blick fiel auf die Banknoten.

»So viel Geld!« sagte sie und suchte das Schlüsselloch. »Was wirst du machen mit dem vielen Geld?«

»Nichts. Ich brauche es nicht mehr. Es kommt zu spät.«

»Zu spät? Warum?«

»Es ist gleichgültig, warum«, sagte Demba müde. »Der Schlüssel kommt zurecht. Gebe Gott, daß ich im rechten Augenblick die Hände frei bekomme.«

Steffi blickte unruhig auf.

»Im rechten Augenblick?« fragte sie.

»Sie sind wieder hinter mir her«, sagte Demba.

»Wer denn, Stanie, wer denn?«

»Ich glaube, sie werden gleich da sein.«

»Wer denn, Stanie? Die Polizei?«

»Ja. Aber das macht nichts. Hab keine Angst. Wenn die Handschellen fort sind, fürcht' ich die Polizei nicht. Die Hände muß ich frei haben. Die Handschellen müssen fort!«

»Ja. Die Handschellen müssen fort«, stammelte Steffi. »Die Handschellen müssen fort! Die Handschellen müssen fort! Stanie, er paßt nicht! Er ist zu groß.«

»Wer? Der Schlüssel?« – Demba fuhr erschrocken auf.

»Ich hab' mir's gleich gedacht. Ich hab' gleich Angst gehabt.« Sie ließ die Hände in den Schoß sinken und blickte hilfesuchend in Dembas Gesicht.

»Wie ist das möglich!« stieß Demba hervor.

»Ich bin nicht schuld«, schluchzte Steffi, mit den Augen um Verzeihung bittend. »Dieser dumme Mensch!«

»Was ist denn geschehen?«

»Dieser dumme Mensch! Denk dir: am Nachmittag, während ich im Bureau war, ist der Schlosserjunge zu meiner Mutter gekommen, weißt du, der Bub von nebenan. Er hat gesagt, daß er meinen Wachsabdruck verloren hätte, und die Mutter solle ihm mein Tagebuch geben. Stanie, der Schlüssel öffnet die Handschellen nicht. Er hat mir einen Schlüssel zu meinem Tagebuch gemacht!«

»Es ist gut«, sagte Demba leise zu sich selbst.

»Stanie! Was werden wir tun?«

»Ich weiß, was ich tun werde«, sagte Demba mit einem Seufzer.

»Stanie!« begann Steffi. »Du mußt mir folgen, ich mein's mit dir gut. Schau, wär' es nicht am besten, du gingst zur Polizei und sagtest alles, was geschehen ist? Du bekämst sicher nur eine ganz leichte Strafe, ein paar Wochen, zwei oder drei Wochen vielleicht nur. Und wenn du hinauskommst, bist du frei, hörst du, Stanie, dann bist du frei! Frei, Stanie –«

»Bis auf die Handschellen«, sagte Stanislaus Demba.

»Bis auf die Handschellen?«

»Ja. Die behalt ich mein Leben lang. Die behält ein jeder, der aus dem Kerker kommt. Weißt du's nicht, Steffi? Strafen werden von der Gerechtigkeit immer lebenslänglich verhängt. Wer aus dem Kerker kommt, der muß seine Hände verstecken, denn sie sind für immer geschändet. Er kann keinem Menschen mehr frei und offen die Hand reichen, er muß mit ängstlich versteckten Händen durch sein Leben schleichen, so wie ich heute zwölf Stunden lang die Hände unter dem Mantel – horch! Da sind sie schon.«

Es hatte geläutet.

Steffi sprang auf und schlang ihre Arme um Dembas Hals.

»Sie sollen nicht herein! Wenn sie mich hier finden, Stanie, wenn sie mich hier finden!«

Es läutete nochmals. Die Tür der Wohnung wurde geöffnet. Männerschritte, zwei harte Schläge an die Zimmertür. »Im Namen des Gesetzes, öffnen Sie!«

»Wenn sie mich hier finden«, klagte Steffi.

Demba stöhnte. Ein Windstoß kam durchs Fenster und löschte die Kerze aus. Aber es wurde nicht dunkel, nicht Nacht, sondern trübes, kaltes Dämmerlicht.

»Heute morgen«, sagte Demba, »als ich in der Dachkammer am Fenster stand, hab' ich an dich gedacht, Steffi. Hab' an dich gedacht, mir war bang nach dir, wollte dich noch einmal sehen. Ich hab' mir gewünscht, daß du bei mir sein sollst, wenn ich sterbe. Und nun bist du da, und ich bin nicht froh, hab' dich mit in mein Unglück gerissen. Jetzt wollte ich, du wärest weit fort von hier.«

Der Druck der Arme ließ nach. Steffis Bild sank, als hätte sie auf dieses Wort gewartet, in sich zusammen, wurde zur Nebelwolke, löste sich und verflog in nichts.

Das Pochen und Klopfen hatte aufgehört. Harte Instrumente arbeiteten an der Holzfüllung der Tür.

»Es gibt Menschen«, sagte Demba, »die macht die Freiheit nicht glücklich, Steffi. Nur müde.«

Es kam keine Antwort.

»Ich hab' mir die Freiheit gewünscht. Mit jeder Fiber

meines Körpers, Steffi. Aber ich bin nur müde geworden, und jetzt will ich nur noch eines: ausruhen.«

Keine Antwort.

»Wo bist du, Steffi?«

Stille.

Nur das Holz der Tür knirschte und krachte.

Demba stand auf. Er stieß mit dem Kopf an das Balkenwerk des Dachbodens. Er machte zwei Schritte vorwärts, stolperte über einen zusammengerollten Teppich, stieß mit dem Kopf an die Wäscheleine und fiel auf einen Strohsack. Die staubgesättigte Luft der engen Kammer legte sich ihm drückend auf die Lunge. Er raffte sich auf und trat an die Dachluke.

Verdammt! Der Malzgeruch! Wie kommt der furchtbare Malzgeruch hierher? Eine Turmuhr schlägt. Neun Uhr! Morgens? Abends? Wo bin ich? Wo war ich? Wie lange steh' ich schon hier und hör' die Turmuhr schlagen? Zwölf Stunden? Zwölf Stunden?

Die Tür springt auf. Ein Grammophon in der Ferne spielt den »Prinz Eugen«. – Jetzt – das Schieferdach glänzt so fröhlich in der Morgensonne – zwei Schwalben schießen erschreckt aus ihren Nestern – –

Als die beiden Polizisten – kurz nach neun Uhr morgens – den Hof des Trödlerhauses in der Klettengasse betraten, war noch Leben in Stanislaus Demba.

Sie beugten sich über ihn. Er erschrak und versuchte, aufzustehen. Er wollte fort, rasch um die Ecke biegen, in die Freiheit –

Er sank sogleich zurück. Seine Glieder waren zerschmettert, und aus einer Wunde am Hinterkopf floß Blut.

Nur seine Augen wanderten. Seine Augen lebten. Seine Augen irrten ruhelos durch die Straßen der Stadt, schweiften über Gärten und Plätze, tauchten unter in der brausenden Wirrnis des Daseins, stürmten Treppen hinauf und hinunter, glitten durch Zimmer und durch Spelunken, klammerten sich noch einmal an das rastlose Leben des ewig bewegten Tages, spielten, bettelten, rauften um Geld und um Liebe, kosteten zum letztenmal von Glück und Schmerz, von Jubel und Enttäuschung, wurden sehr müde und fielen zu.

Die Handschellen waren durch die Gewalt des Sturzes zerbrochen. Und Dembas Hände, die Hände, die sich in Angst versteckt, in Groll empört, im Zorn zu Fäusten geballt, in Klage aufgebäumt, die in ihrem Versteck stumm in Leidenschaft gezittert, in Verzweiflung mit dem Schicksal gehadert, in Trotz gegen die Ketten rebelliert hatten – Stanislaus Dembas Hände waren endlich frei.

Nachwort

Begegnung mit dem Tod ohne Folgen

1.

Irgend etwas war merkwürdig an Perutz' Roman ›Zwischen neun und neun‹. Nicht allein sein Erfolg. In den großen Zeitungen Prags, Wiens und Berlins wurde er vorabgedruckt unter dem Titel *Freiheit,* er erreichte in kurzer Zeit hohe Auflagen und wurde noch in den zwanziger Jahren in acht Sprachen übersetzt. Eine Bühnenfassung wurde vielfach aufgeführt und die Metro-Goldwyn-Mayer Pictures Corporation erwarb 1922 die Filmrechte, die sie für Tonfilm und Fernsehen später erneuerte. Der Film wurde aber nie gedreht. Alfred Hitchcock ließ sich von ›Zwischen neun und neun‹ zu der Handschellen-Szene seines Films ›The Lodger‹ inspirieren, und Eric Ambler erinnert sich daran, daß er in seiner Jugend einen Einakter nach Perutz' Idee schrieb: »Ein Mann flieht aus dem Polizeigewahrsam und versucht einen Tag und eine Nacht lang, sich aus seinen Handschellen zu befreien.«

Schon die Zeitgenossen des 1918 erschienenen Romans suchten nach Erklärungen für den Erfolg von ›Zwischen neun und neun‹. Seine Hauptfigur, Stanislaus Demba, ist ein eher unsympathischer Anti-Held. Groß, plump, »mit einem kurzen rötlichen Schnurrbart in einem sonst glattrasierten Gesicht«, das von einem »horngefaßten Zwicker« geprägt wird. Demba ist weder eine Schönheit noch ein Mann von Charakter. Er liebt die oberflächliche Büroangestellte Sonja, doch er liebt sie nur, weil sie ihn verlassen will; sie hat ihn eigentlich nie geliebt. Seine Freundin Steffi hingegen, die ihn wirklich liebt und ihm selbstlos hilft, beachtet er kaum. Demba ist klug und gebildet, aber impulsiv und cholerisch, ein miserabler Menschenkenner, der auch sich selbst schlecht kennt: Zwischen seinen Reden und seinen Taten gibt es eine große Kluft. Bei all diesen Schwächen ist es vor allem eine Stärke, die ihn zu einer Identifikationsfigur werden läßt: Stanislaus Demba ist ein Kämpfer. Er hat übermächtige Gegner, er ist ständig unter Druck, muß dauernd improvisieren, es scheint aussichtslos, doch er kämpft bis an den Rand der Absurdität und gelegentlich darüber hinaus, ein einsamer Fighter, kaum liebens-, aber bewundernswert. Zu ihm halten alle, die sich in ihm wiedererkennen. Es sind viele.

Wird Demba es schaffen? Natürlich ist es das Interesse am Ausgang des Kampfes, das die Leser in Atem hält. Perutz weiß, wie man Spannung erzeugt, steigert und explodieren läßt. Sechs Kapitel lang läßt er die Leser raten, was die Ursache des eigenwilligen Verhaltens Dembas ist, der nacheinander für einen Dieb, einen Haschischraucher, einen Krüppel oder für einen mit einem Revolver bewaffneten Mann gehalten wird. Kaum hat er Steffi in den Kapiteln acht bis zehn erklärt, wie er um neun Uhr morgens zu den Handschellen kam, geht der Kampf schon weiter. Demba muß das Geld für die Reise mit Sonja beschaffen, und er muß sich von den Handschellen befreien. Die Jagd nach dem Geld wird von Kapitel elf bis fünfzehn immer verzweifelter. Im Café Turf gewinnt er es schließlich beim Glücksspiel. Aber auch diesmal bekommt er das Geld nicht. Nun gibt Demba auf, er hat verloren. Doch Demba gibt nicht wirklich auf: Einmal noch will er Sonja sehen. Im »Residenzkeller« scheint sich sein Kampfesglück zu wenden, seine Gegner liegen am Boden, doch dann wird er überwältigt und muß fliehen. Zu Hause erwarten ihn das Geld und Steffi, die einen Schlüssel zu den Handschellen bringt. Er paßt nicht.

Die Polizei schlägt gegen die Tür, die Glocken läuten, Stanislaus Demba liegt – »kurz nach neun Uhr morgens« – zerschmettert auf dem Hof des Trödlers in der Klettengasse. Alles zwischen neun und neun war nur ein Traum.

2.

Geschichten, deren Wirklichkeit auf diese Weise in einen Traum verwandelt werden, gibt es seit Ambrose Bierces berühmter Erzählung »An Occurence at Owl Creek Bridge« viele. Aber im Fall von ›Zwischen neun und neun‹ wirkt diese auflösende Schlußwendung besonders verblüffend – oder zunächst enttäuschend. Eine solche Wendung hätte man nicht vermutet, zu Recht. Irgend etwas stimmt an dieser Erzählung von Stanislaus Demba nicht. Schon in den zwanziger Jahren wies der bekannte Kritiker Alfred Kerr auf die »offenbare Traumunmöglichkeit« der Erzählkonstruktion hin. Kann ein Träumer sich sieben Kapitel lang vorenthalten, daß es Handschellen sind, die ihn am Zupacken hindern? Vielleicht träumt ein – humorvoller – Träumer die Geschichte von dem wunderlichen Hofrat Klementi und dem vergeßlichen Professor Truxa – aber er träumt keine Sätze wie: »Die wissenschaftliche Tätigkeit dieser beiden Herrn spielt jedoch in dieser Erzählung keine bedeutende Rolle.« Kennt ein Träumer die Gefühle, die er sich selbst verbirgt? Erzählt ein Träumer im Traum die Geschichte seines Traums? Nein, kein Zweifel: Der Roman ›Zwischen neun und neun‹ ist nicht die Erzählung eines Träumers, sondern die eines Meisters der analytischen Erzählung.

Bediente sich Perutz eines Tricks, indem er vom Traum des Stanislaus Demba berichtete, als sei er Wirklichkeit? Um der Wahrheit die Ehre zu geben: Die Frage ist offen. Aber Perutz' Romane haben viele Schichten. In der virtuos erzählten trivialen Fabel, die um falsche und wahre Liebe, um Eifersucht, Geld, Diebstahl und einen Freitod kreist, spielt ein Begriff eine eigentümliche Rolle. Es ist der, den Perutz selbst als Titel der Vorabdrucke des Romans wählte: *Freiheit*. Als Demba, gefangen auf dem Dachboden des Trödlers, die Schritte der Polizisten hört, wird ihm »deutlich wie nie zuvor, was das zu bedeuten hat: Freiheit. Und jetzt war ich gefangen, war ein Sträfling, die Schritte, die ich in der engen Dachkammer zwischen dem Gerümpel machte, waren meine letzten freien Schritte. Mir schwindelte, es gellte mir in den Ohren: Freiheit! Freiheit!« Stanislaus Demba überlebt im Traum den Sprung vom Dachboden, er erhält ein »zweites Leben«, doch in diesem Leben bleibt er Gefangener derselben Leidenschaften, die ihn in seinem »ersten« Leben beherrschten: Jagd nach Liebe, Jagd nach Geld. Vielleicht erzählt der Roman ›Zwischen neun und neun‹ die Geschichte Dembas als Wirklichkeit und behauptet, sie sei Traum, um zu zeigen, daß der Held aus der Begegnung mit dem Tod nicht gelernt hätte, selbst wenn ihm ein zweites Leben geschenkt worden wäre. Daß der Mensch aus der Begegnung mit dem Tod nicht lernt, war ein Thema der Literatur seit dem Ende des 19. Jahrhunderts. Dostojewskijs Roman ›Der Idiot‹ erzählt davon und Arthur Schnitzlers Novelle ›Lieutenant Gustl‹.

3.

Am 16. August 1915 wurde Leo Perutz eingezogen als »Landsturm-Infanterist beim k. u. k. Infanterieregiment Nr. 88«. Am 19. Dezember 1915 hielt er in seinem Notizbuch fest: »Eine Idee zu einer Novelle ›Der Mann mit den Handschellen‹.« Am 4. Juli 1916 wurde er an der galizischen Ostfront durch einen Brustschuß lebensgefährlich verwundet. Nach einer Operation, bei der eine Kugel und Uniformreste aus seiner Lunge entfernt wurden, wurde er nach Wien transportiert, wo er noch wochenlang in Lebensgefahr schwebte. Seine Rekonvaleszenz dauerte bis zum Juli 1917. Am 27. Mai 1917 begann er mit der Niederschrift des Romans ›Zwischen neun und neun‹, am 10. November beendete er sie. Als der Roman 1921 in der Wiener *Arbeiterzeitung* abgedruckt wurde, schrieb Perutz in einer kurzen Einleitung:

»Dieses Buch wurde im Herbst 1917 geschrieben, in einer Zeit, als die Menschheit noch keine in Ketten geschlagenen Völker kannte. Der Fall von Stanislaus Demba, dem Helden dieses Romans, war damals ein groteskes persönliches Schicksal. Der Entwicklung der Dinge muß ich es zuschreiben, daß, wenn ich heute dieses Buch in die Hand nehme, ich den Eindruck habe, daß das Leben Stanislaus Dembas nicht das Schicksal eines einzelnen ist, sondern daß es mir als das Symbol der in Schlingen verstrickten und in Ketten geschlagenen Menschheit erscheint.«

Daß die Menschen aus der Katastrophe des Ersten Weltkriegs nicht gelernt hatten, das war eine Auffassung, die in den zwanziger Jahren viele hellsichtige Zeitgenossen teilten. Ob Perutz ein Anhänger dieser Auffassung war, ist nicht bekannt. In seinem Werk gibt es keine Bekenntnisse – seine Romane kommunizieren mit uns nur indirekt über ihre offene ästhetische Struktur. Diese läßt viele Deutungen zu. Eindeutige Botschaften hätte Perutz, so schrieb sein Freund Friedrich Torberg, »als aufdringlich empfunden oder wohl gar als humorlos. Er besaß, zu seinen vielen Begabungen dazu, auch die Verhaltenheit und den Humor. Er überließ es den Lesern, was sie aus seinen Geschichten herauslesen wollten.«

Hans-Harald Müller

Editorische Notiz

Der 1918 im Münchner Albert Langen Verlag erschienenen Erstausgabe des Romans *Zwischen neun und neun* lag ein Typoskript zugrunde, das nicht erhalten ist. Für die vorliegende Ausgabe wurde der Text der Erstausgabe mit dem von Perutz geschriebenen Manuskript verglichen, das sich im Exil-Archiv der Deutschen Bibliothek in Frankfurt am Main befindet. Da die Erstausgabe im Wortlaut nur unerheblich vom Manuskript abweicht, folgt die vorliegende Ausgabe dem Text der Erstausgabe.

Damit liegt erstmals wieder der von Perutz einst gebilligte Originaltext vor, denn alle nach 1945 erschienenen Ausgaben des Romans enthalten zahlreiche mitunter sinnentstellende Fehler, Abweichungen und Lücken gegenüber dem Text der Erstausgabe.

Wilhelm Schernus habe ich für die Redaktion der Satzvorlage, Lutz Danneberg für wichtige Hinweise zur Interpretation des Romans zu danken.

H.-H. M.

> »*Ein überaus lebendiges, plastisches Porträt.*«
>
> Oliver Pfohlmann, Neue Zürcher Zeitung

Der 1882 in Prag geborene und in Wien aufgewachsene Leo Perutz war in der Zwischenkriegszeit einer der meistgelesenen Erzähler deutscher Sprache; er zählte zu den Stammgästen der berühmten Kaffeehäuser, seine Bonmots fanden Eingang in die Feuilletons der *Neuen Freien Presse* und des *Berliner Tageblatts*, deren Geschwätzigkeit er wie Karl Kraus verachtete. Der Hamburger Perutz-Spezialist Hans-Harald Müller legt nun eine ausgezeichnete Biographie vor, die freilich einer Bitte von Perutz nicht entsprechen kann: »Schreiben Sie nichts über mich und alles über meine Romane.«

HANS-HARALD MÜLLER
LEO PERUTZ
BIOGRAPHIE / ZSOLNAY

408 Seiten, mit zahlreichen Abbildungen
Gebunden

www.zsolnay.at

Leo Perutz im dtv

»Seine Romane sind an Spannung kaum zu überbieten,
sie sind bis ins Kleinste berechnete Kunstwerke.«
Josef Quack in der ›Frankfurter Allgemeinen Zeitung‹

Alle Titel herausgegeben und mit einem Nachwort
von Hans-Harald Müller

**Nachts unter der
steinernen Brücke**
Roman
ISBN 978-3-423-13025-7

**Der Meister des
Jüngsten Tages**
Roman
ISBN 978-3-423-13112-4 und
ISBN 978-3-423-19119-7

Der schwedische Reiter
Roman
ISBN 978-3-423-13160-5

Zwischen neun und neun
Roman
ISBN 978-3-423-13229-9

Der Judas des Leonardo
Roman
ISBN 978-3-423-13304-3

Wohin rollst du, Äpfelchen …
Roman
ISBN 978-3-423-13349-4

St. Petri-Schnee
Roman
ISBN 978-3-423-13405-7

Der Marques de Bolibar
Roman
ISBN 978-3-423-13492-7

Turlupin
Roman
ISBN 978-3-423-13519-1

Mainacht in Wien
Romanfragmente, Kleine
Erzählprosa, Feuilletons aus
dem Nachlaß
ISBN 978-3-423-13544-3

Die dritte Kugel
Roman
ISBN 978-3-423-13579-5

Bitte besuchen Sie uns im Internet: www.dtv.de